# Béla Bolten

# Bankers Tod

## Ein Berg und Thal Krimi

**Impressum**

1.Auflage 2013

In den Reben 11
D-78465 Konstanz
belabolten@email.de



ISBN-13: 978-1493582693

ISBN-10: 1493582690

Korrektorat: Edith Abele, edith@abele.dk
Cover-Design: Sabine Herke, www.sabineherke.de

Der Autor im Internet: belabolten.wordpress.com

**Inhalt**

Auf einem Boot wird die grausam verstümmelte Leiche eines Bankangestellten gefunden. Geht es um dunkle Immobiliengeschäfte? Oder musste der Mann sterben, weil er aus einer obskuren Sex-Sekte aussteigen wollte?

Bettina Berg bringen die Ermittlungen bei dubiosen Finanzjongleuren, hyperreichen Investmentberatern und undurchsichtigen Heilsversprechern fast um den Verstand, während Alexander Thal am Ende ums nackte Überleben kämpft.

**Über den Autor**

Béla Bolten ist das Pseudonym eines deutschen Autors und Biografen.

Nach den Bestsellerkrimis »Leahs Vermächtnis« und »Sünders Fall« ist »Bankers Tod« der dritte und bisher härteste Einsatz für das Konstanzer Ermittlerduo Bettina Berg und Alexander Thal.

Seine zeithistorische Krimiserie um den Ermittler Axel Daut (bisher erschienen: „Codewort Rothenburg" und „Der Aufbewarier") spielt während des zweiten Weltkriegs in Berlin.

Mehr Informationen im Internet:
http://belabolten.wordpress.com/

## Montag, achtzehn Uhr einunddreißig

Max Oser war zufrieden. Der Tag hatte beschissen begonnen, aber jetzt sah alles nach einem versöhnlichen Ende aus. Die Kleine war jedenfalls schwer begeistert von der »Carina«. Wie sie sich da so auf dem Vorschiff in der Sonne rekelte .... Da ging heute noch was, Martin sei Dank, besser gesagt der Tatsache, dass er ihm noch einen Gefallen schuldig war. Vor morgen Mittag brauchte er das Boot nicht zum Jachthafen an der Seestraße zurückbringen, Zeit genug also, die Kojen ausgiebig zu testen. Er ging die Stufen in die Kajüte hinunter und öffnete den Kühlschrank. Sechs Flaschen Veuve Clicquot im oberen und je eine Flasche Wodka und Tequila im unteren Fach. Auf Martin war Verlass. Sollte er gleich zu den scharfen Sachen greifen, um die Sache etwas zu beschleunigen? Besser nicht! Nach zu viel Alkohol verweigerte sein kleiner Freund manchmal seinen Dienst. Außerdem gehörte Celina Rech mit Sicherheit zu der Kategorie Frauen, die sich von einem teuren Champagner beeindrucken ließen. Mit der rechten Hand nahm er zwei Gläser aus dem Regal und stieg zurück ans langsam weniger werdende Tageslicht. Zum Glück war dieser Septemberabend noch warm wie ein Hochsommertag. Warm genug jedenfalls, dass die Kleine sich sofort, nachdem Max das Boot wegen seiner mangelnden Fahrpraxis äußerst vorsichtig aus dem Hafen gesteuert hatte, T-Shirt und Jeans ausgezogen hatte. Im knappen Bikini kam ihre Figur so richtig zur Geltung. Griffig nannte Max solche Frauen, wenn er mit seinen Freunden um die Häuser zog und den Maulhelden spielte. Wenn die wüssten, was er hier gerade für eine Show abzog. Er hob die Flasche mit dem leuchtend gelben Etikett in die Höhe und starrte dabei auf die kleine Hautfalte oberhalb der Bikinihose, aus der er das prickelnde Gesöff am liebsten schlürfen würde:

»Wie wär`s mit einem Gläschen Schampus, Celina?«

Die Praktikantin lehnte an der Reling und schaute mit dem Fernglas auf den See. Ohne den monströsen Feldstecher, der so gar nicht zur Eleganz der Motorjacht passte, von den Augen zu nehmen, antwortete sie:

»Schauen Sie sich das mal an, Max. Da stimmt doch was nicht.«

In vierhundert Meter Entfernung dümpelte eine Jacht mit eingeholten Segeln auf dem Wasser. Oser schaute sich um. Außer dem Segelboot sah er nur noch einen Fischer, der seine Netze im Überlinger See kontrollierte. Um diese Uhrzeit und dazu an einem Wochentag lagen selbst in der beliebten Schmugglerbucht vor der Insel Mainau keine Bootsausflügler mehr, sie segelten längst in Richtung Heimathafen, um rechtzeitig vor Sonnenuntergang festzumachen. Ohne auf die Bemerkung der Kleinen einzugehen, löste Max die Agraffe der Champagnerflasche. Kaum hatte er den Draht gelockert, schoss der Korken mit lautem Knall auf den See.

»Hoppala«, lachte er und balancierte vorsichtig über den schmalen Gangbord aufs Vorschiff, goss beide Gläser voll und hielt Celina eines entgegen.

»Komm, lass uns lieber auf die gute Witwe Klickoh trinken, anstatt uns mit diesem Kahn da drüben zu beschäftigen.«

»Nun schauen Sie doch mal!«

Celina Rech hielt Max das Fernglas hin. Er ließ sich neben sie auf dem Boden nieder und berührte dabei wie zufällig mit dem Oberarm ihren Busen. Sie zuckte nicht einmal zusammen, was er als verheißungsvolles Zeichen ansah, zumal sie ihm fast gleichzeitig das Glas abnahm und es in einem Zug leerte. Als er nach der Flasche greifen wollte, um ihr nachzuschenken, drückte sie ihm mit Nachdruck das Fernglas in die Hand.

»Wirklich! Da stimmt etwas nicht!«

Max nutzte die Gelegenheit, ihr mit den Fingern über den Handrücken zu streichen, diesmal zog sie die Hand weg und rückte sogar einige Zentimeter von ihm ab. Seufzend hob er den Feldstecher vor die Augen. Eine schicke Jacht, das sah er sofort, obwohl er von Booten nicht viel verstand. Der Holzrumpf war mindestens zehn Meter lang und das Schiff hatte eine elegante Form. Etwas lag über der Reling auf der Steuerbordseite. Er justierte die Schärfe. Da schien es jemandem kotzübel zu sein.

»Na«, sagte Celina und stellte das leere Sektglas etwas zu heftig ab, »was meinen Sie? Ist der Mann bewusstlos?«

»Ich denke eher, dass er etwas zu tief ins Glas geschaut hat.«

Max legte das Fernglas neben sich auf den Boden und nahm die Sektflöte in die Hand.

»Apropos ..., wir wollen uns doch den Spaß nicht verderben lassen.«

Celina Rech schüttelte den Kopf.

»Das geht doch nicht, Herr Oser. Wir müssen doch nachsehen, ob der Mann Hilfe braucht.«

Sie verschränkte die Arme vor den wohlgeformten Brüsten. Max wusste sofort, dass er keine Chance bekäme, seine Hände daraufzulegen, bevor sie sich davon überzeugt hatte, dass es dem Skipper gut ging. Achselzuckend ging er nach hinten ins Cockpit und startete den Motor. Langsam nahm er Kurs auf die Segeljacht. Bloß jetzt keinen Unfall verursachen. Ihm fehlte die Erfahrung mit PS-starken Motorbooten und es verlangte äußerste Konzentration, um die Carina sicher auf der Steuerbordseite der noblen Jacht längsseits zu bringen. Für den Skipper hatte er keinen Blick frei, bis die Kleine einen markerschütternden Schrei ausstieß. Als er nach links sah, wusste er, dass dieser Abend anders enden würde, als geplant.

## Montag, einundzwanzig Uhr siebzehn

»Fang!«

Der Kollege von der Wasserschutzpolizei, dessen Namen sich Thal nie merken konnte - irgendetwas mit Olzewski oder Olzowski - warf Grendel das Tau zu. Vorsichtig ging das WaPo-Boot längsseits. Der Kriminaltechniker schwitzte sichtlich in seinem weißen Overall, obwohl die Sonne schon vor einer Stunde untergegangen war. Er nahm das Seil und schlang es um eine Klampe aus Holz.

»Schickes Boot.«

Der WaPo-Mann mit dem polnisch klingenden Namen schnalzte anerkennend mit der Zunge.

»Macht die Schweinerei hier auch nicht besser. Bleibt bloß drüben, sonst verwischt ihr mir nur die Blutspuren.«

Wie meistens, wenn er als erster an einen Tatort gekommen war, glänzte Grendel nicht mit Höflichkeit.

»Ich freue mich auch dich zu sehen, Hartmut«, brummte Thal und zog sich die Überzieher über die Schuhe. Anschließend schlüpfte er in die Plastikhaut und stieg auf das Segelboot. Der Techniker schüttelte den Kopf, winkte resigniert ab und kratzte schweigend mit einem Spachtel Blut vom Boden.

Thal beugte sich über den Leichnam, dessen Oberkörper über die Reling hing. Er konnte das Gesicht nicht sehen und wollte den Kopf zu sich drehen.

»Untersteh dich! Ich habe mit Restle telefoniert. Ausnahmsweise wird sich der Herr Doktor höchstselbst an den Tatort begeben und Du weißt genau, dass er tobt, wenn wir die Leiche vor seiner Ankunft bewegen.«

Grendel hatte Recht. Wenn der Rechtsmediziner an den Tatort kam, was nicht der Regel entsprach, sollte er den Toten möglichst in der Stellung untersuchen, in der man ihn gefunden hatte.

»Warum hast du den Leichenschnippler herbestellt? Musste das sein?«

Thal wusste, dass die Frage überflüssig war. Grendel war die Zuverlässigkeit und Präzision in Person. Wenn er meinte, der Rechtsmediziner müsse einen Toten am Fundort sehen, hatte er Gründe dafür. Zum Glück reagierte er nicht beleidigt.

»Du wirst das gleich verstehen.«

Das war die typische Art des Tatortermittlers. Kurz angebunden und immer nur die notwendigsten Informationen preisgebend. Thal war genervt.

»Hat der werte Herr Professor sich dazu geäußert, bis wann er den weiten Weg von Freiburg an den Bodensee zurückgelegt haben wird?«

»Als ich ihn vor anderthalb Stunden anrief, meinte er, in spätestens zwei Stunden hier sein zu können. Die Kollegen von der WaPo wissen Bescheid, sie bringen ihn sofort her.«

Thal hasste es, bei Gewaltverbrechen auf den Doc warten zu müssen. Wie oft hatten sie schon eine eigene Rechtsmedizin für den Bodensee gefordert? Immer bekamen sie die gleiche Antwort. Für die paar Fälle von Mord und Totschlag lohnt sich das nicht. Zumindest in diesem Jahr sah die Statistik anders aus.

Thal besah sich den Toten genauer. Er trug nur eine dunkelblaue Boxerbadehose, der Oberkörper war nackt. Der

Mann lag so über der Reling, dass Thal nur Rücken und Hinterkopf sehen konnte, die beide unversehrt schienen.

»Wo zum Teufel kommt das ganze Blut her?« Thal deutete auf die große Lache, die sich rund um die Leiche ausgebreitet hatte.

»Abtrennung des rechten Unterarms«, antwortete Grendel ruhig und tütete dabei weitere Spuren ein.

Aha, der Techniker hatte die Leiche also bewegt. Verständlich, denn er musste sich vom Tod des Opfers überzeugen. Aber was faselte er da vom Arm. Hatte der Täter ... ? Thal beschloss, zu schweigen. Irgendwann würde Grendel schon reden.

Der Techniker zog mit spitzen Fingern sein Handy aus der Tasche. Anscheinend hatte er es auf Vibrationsalarm gestellt, denn normalerweise läutete es mit dem markerschütternden Schrei eines Brüllaffen.

»Hallo Bettina, schön dich zu hören«, flötete er und drehte Thal den Rücken zu. »Gut, warte bis der Doc da ist, dann könnt ihr gemeinsam mit einem Boot kommen. Und ruf Kröning an, der hat zwar heute eigentlich frei, aber Grundmann liegt mit Migräne im Bett.«

Langsam drehte Grendel sich um und grinste Thal an. »Ja, der ist schon hier.«

Er reichte Alexander das winzige aber zugleich schwere Telefon, das noch aus der Zeit vor der Erfindung des Smartphones stammte.

»Hallo Bettina, tut mir leid, dass wir dich aus deinem freien Tag holen müssen. Aber es wäre mir lieb, wenn du dir das ansehen würdest.«

»Kein Problem.« Bettina Berg gähnte. »Wie war es in Edinburgh?«

»Später«, antwortete Thal kurz angebunden. Ihm stand nicht der Sinn nach Small Talk und beim Gedanken an Karin Beck spürte er sofort einen Kloß im Hals. Er legte auf und reichte Grendel das Handy.

»Was meinst du mit Abtrennung des rechten Unterarms?«

Der Kriminaltechniker ging auf die Frage nicht ein. »Restle muss geflogen sein, er hat Bettina angerufen und gemeldet, dass er schon kurz vor Singen ist. In einer halben Stunde wissen wir Genaueres. Aber wenn du mich fragst: Unserem toten Freund fehlt die rechte Hand.«

»Was soll das heißen?«

»Genau das, was ich sage. Irgendjemand hat dem Mann die Hand amputiert. Nicht sehr fachgerecht, würde ich sagen, aber auch dazu ...«

»... wird der Doc Genaueres sagen«, ergänzte Thal.

## Montag, einundzwanzig Uhr achtundvierzig

Ihn fröstelte. Es wurde um diese Zeit schon empfindlich kalt. Der Sommer ging zu Ende - den Herbst wollte er nicht mehr erleben. Er zog die Jacke fester um seinen Körper, dabei sah er den Blutfleck auf der Hemdmanschette. Kalt auswaschen, schoss es ihm in den Kopf. Er widerstand dem Impuls, die Hand in den See zu halten, stattdessen führte er das Fernglas vor die Augen. Es sah wirklich aus wie im Fernsehen. Männer in weißen Overalls machten sich auf dem Boot zu schaffen. Komischerweise kümmerten sie sich kaum um den leblos über der Reling hängenden Körper. Dabei könnte der ihnen doch so viel erzählen. Er lächelte in sich hinein. Es ging ihm gut. Der erste Schritt war getan. Das Ergebnis war nicht perfekt, aber das durfte er auch nicht erwarten. Ihm fehlte die Praxis. Zu lange hatte er sich nicht mehr mit dieser Thematik befasst. Nie mehr hatte er sich in diesem Metier betätigen wollen, aber das Leben geht seltsame Wege und seines bog auf die letzte Gerade ab. Manche sagten, zu früh, aber das kümmerte ihn nicht. Andere sagten, er dürfe sich nicht aufgeben. Dabei lag ihm nichts ferner, als zu kapitulieren. Im Gegenteil. Er hatte einen Auftrag, den er erledigen würde. Er würde die Welt verbessern, und wer konnte das schon von sich sagen. In ein paar Tagen konnte er sein Ziel erreichen, danach musste er gehen. Ein Zurück kam nicht infrage. Wohin sollte er sich auch aufmachen? Er folgte einer Bestimmung und die kannte kein Happy End. Bisweilen wunderte er sich, dass ihn dieser Gedanke glücklich machte. Er justierte die Schärfe des Fernglases. Die Männer in den Overalls sprachen miteinander. Er hatte ihnen ein Rätsel auf dieses Boot gelegt und er sah Ratlosigkeit. Am liebsten hätte er über den See gerufen: »Keine Angst. Ihr seid ein Teil des Spiels, aber ihr müsst dem Spielleiter folgen. Er gibt euch alles, was Ihr braucht. Noch nicht heute, aber bald.«

Er nahm den Feldstecher vom Gesicht und rieb sich das rechte Auge. Er sollte sich nicht zu lange an diesem Ort aufhalten. Mit der linken Hand fühlte er nach der silbernen Scheibe, auf der sich die Informationen befanden, die seinen nächsten Zug in diesem Spiel bestimmten. Jetzt blieb ihm nur noch eines zu tun. Er öffnete die Plastiktüte, aus der ihm jener bekannte Geruch entgegenströmte, den er zu lieben und zu hassen gelernt hatte. Er nahm das Stück Fleisch und schleuderte es in den See, ohne einen weiteren Blick darauf zu werfen. Alles diente einem Zweck - und sei es, die Fische zu nähren.

## Montag, zweiundzwanzig Uhr zehn

Die Carina schaukelte, als das Boot der Wasserschutzpolizei mit großer Geschwindigkeit vorbeibrauste. Thal hielt sich am Kajütenaufbau fest, an dem Max Oser mit gesenktem Kopf lehnte. Die Lippen zusammengekniffen sah er aus wie das berühmte Häufchen Elend. Was als aufregender Nachmittag begonnen hatte, endete in einem Albtraum. Celina Rech lag von Weinkrämpfen geschüttelt auf der Matratze in der Kajüte, von der jetzt eigentlich Lustschrei zu hören sein sollten.

Thal wusste, dass Oser als Zeuge gänzlich unbrauchbar war. Ihn quälte nur die Sorge, wie er seiner Frau diesen Ausflug erklären konnte. »Sie haben den Mann also nicht berührt, wieso waren sie dann sicher, dass er tot war?«

Oser blickte auf. »Sie haben es doch selbst gesehen, Herr Hauptkommissar. Überall Blut.«

Die Befragung brachte nichts mehr. Sie mussten froh sein, dass der Zeuge den Tatort nicht völlig kontaminiert hatte. Thal winkte zur Segeljacht hinüber. Es dauerte einige Sekunden, bis Bettina, die soeben vom WaPo-Boot gestiegen war, ihn bemerkte. Eine Minute später kletterte auch er zum zweiten Mal an diesem Abend auf die Jacht. Niels Kröning, der Polizeifotograf, beugte sich über die Leiche und schoss Foto auf Foto. Im kalten Licht der Scheinwerfer wirkte Bettina blass und zerbrechlich. Thal vermutete, dass Restles Anruf sie aus einem frühen Schlaf geholt hatte. Im Gegensatz zu sonst zeigte ihre Kleidung eine gewisse Nachlässigkeit, die sie sich normalerweise nicht leistete. Sie hasste die Kriminalkommissarsuniform aus Jeans und

Pulli, hatte sich an diesem Abend aber genau dafür entschieden. Nur die lässig von ihrer Schulter hängende, braune Ledertasche, die vermutlich einen erheblichen Teil ihres Monatsgehaltes gekostet hatte, zeugte von ihrem bekannt guten Geschmack in Modefragen. Thal begrüßte sie mit einem leichten Heben der Hand, was sie mit einem Kopfnicken erwiderte. Die Szenerie verbat Vertraulichkeiten.

»Guten Abend Doktor, wie schaut's aus?«

»Übel.«

Der Rechtsmediziner betastete die Haut am Rücken des Opfers. Routiniert und doch konzentriert führte er die Hand unter seine Leiste und hob den Körper einige Zentimeter an. Ein dunkler Fleck wurde sichtbar. Er winkte den Fotografen herbei und deutete schweigend auf die Stelle, von der er eine Großaufnahme wünschte. Es war besser, ihn nicht zu stören. Berg und Thal gingen an den Bug des Bootes. »Was wissen wir über den Toten?« fragte Bettina.

»Wenn Grendel nichts übersehen hat, was so wahrscheinlich ist wie ein Sechser im Lotto, hatte der Mann keinerlei Papiere bei sich. Auer und Wagner sitzen inzwischen im Präsidium und tragen zusammen, was sie finden können.«

Thal zog sein Handy aus der Tasche und eine Minute später wussten sie immerhin, dass die Jacht auf einen gewissen Sven Fabri zugelassen war. Möglicherweise war das auch der Tote. Sobald die Leiche umgedreht war und man ein vorzeigbares Foto vom Gesicht machen konnte, würden sie es Angehörigen und Freunden vorlegen. Wenn sie Glück hatten, identifizierten sie den Leichnam schnell. Selbst wenn es nicht der Bootseigner Fabri war, in irgendeiner

Beziehung sollte der Tote ja wohl zu ihm stehen, wenn er sein Leben auf diesem Boot aushauchte.

Thal sah, dass Restle begann, die Leiche umzudrehen und ging zurück in Richtung Heck. Eine Minute später bedauerte er, nicht stehen geblieben zu sein. Es war weniger die Wunde an sich, die ihn schockierte. Zwar konnte er selbst als Laie erkennen, dass der Unterarm wenig fachmännisch abgetrennt worden war. Haut und Faserfetzen hingen wirr herunter, ein Stück Knochen schob sich zersplittert durch einen Muskelstrang und sah aus wie abgenagt. Mehr als dieser Anblick verstörte ihn die riesige Blutlache, die das edle Plankenholz in einem Oval von einem halben Meter Durchmesser durchtränkt hatte. Der Mann war regelrecht ausgeblutet. Abgeschlachtet wie ein Schwein, schoss es Thal in den Sinn, ein Gedanke, den er sofort wieder verwarf. Ein Tier tötete man mit einem sauberen, schnellen Schnitt durch die Kehle. Hier hatte jemand einem Menschen den Arm abgehackt und ihn an dieser Wunde verbluten lassen. Wie lange es wohl dauerte, bis man daran starb? Als spürte der Rechtsmediziner, dass Thal eine Frage stellen wollte, hob er die Hand.

»Fragen Sie nicht, ich kenne die Antwort ohnehin noch nicht. Die Obduktion ist morgen Vormittag.«

## Montag, dreiundzwanzig Uhr einundvierzig

Bettina Berg und Alexander Thal hatten die Fahrt auf dem WaPo Boot schweigend verbracht, beide hingen ihren Gedanken nach. Zu einem anderen Zeitpunkt und einem erfreulicheren Anlass wäre es eine wunderschöne Tour gewesen, denn sie führte über eine der schönsten Schifffahrtsrouten des Bodensees. An der Insel Mainau mit dem hell beleuchteten Schloss vorbei passierten sie wenig später das Strandbad Horn und fuhren in den Konstanzer Trichter. Das Münster wies ihnen wie ein Leuchtturm den Weg, während rechts die prachtvollen Fassaden der Seestraße nahezu im Dunklen verschwanden. Die braven Bürger dieser Stadt lagen längst in ihren Betten.

Als sie das Schiff im Hafen verließen und Richtung Innenstadt gingen, klingelte Thals Handy. Sein Sohn Tobias hatte von dem Mord gehört. Als Chef der Konstanzer Lokalredaktion des Südkurier war er gut vernetzt und Nachrichten wie diese sprachen sich blitzschnell herum. »Hast du Lust auf ein Glas Wein, Papa?«

Thal wollte ihn abwimmeln, sagte, er sei müde und überhaupt müsse er morgen früh raus. Sein Sohn blieb hartnäckig. »Ich habe auch noch eine Neuigkeit für dich.« Thal ahnte, worum es ging. Tobias hatte in letzter Zeit häufig Andeutungen gemacht, dass er sich mit einer Frau traf. Seitdem er mit Bettina Schluss gemacht hatte, ging er ohne feste Freundin durchs Leben. Zumindest glaubte Thal das zu wissen, aber wie gut kannte ein Vater seinen erwachsenen Sohn? Obwohl er es sich nicht eingestehen wollte, machte die Andeutung ihn neugierig. »Okay, aber nur auf ein Glas.«

Sie verabredeten sich im Weinwinkel, das Lokal lag ohnehin auf seinem Heimweg.

»Hast du noch Lust auf ein Glas mit Tobias und mir im Weinwinkel?«, fragte er Bettina. Ohne zu zögern, stimmte sie zu. Ihre Müdigkeit schien verflogen. Thal fürchtete, es lag mehr an Tobias als an ihm. Bettina hing auf eine seltsame Weise immer noch an seinem Sohn. Weder mit ihr noch mit Tobias hatte er je darüber gesprochen, warum sie die bis dahin so harmonisch wirkende Beziehung beendet hatten. Er bedauerte es, aber nachzufragen verbot ihm die kollegiale Diskretion auf der einen und die Distanz zwischen Vater und erwachsenem Sohn auf der anderen Seite. Bettina litt damals sehr unter der Trennung und flüchtete noch mehr als Tobias in die Arbeit. Manchmal beobachtete Thal noch heute, dass sie einen entrückten Blick bekam, wenn sein Sohn einen Raum betrat. Hoffte sie, ihn noch einmal erobern zu können?

Im Weinwinkel saßen nur noch ein paar späte Zecher auf den Barhockern am Tresen. Clara Hämmerle, die Wirtin, winkte ihnen zu und deutete auf die Nische im hinteren Teil des engen Lokals. Thal sah sie zuerst. Sie wandte Tobias ihr Gesicht zu, ihre rechte Hand ruhte entspannt auf seinem Unterarm. Die Geste wirkte vertrauter als eine innige Umarmung. Er spürte, dass Bettina zögerte, als überlegte sie, die Weinstube wieder zu verlassen. Tobias entdeckte sie und winkte ihnen zu. »Hallo Papa. Schön, dass du Bettina mitgebracht hast. Wie geht es dir?«

Da nicht ersichtlich war, an wen er die Frage richtete, antworteten Berg und Thal synchron: »Danke, gut.« Bettina ergänzte: »Müde.« Thal blickte zur Seite und bemerkt, dass sie sich über das letzte Wort ärgerte, als hätte sie etwas Intimes von sich preisgegeben. Tobias forderte seinen Vater und Bettina auf, sich zu setzen. »Darf ich euch Nora Lotz vorstellen. Sie gehört seit ein paar Tagen unserer Redaktion an.«

Aha, dachte Thal. Sie ist also die Nachfolgerin der unseligen Verena Pfeffer, da hatte sich das Lokalblatt zumindest optisch deutlich verbessert. Er wollte Bettina den Vortritt lassen, merkte aber, wie sie auf ihn wartete. Er wählte den Platz neben Nora Lotz und gab Bettina die Chance, sich auf den freien Stuhl ohne Tischnachbarn zu setzen. Nachdem sie bei Clara ihre Getränke bestellt hatten, bemühte Tobias sich um eine lockere Unterhaltung. Es drehte sich um seine neue Kollegin und ihre Schwierigkeiten, sich in Konstanz einzuleben und in der Redaktion einzuarbeiten. Bettina saß schweigend auf ihrem Stuhl. Erst nach geraumer Zeit, die Gläser waren bereits halb geleert, fragte Tobias nach dem Mordfall. »Du weißt genau, dass wir darüber nicht sprechen dürfen«, entgegnete Bettina eine Spur zu barsch. Thal sah das Funkeln in ihren Augen und machte sich Sorgen. »Na ja«, reagierte Tobias verärgert, »die morgige Ausgabe wird eh schon gedruckt und für übermorgen werden wir Stoff genug bekommen. Auf diesem See findet man nicht einfach eine Leiche, ohne reichliches Geschwätz.«

Er hatte recht. In Konstanz gab es keine Geheimnisse. Im Rathaus nicht und auch nicht im Polizeipräsidium. Deshalb war es besser, das Lokalblatt mit Informationen zu füttern.

Auf diese Weise ließ sich wenigstens steuern, über was sich die Bürger am Frühstückstisch gruseln würden. Thal wollte gerade darauf verweisen, dass der Kriminaldirektor ganz sicher morgen zu einer Pressekonferenz einladen würde, als Bettina aufsprang. Fast stieß sie dabei ihr nur halb geleertes Glas vom Tisch. »Ich muss ins Bett.« Ein kurzes Nicken in Thals Richtung und sie drehte sich um und ging. »Gute Nacht, Bettina«, rief Tobias ihr hinterher, ohne dass sie darauf reagierte. »Puh«, machte Nora Lotz und Thal ärgerte sich über das selbstgefällig Lächeln in ihrem Gesicht. »Der Dame ist wohl eine Laus über die Leber gelaufen.«

Thal wusste, wer die Laus war, behielt es aber für sich. Er konnte die Beziehung zwischen Tobias und der gut aussehenden Journalistin noch nicht einschätzen. Es ging ihn im Grunde genommen auch nichts an. Er trank sein Glas in einem Schluck aus. »Ruf mich morgen im Präsidium an, Tobias. Ich gehöre auch ins Bett.«

Fünf Minuten später betrat er seine Wohnung, immer noch verärgert über das verkorkste Treffen im Weinwinkel. Sollte er sich über sich selbst ärgern oder über Tobias? Besonders feinfühlig war es nicht, Bettina derart direkt mit seiner neuen Flamme zu konfrontieren. Er mochte seine Kollegin. Vielleicht empfand er sogar stärkere Vatergefühle für sie als für seinen Sohn. Er wäre besser gleich nach Hause gegangen, aber er scheute die Konfrontation mit der Einsamkeit, obwohl sie unausweichlich war. Die drei Tage in Edinburgh hatten ihm gezeigt, wie sehr er einen Menschen an seiner Seite vermisste. Er blüht dort regelrecht auf. Und doch war alles schon wieder vorbei. Jetzt gerade startete das Flugzeug mit Karin Beck an Bord Richtung Los Angeles und von dort weiter nach Tahiti. Eine größere Entfernung zwischen ihnen konnte es nicht geben. Thal ging zum Barschrank, goss sich ein Glas Highland Park ein und stieg zur Dachterrasse hinauf. Er hob sein Glas in den Himmel. »Slàinte mhath - Gute Gesundheit!« Er trank den Whiskey in einem Schluck. Brennend rann er die Speiseröhre herunter. Der Schmerz tat ihm gut.

## Dienstag, acht Uhr zehn

Bettina betrat als letzte den Besprechungsraum, in dem sich neben der kompletten Mannschaft des Kriminalkommissariats eins auch der Kriminaldirektor Immanuel Schober eingefunden hatte. Thal registrierte beruhigt, dass sie sich gefangen hatte. Die Schatten unter den Augen waren verschwunden, möglicherweise auch nur unter ein bisschen Schminke versteckt. Ihr in die Runde geworfenes Lächeln zeugte von guter Laune und Selbstvertrauen, das sich heute auch wieder in ihrer Kleidung manifestierte. Frank Auer, der Sonnyboy des Teams, verschlang sie fast mit seinen Augen, was ihm wiederum einen spöttischen Blick von Thal einbrachte. Bettina hatte sich aber auch aufreizend angezogen. Kurzer Minirock, eng anliegende Bluse. Aber sie konnte es tragen.

»Dann sind wir ja vollzählig«, bemerkte Schober und begann in dem für ihn typischen Singsang, dem er den Spitznamen Imam verdankte, den Bericht der Tatortermittler zusammenzufassen. Bei dem Toten handelte es sich tatsächlich um den Besitzer des Bootes, Sven Fabri. Seine Ehefrau Judith hatte die Leiche noch im Hafen identifiziert, bevor sie in die Rechtsmedizin nach Freiburg gebracht worden war. Anschließend war Frau Fabri zusammengebrochen und hatte ärztlich versorgt werden müssen, eine weitere Befragung kam nur nach Rücksprache mit dem Arzt infrage und das wohl kaum vor heute Nachmittag.

Stephanie Bohlmann stand während Schobers Vortrag auf und befestigte die entsprechenden Fotos an einer Pinnwand, die den größten Teil der Längswand des Raumes einnahm.

Fabri wurde gerade einmal vierunddreißig Jahre alt. Er war ein Meter fünfundachtzig groß und schlank, »ein echter Hingucker«, wie Stephanie Bohlmann bemerkte. Das Opfer arbeitete als Angestellter bei der Spar- und Baubank Konstanz, kurz SpaBaKo, dem führenden Bankhaus der Stadt, bei dem auch die meisten Polizisten ihr meist kärglich gefülltes Konto hatten.

Der Fundort der Leiche war nach vorläufiger Auskunft des Rechtsmediziners und Meinung der Techniker auch der Tatort. Bei dem Boot handelte es sich um eine luxuriöse Jacht, auf der sich zwar unzählige Spuren, aber keine konkreten Hinweise auf den Täter fanden. Laut Bootsregister des Landratsamtes hatte Fabri das Schiff vor 15 Monaten angemeldet. Gebaut wurde das Segelboot von der Firma Jachtbau Herzog in Konstanz. »Mit dem sollte man reden«, regte Schober an. Thal nickte, gab aber zu bedenken, dass Herzog ein schweigsamer und schwieriger Mensch sei. Er konnte ein Lied davon singen, denn er und Leah ließen ihr Boot damals auch von Herzog bauen und wünschten sich oft genug, eine andere Werft beauftragt zu haben.

Frank Auer Auer heftete seine Blicke genauso intensiv auf das Foto der Jacht wie zuvor auf Bettinas Beine. »Also ich bin ja der Meinung, dass der wahre Hingucker nicht der Verblichene ist, sondern das Boot. Wie kann sich ein kleiner Bankangestellter das leisten?«

Schober nickte anerkennend mit dem Kopf. »Das ist eine gute Frage, Auer. Auch das Haus, das die Fabris an der Schwedenschanze bewohnen, scheint mir ein bisschen zu fein. Aber vielleicht brachte die Frau Geld mit in die Ehe. Auf jeden Fall müssen wir dem nachgehen.

Stephanie Bohlmann setzte sich neben Thal und goss sich eine Tasse Kaffee ein. »Vor allem brauchen wir ein Motiv. Wenn ihr mich fragt, sieht das nach einer Racheaktion aus.«

»Eine spontane Tötung können wir aufgrund der Art, wie sie ausgeführt wurde ausschließen«, sagte Auer und Bettina Berg ergänzte: »Damit sollte die Ehefrau als erste in den Fokus der Fahndung rücken. Es würde mich nicht wundern, wenn sich unser Opfer kaum vor weiblichen Nachstellungen retten konnte. Vielleicht hat er ja der einen oder anderen nachgegeben.«

Kriminaldirektor Schober rückte seinen Stuhl nach hinten, was das klare Signal war, zum Ende zu kommen. »Damit sind die nächsten Schritte klar. Wer übernimmt welche Aufgaben?«

Thal schmunzelte. Wie immer drückte sich Schober vor konkreten Anweisungen. Die überließ er ihm, dann konnte er ihn auch für jeden Misserfolg verantwortlich machen. Thal überlegte einen Augenblick und erklärte dann, selbst zur Obduktion nach Freiburg zu fahren. Es würde sich ohnehin niemand darum reißen.

Kaum hatte er es ausgesprochen, sagte Bettina fast ein bisschen gehetzt, als hätte sie Angst, es könne ihr jemand zuvorkommen: »Ich begleite dich.«

Thal wollte sie fragen, was sie dazu bringe, wo sie dieser leidigen Pflicht doch gerne auswiche, sah aber Bettinas fast flehenden Blick und nickte. »Gut. Stephanie und Frank, ihr holt Erkundigungen im Umfeld des Toten ein. Am besten beginnt ihr an der Arbeitsstelle, befragt Kolleginnen und Kollegen nach dem Üblichen. Ihr wisst schon, am meisten interessieren uns Geld, Liebe und Sex.«

Thal wollte aufstehen, als ihm einfiel, dass ein Kollege fehlte. »Wo ist eigentlich Wagner?« Stephanie Bohlmann antwortete, dass er mit Grendel zu einem Einbruchsdelikt gefahren sei. Thal sah Schober auffordernd an, der sofort verstand: »Wagner wird selbstverständlich für diese Ermittlungen abgestellt.«

Thal nickte zufrieden und wies Auer an, Wagner zum Bootsbauer zu schicken. Wenn überhaupt einer von ihnen den Mann zum Reden brachte, dann er mit seiner direkten Art.

Thal stand auf und schob seine Notizen zusammen. »Die Ehefrau befragen Bettina und ich, wenn wir aus Freiburg zurück sind. Lagebesprechung ist um neunzehn Uhr. Pünktlich.«

## Dienstag, neun Uhr dreißig

»Wie war es denn nun in Edinburgh? Du hast noch gar nichts erzählt.« Bettina blickte konzentriert nach vorn, wie immer fuhr sie den Dienstwagen.

»Kühl war es«.

»Du warst doch nicht allein, habe ich recht?«

Thal wunderte sich über Bettina. Über eine Stunde waren sie bereits unterwegs, in der Bettina ungewöhnlich schweigsam gewesen war. Und jetzt diese direkte Frage. Sie redeten zwar hin und wieder über private Dinge, aber das ging weiter, als ihre Beziehung es bisher zuließ. Wie sollte er reagieren? Würde die professionelle Kollegialität leiden, wenn er sich mehr öffnete? Ach was! Auf so etwas hatte er doch noch nie Rücksicht genommen. Außerdem wusste er im Moment weniger denn je, ob seine Zukunft in diesem Beruf lag. Gestern Abend hatte ihn das Gefühl schon überfallen und jetzt spürte er es von Neuem. Er fühlte sich einsam. Dabei war er es, der das Band zerschnitten hatte und jetzt saß Karin in einem Flieger mit Kurs Tahiti. Warum zum Teufel saß er in diesem Auto und kurvte durchs Höllental? Spontan entschloss er sich, zu erzählen.

»Karin Beck?«, fragte Bettina. »Der Name kommt mir bekannt vor.«

»Der Fall Sünder«, klärte Thal sie auf.

»Ach ja, die Tochter dieses jüdischen Jungen, den seine Freunde betrogen haben.«

Thal nickte.

»Lebt sie nicht in Zürich?«

»Lebte.«

Thal schluckte den Kloß herunter und erzählte, dass er endlich, nach einem Jahr voller Trauer um seine ermordete Frau Leah, die Chance sah, sich zu verlieben. Nicht, dass es schon so weit gewesen wäre, dazu kannten sie sich viel zu wenig. Aber immerhin ließ er die Möglichkeit zu, bis sich herausstellte, dass Karin Beck wenige Tage nach dem ersten gemeinsamen Kurzurlaub auf eine Weltreise aufbrechen würde. Den Plan hatte sie vor langer Zeit gefasst und weder wollte Thal Karin Beck von diesem lang gehegten Wunsch abbringen noch dachte sie daran, die Reise abzublasen. Thal erzählte langsam und bedächtig. Als er fertig war, legte Bettina ihm in einer fast intimen Geste die Hand auf den Arm.

»Und jetzt zweifelst du wieder, ob das hier dein Platz ist, oder?«

»Du weißt, dass ich gehen kann, wenn ich will.«

Thal hatte Geld, sehr viel Geld sogar. Dank des Erlöses aus dem Verkauf der Werke seiner verstorbenen Frau, einer gefeierten Malerin, war Thal ein vermögender Mann. Wenn er wollte, konnte er seinen Job von einem Tag auf den anderen hinschmeißen. Mehrmals war er im vergangenen Jahr nah dran gewesen, genau das zu tun. Er spürte Bettinas Angst, dass er es diesmal ernst meinte. Warum war sie nur so auf ihn fixiert? Sie war eine herausragende Polizistin - und eine aufregende Frau obendrein. Er schaute sie von der Seite an. Sein Blick blieb an ihren Oberschenkeln hängen. Auf der Innenseite des linken hing, knapp unterhalb des Rocksaums, ein dünner, schwarzer Stofffaden. Thal konnte dem Drang, ihn zu entfernen, gerade noch widerstehen. Dabei war es nicht Bettinas erotische Attraktivität, die ihn berührte, sondern die Verletzlichkeit, die wie eine dunkle Aura um sie hing und für die dieser Fussel ein Sinnbild war.

»Und du?«, fragte er sie.

Sie lachte auf. »Ich wäre schon froh, wenn ich einen Mann hätte, den ich aus der Entfernung anschmachten könnte.«

»Tobias ...«, setzte Thal an und sie unterbrach ihn sofort.

»Tobias hat ja jetzt seine Neue.«

Thal schaute sie fragend an.

»Nora Lotz. Hast du das gestern Abend nicht bemerkt? Ach ja, ich vergaß. Väter merken so etwas nicht. Ex-Geliebte schon.«

Thal spürte die Verbitterung in ihrer Stimme. Sie liebte Tobias immer noch, oder war es nur verletzte Eitelkeit, dass er sich schneller mit einer neuen Liebe tröstete als sie?

Die nächsten zehn Minuten schwiegen sie. Endlich bog Bettina auf den Parkplatz der Rechtsmedizin ein.

Der nüchterne Betonbau war so abweisend wie das, was sich in seinem Inneren abspielte. Restle erwartete die Konstanzer Kommissare schon im Sektionssaal.

»Schön, dass ihr euch auch noch her bequemt. Der Herr Staatsanwalt lässt sich entschuldigen, dafür ist euer Fotograf schon seit zwei Stunden hier.«

Berg und Thal warfen sich einen amüsierten Blich zu - den letzten für die nächsten Stunden - und zucken mit der Schulter.

»Macht ja auch nichts«, spottete Restle«, wenn der Steuerzahler die Anfahrt mit zwei Autos bezahlt.«

Niels Kröning, der Fotograf, machte Anstalten sich zu entschuldigen, aber Thal winkte ab.

Restle stellte die Kollegin »Frau Dr. Fiona Lee« vor, die den Anderen nur kurz zunickte. Sie war augenscheinlich asiatischer Abstammung - vermutlich Koreanerin, dachte Thal. »Frau Dr. Lee verstärkt zu unserer großen Freude unser Team seit einem Monat.«

Restle scharwenzelte um die kleine Asiatin herum und war gesprächig wie selten.

»Damit wir bis zum Nachmittag durch sind, haben wir schon mit der Kleidung angefangen und den Toten ausgezogen. So seht ihr ihn also in seiner ganzen männlichen Pracht vor euch liegen. Schon ein Musterexemplar, oder was meinen Sie, Frau Berg?«

Bettina starrte regungslos auf den Leichnam, der unter dem unbarmherzig kalten Licht der Operationsleuchte eher wie ein Kunstobjekt als ein menschlicher Körper wirkte.

»Was ist das?«

Der Fotograf deutete auf den linken Oberarm und schoss Fotos.

»Ein seltsames Tattoo«, murmelte Bettina.

»Sieht nach irgendetwas Esoterischem aus«, sagte Restle, nahm ein Lineal, um das Tattoo zu vermessen, schaltete anschließend den Rekorder an und diktierte in betont lässigem Tonfall.

»Tattoo auf dem linken Oberarm in Form einer achteinhalb Zentimeter hohen, elliptischen Blase. Goldener Rand, schwarz eingefasst. Blassblau ausgefüllt. Im Innern dieser Blase sehen wir von oben nach unten:

a) ein goldenes Dreieck, darin ein stilisiertes Auge

b) einen weißen, nach unten fliegenden Vogel, vermutlich eine Taube

c) einen Kelch, gefüllt mit dunkelroten, herzförmigen Platten, obenauf eine goldene Flamme, in der Mitte eine Art Medaillon (Farbe blau), darin ein schwarzes Malteserkreuz.«

Anschließend vermaß er jedes Detail und diktierte die genauen Größen des Dreiecks, der Taube und des Kelchs.

»Eindeutig religiöse Motive, aber irgendwie passen sie nicht zueinander, was meint Ihr?« Thal beugte sich über den Oberarm und starrte auf das in die Haut geritzte Bild.

»Einzeln hat man sie alle schon mal gesehen«, meinte Bettina, »aber in dieser Kombination noch nie.«

Die Obduktion nahm jetzt ihren gewohnten Verlauf. Der Körper wurde am Kopf beginnend Zentimeter für Zentimeter nach Spuren abgesucht. Es dauerte eine halbe Stunde, bis Restle und seine Kollegin sich endlich dem rechten Arm widmeten. Der Rechtsmediziner deutete auf Striemen am Oberarm. »Diese Kratzer und Hämatome könnten darauf hindeuten, dass jemand den Arm abgebunden hat, um eine Blutung zu verhindern oder zu stillen.«

Einen Augenblick schwiegen alle im Raum. Sie mussten die Information erst verarbeiten.

Als hätte Fiona Lee die Gedanken der Polizisten gelesen, sagte sie in akzentfreiem, leicht schwäbisch eingefärbtem Deutsch: »Möglicherweise wurde der Arm auch erst nach der Amputation abgebunden, um die Blutung zu stillen.«

Restle nickte: »Den Begriff Amputation, obwohl er natürlich durchaus korrekt ist, möchte ich hier ungerne verwenden. Er könnte falsche Assoziationen wecken. Eher sollte man sagen, jemand hat den Unterarm abgetrennt. Er hat dafür mehrere Versuche gebraucht. Der Mann muss entsetzliche Schmerzen gehabt haben, es sei denn ... .« Mit der Spitze eines Skalpells deutete er auf das rechte Schlüsselbein. Fiona Lee nahm eine Lupe und suchte die Haut an dieser Stelle ab. »Sie haben recht, Kollege.« Restle sah die junge Asiatin strahlend an und wendete sich an Thal. »Wenn das stimmt, was wir vermuten, haben Sie es mit jemandem zu tun, der durchaus über medizinische Kenntnisse verfügt.«

Wenn Thal etwas auf die Nerven ging, dann Restles immer wieder zur Schau gestellte Geheimnistuerei. Der Doktor sah seinen ungeduldigen Blick und ließ sich zu einer Erklärung herab. »Womöglich wurde hier eine Infraklavikuläre Plexusblockade durchgeführt.«

»Bitte ... was?« fragte Bettina und Thal freute sich, dass sie genauso genervt war wie er. Als ob es für dieses Fachchinesisch nicht einen allgemein verständlichen Begriff gab. Fiona Lee übernahm es, den Sachverhalt kurz und knapp zu erklären. »Es handelt sich dabei um ein weitverbreitetes, relativ einfaches Anästhesieverfahren, das bei Operationen am Arm angewendet wird. Man spritzt dazu ein Narkosemittel unterhalb des Schlüsselbeins und blockiert damit die Nerven des sogenannten Armgeflechts ...«

»... oder Plexus brachialis, wie wir sagen. Genaueres können Sie dem Bericht entnehmen. Wir sollten sehen, dass wir voran kommen.« Restle stellte den Rekorder an, der an einem Kabel von der Decke hing und diktierte im Fachjargon, von dem Berg und Thal kaum ein Wort verstanden. So nahm die Leichenschau den gewohnten Gang. Mit Ausnahme von Fesselspuren am rechten Handgelenk fanden sich keine weiteren Auffälligkeiten. Als sie auch die Füße ausführlich begutachtet hatten, griff Fiona Lee zur Motorsäge.

»Dann wollen wir uns das ganze mal von innen ansehen«, sagte Restle und nickte ihr zu. Kaum hatte die kleine Asiatin das Werkzeug angesetzt, rannte Nils Kröning aus dem Raum.

## Dienstag, fünfzehn Uhr zwanzig

Im Auto herrschte eine völlig andere Stimmung als auf der Hinfahrt. Als sie vom Parkplatz der Rechtsmedizin fuhren, dauerte es einige Minuten, bis sie eine für das Gesehene und Gehörte angemessene Sprache fanden. Die Bilder der Obduktion blieben lange haften, obwohl Berg und Thal jahrelange Erfahrungen mit Besuchen in Sektionssälen hatten. Nils Kröning, für den es eine Premiere war, schaffte es nicht, der Leichenöffnung beizuwohnen. Zum Glück war ein Kollege aus Offenburg anwesend, der einen anderen Fall dokumentierte und kurzerhand den Job übernahm. Dem Konstanzer Fotografen war sein Zusammenbruch entsetzlich peinlich und er war sichtlich froh, mit dem eigenen Wagen nach Hause fahren zu können. So konnte er der Frotzelei der Kollegen zumindest noch für ein paar Stunden entgehen.

Bettina versuchte ihre Gedanken zu ordnen. Gerne hätte sie die Notizen zur Hand genommen, die sie sich während der Leichenschau gemacht hatte. Es war gerade mal eine Seite mit wenigen Stichworten. Aber wie stets, wenn sie mit Alexander Thal unterwegs war, saß sie am Steuer.

Niels Fabri war verblutet, das stand fest. Seine Hand hatte der Täter äußerst stümperhaft amputiert, es gab mehrere Schnitte und Ansätze eines scharfen Messers oder einer Axt, Restle vermutete ein Schlachterbeil, war sich aber nicht sicher. Der Dilettantismus des Täters beim Abtrennen des Arms stand in einem seltsamen Gegensatz zur professionell durchgeführten Narkose. Auch wenn hier erst die Laborergebnisse letzte Klarheit bringen würden, Restle und Lee waren sich einig, dass der Arm des Opfers betäubt gewesen sein musste. Ohne Anästhesie hielt kein Mensch diese Schmerzen bei Bewusstsein aus.

Bettina trommelte auf das Lenkrad, seit Minuten fuhren sie hinter einem Trecker und es gab kaum eine Chance, ihn zu überholen. Jetzt endlich! Sie gab Gas und hatte Sekunden später ein paar Kilometer freie Strecke vor sich. »Vielleicht war der Mord ja gar nicht geplant.«

Thal sah sie fragend von der Seite an und schwieg. Am besten störte man Bettina nicht, während sie einen Gedanken entwickelte. An guten Tagen kombinierte sie die wenigen bekannten Fakten derart meisterhaft, dass sich ein neuer Blickwinkel ergab. Wie immer, wenn sie konzentriert nachdachte, schob sie die Unterlippe leicht nach vorn, was ihr einen trotzigen Ausdruck verlieh. »Es könnte doch auch eine besonders grausame Art der Folter gewesen sein. Der Täter band den Arm seines Opfers ab, den er danach abhackte. Wenn er jetzt nach und nach die Aderpresse lockerte und das Blut fließen ließ … .«

Thal schluckte. »Du meinst, er hat Fabri langsam verbluten lassen und der hat das bei vollem Bewusstsein erlebt?«

Bettina beantwortete die Frage nicht. Ein paar Minuten saßen sie schweigend nebeneinander und versuchten, mit der Möglichkeit fertig zu werden, es mit einem sadistisch veranlagten Täter zu tun zu haben. Thal fand als erster einen Gedanken, der positive Aspekte enthielt. »Wir können nur hoffen, dass der Täter nicht nur ein Amateurchirurg war, sondern auch bei der sonstigen Ausführung der Tat genauso nachlässig gearbeitet und Spuren hinterlassen hat. Am liebsten natürlich DNA-Material. Aber das wissen wir erst, wenn das Spurenlabor der Rechtsmedizin seinen Bericht liefert.«

»Wir müssen uns auf das konzentrieren, was wir sicher wissen, Alexander. Für mich steht fest, dass es keine spontane, sondern eine geplante Tat war. Dafür spricht auch der Tatort, denn der Täter musste seine Flucht genau planen, brauchte er doch ein Boot, um zu verschwinden.«

Bettina hatte Thal wieder auf den Boden der Tatsachen zurückgeholt. »Wenn wir ehrlich sind ... . Im Grunde genommen wissen wir so gut wie nichts. Der einzige Hinweis auf ein mögliches Motiv ist das Tattoo - und auch das ist weit hergeholt. Der Mord muss damit in keinerlei Zusammenhang stehen.«

Bettina nickte und schaute dabei grimmig geradeaus. »Immerhin haben wir damit einen Ansatzpunkt, mit dem wir Frau Fabri konfrontieren können. Besser als nichts.«

Sie fuhren über die Bundesstraße dreiunddreißig nach Konstanz hinein, auf der sich der Verkehr wie fast täglich um diese Zeit stadtauswärts staute. Sie kamen aber gut voran und parkten zehn Minuten später vor dem Haus des Opfers.

Judith Fabri bewohnte an der Schwedenschanze in Steinwurfentfernung zur Schweizer Grenze eine Dachgeschosswohnung in einer repräsentativen, von der Straße zurückgesetzt liegenden Villa. Vom sicherlich 60 Quadratmeter großen Wohnzimmer, an dessen dunkelrot gestrichenen Wänden sich effektvoll gehängte Porträts von alten Menschen befanden - Thal hatte das Gefühl den Maler zu kennen - fiel der Blick durch bodentiefe Fenster auf einen großen Dachgarten, der mit teuren Gartenmöbeln ausgestattet war. Allein der Kaufpreis des Gasgrills dürfte das Durchschnittsgehalt eines Bankangestellten, wie Fabri es gewesen war, überschritten haben.

Judith Fabri war 42 Jahre alt – sie wirkte durch einen extremen Kurzhaarschnitt eher älter – und trug ein sackartiges, dunkelblaues Hauskleid. Sie stand sichtlich unter Schock, ihre Augen waren vom Weinen gerötet, ihre Bewegungen schienen Thal verlangsamt, doch er fragte nicht, ob sie Medikamente eingenommen hatte. Er überließ Bettina Berg die Befragung und schaute sich stattdessen unauffällig im gut gefüllten Bücherregal um. Hauptsächlich Gegenwartsliteratur, ein paar Krimis, einige wenige Liebesromane, dazu Wirtschaftssachbücher zur Eurokrise und zum Finanzmanagement. Ein Dutzend Reiseführer zeigten eine deutliche Vorliebe für die skandinavischen Länder. Nichts zu Esoterik oder Magie.

Berg stellte zunächst die üblichen Fragen und erkundigte sich nach der Familie. Das Ehepaar Fabri hatte zwei Kinder, beides Mädchen, im Alter von zwölf und zehn Jahren, die im Moment bei der Schwester ihrer Mutter untergebracht waren.

»Wann haben Sie Ihren Mann zum letzten Mal gesehen?«

Judith Fabri überlegte einen Moment und antwortete dann betont langsam, als müsse sie jedes einzelne Wort in seiner Bedeutung genau analysieren. »Am gestrigen Morgen bevor er zur Arbeit ging. Er wollte nach Feierabend mit dem Boot rausfahren. Solange das Wetter noch mitspielte ...«

Ihre Stimme klang belegt, als hätte sie gerade eine schwere Erkältung hinter sich.

»Kam das oft vor, dass er alleine segelte?«

»Ja, sehr oft. Er hat extra ein Boot gekauft, das sich gut zum Einhandsegeln eignet. Er brauchte das zur Entspannung.«

Thal sah, dass Bettinas Miene sich anspannte. Jetzt würde sie die Zügel in der Befragung anziehen.

»Das Boot war eine luxuriöse Jacht und sehr teuer. Woher haben Sie so viel Geld? In der Bank hat ihr Mann kaum so viel verdient.«

Der letzte Satz kam wie ein Peitschenhieb, aber Judith Fabri zeigte keine Reaktion, sah man davon ab, dass sie mit fahrigen Bewegungen ein paar Krümel vom Tisch wischte, was Thal als typische Übersprungshandlung deutete. Sie hatte sich genau diese Frage vermutlich selber schon gestellt und wusste jetzt nicht, was sie antworten sollte.

»Er hat wahnsinnig viel gearbeitet, nicht nur in der Bank, sondern auch als freiberuflicher Berater. Er war wohl sehr erfolgreich, denn es gab immer wieder Prämien. Aber im Grunde genommen weiß ich davon nichts. Wir hatten ein Konto, auf das flossen jeden Monat 2000 Euro, davon bestritt ich unser Leben, kaufte was ich brauchte. Von allem anderen habe ich keine Ahnung.«

Thal versuchte aus Judith Fabris Gesichtsausdruck zu lesen, ob ihr diese Unwissenheit missfallen hatte. Es gelang ihm nicht. Bettina fragte, ob die Wohnung gemietet sei. »Nein, wir haben die Wohnung vor drei Jahren gekauft«, lautete die sachliche Antwort.

»Haben Sie irgendeine Ahnung oder Vermutung, wer ihren Mann getötet haben könnte? Hatte er Feinde?«

Wie fast alle Ehepartner, denen ein Polizist diese Frage stellte, schaute auch Frau Fabri zu Boden, als handele es sich um eine allzu intime Angelegenheit. »Das kann ich mir nicht vorstellen, er war bei allen so beliebt. Im Jachtclub, überall ... Er half ja auch allen Menschen, wenn sie Probleme mit finanziellen Dingen hatten. Da war er ganz uneigennützig.« Die Antwort kam schleppend, leise und wie fast immer in diesen Fällen voller Rechtfertigungen. Vermutlich hat sie selbst mehr als einmal mit dem Gedanken gespielt, ihren Ehemann umzubringen, dachte Thal. Jetzt, wo es tatsächlich geschehen ist, kommt ihr das erst recht schändlich vor. Er wollte sie nicht so leicht aus dieser Erinnerung entlassen. Außerdem hatten sie ihren einzigen Trumpf noch nicht ausgespielt. »Irgendjemand muss ihren Mann so gehasst haben, dass er ihn schließlich ermordete. Könnte es etwas mit seiner Tätowierung zu tun haben?«

Die Erwähnung des Tattoos brachte Judith Fabri völlig aus der Fassung. Sie schaffte es nur mit Mühe, die Tränen zurückhalten und klammerte sich mit beiden Händen an der Sitzkante des Sofas fest, als hätte sie Angst, den Halt zu verlieren. »Das Ding ist gruselig, oder? Er hat es sich auf einer Geschäftsreise in den USA stechen lassen. Er wollte nie darüber reden, dabei haben wir doch sonst keine Geheimnisse.«

Sieht man davon ab, dass du nicht einmal weißt, womit dein Mann das Geld für euren aufwendigen Lebensstil verdient hat, dachte Bettina.

Thal übernahm es, die unvermeidliche Frage nach dem Alibi für den gestrigen Nachmittag bzw. späten Abend zu stellen. Judith Fabri hatte sich wie jeden Montag mit zwei Freundinnen zu einem Stadtbummel mit anschließendem Apéro und Abendessen in einem Konstanzer Nobellokal getroffen.

Thal schaute seine Kollegin an, die mit einem kaum wahrnehmbaren Nicken signalisierte, dass sie keine weiteren Fragen hatte. Er stand auf und unterrichtete die Frau des Opfers eher beiläufig, dass einige Kollegen der Kriminaltechnik die Wohnung untersuchen würden. Der entsprechende Durchsuchungsbeschluss sei bereits beantragt. »Das ist auch in ihrem Interesse, Frau Fabri, schließlich wollen Sie doch sicher auch, dass wir alle relevanten Informationen sicherstellen, die uns helfen, den Mörder ihres Mannes zu finden.« Beim Verlassen der Wohnung drehte sich Bettina Berg noch einmal um. »Der Durchsuchungsbeschluss gilt übrigens auch für sämtliche Konten Ihres Mannes.«

## Dienstag, neunzehn Uhr zehn

Das gesamte Team des KK eins war um den Besprechungstisch versammelt. Es herrschte angespannte Konzentration, als Bettina Berg von der Obduktion berichtete. Einige Fotos der Tätowierung lagen auf dem Tisch, jeder sollte bei Zeugenbefragungen stets ein Exemplar bei sich haben, schließlich war es im Moment die wichtigste Spur.

Thal fasste die Befragung von Judith Fabri kurz und bündig als »nicht besonders ergiebig« zusammen, sah man davon ab, dass sie anscheinend keinen blassen Schimmer hatte, woher das Geld für ihren aufwendigen Lebensstil stammte. »Der Durchsuchungsbeschluss für Fabris Wohnung liegt vor, genauso für die Bankkonten. Grendel dürfte bereits mit ein paar Leuten bei der Arbeit sein, von der Bank bekommen wir erst morgen Infos, die Herren sind schon im Feierabend.«

Wagner klopfte mit einem Kugelschreiber auf die Tischplatte. »Wie die arbeiten, möchte ich mal Urlaub machen.«

Thal ärgerte sich über diesen Einwurf, weil er die Atmosphäre im Raum zerstörte. Es war zwar wichtig, dem Flachs unter den Kollegen Raum zu gewähren, am Anfang einer Ermittlung kam es aber vor allem darauf an, die Faktenlage sauber zu dokumentieren. Wenn man jetzt etwas übersah, ließ sich dieser Fehler später nur schwer korrigieren. Deshalb schnauzte er Wagner an, ob er auch etwas zur Sache beizutragen habe, zum Beispiel was er vom Inhaber der Bootsbaufirma erfahren konnte.

Wagner ließ diesen Anschiss völlig unbeeindruckt über sich ergehen und erzählte gelangweilt von seinem Gespräch mit dem Bootsbauer. Herzog hatte sich als der von Thal erwartete harte Brocken erwiesen. Er wollte überhaupt nichts zur Sache erzählen, das sei alles Betriebsgeheimnis. Erst als Wagner ihm erklärte, dass er bei einer Mordsache innerhalb von einer halben Stunde einen Durchsuchungsbeschluss für seine Firma und seine Privaträume besorgen und den Betrieb für ein paar Tage lahmlegen konnte, war Herzog plötzlich gesprächsbereit.

Er hatte das Boot vor sieben Jahren im Auftrag eines Lindauer Großgastronomen gebaut. Der kam vor zwei Jahren in Geldschwierigkeiten und Herzog kaufte das Boot zurück.

Wagner unterbrach seinen Bericht und lehnte sich süffisant lächelnd nach hinten. »Wenn ihr mich fragt, ist der Herzog ein Schlitzohr. Er tut so, als hätte er seinem Kunden mit dem Rückkauf einen Gefallen getan, aber ich bin überzeugt, dass er damit einen guten Schnitt gemacht hat. Zahlen hat er nicht rausgerückt, aber wir könnten natürlich … .«

Thal winkte ab. »Die alte Geschichte interessiert uns nicht. Wie kommt Fabri ins Spiel?«

Wagner gab seine lässige Haltung nicht auf. »Ganz direkt, denn er kaufte das Boot von Herzog für den stolzen Preis von hundertfünfundsechzigtausend Euro.«

Stephanie Bohlmann führte ein Wasserglas zum Mund und hielt überrascht in der Bewegung inne. »Wie bitte? So viel Geld für so ein kleines Boot?«

»Die Größe ist nicht immer entscheidend«, warf Frank Auer ein und grinste in die Runde. Stephanie Bohlmann schien die Anspielung nicht zu bemerken. »Was rechtfertigt dann den Preis?«

Thal, der immer noch keine Flachserei dulden wollte, lieferte selbst die Erklärung. »Vor allem Material und Verarbeitung bestimmen die Kosten einer Jacht. Wenn ich das richtig gesehen habe, ist es ein Teakholzboot.«

Wagner bestätigte das. Auch alle anderen verwendeten Materialien, Beschläge und so weiter waren nur vom Feinsten. »Außerdem handelt es sich um ein Unikat mit herausragenden Segeleigenschaften, jedenfalls hat Herzog mir das so dargestellt.«

»Wie hat Fabri bezahlt?«, fragte Bettina Berg.

Wagner hatte auf diese Frage gewartet, denn er inszenierte seine Antwort, indem er sich Zeit ließ, um sie dann wie aus der Pistole zu schießen. »Auf einen Schlag und bar.«

»Und woher hatte er das Geld?« Bettina stellte die Frage, die alle im Raum bewegte.

»Darauf bekommen wir, wenn überhaupt, erst morgen eine Antwort.« Stephanie Bohlmann goss sich ihr Wasserglas bereits zum dritten Mal an diesem Abend voll, trank einen Schluck und blätterte in ihren Unterlagen. »Frank und ich haben heute Fabris Kolleginnen und Kollegen befragt. Nichts Aufregendes, er war ein unauffälliger Bankmitarbeiter, sieht man davon ab, dass er sich gut mit dem Direktor Maximilian Böhning verstanden hat. Sie haben sogar viel Freizeit miteinander verbracht.«

Auer nickte und ergänzte, dass man zwischen den Zeilen heraushören konnte, dass der Chef Fabri bevorzugt hatte. »Das hat zwar keiner so klar gesagt, aber Andeutungen gab es genug. Wenn man da den einen oder anderen etwas härter anfasst, bekommen wir sicher noch mehr heraus.« Mit dem Direktor hatten sie noch nicht gesprochen, er besuchte eine Tagung in München und kam erst morgen wieder ins Büro.

»Gut.« Thal spürte, wie sich die Müdigkeit fast greifbar im Raum ausbreitete. »Mehr können wir heute nicht tun, machen wir Feierabend.«

Das ließen sich die anderen nicht zwei Mal sagen. Binnen weniger Sekunden hatten sie ihre Unterlagen zusammengerafft und verließen den Raum. Thals Handy signalisierte den Eingang einer SMS. »Hi Paps. Lust auf ein Glas zum Feierabend? Weinwinkel?«

Thal drückte die Antwort-Taste: »Bin in zehn Minuten da.«

## Dienstag, zwanzig Uhr fünfundzwanzig

»Ist ja richtig was los heute Abend. Nicht dass ihr bald wegen Reichtum schließt«. Thal lachte Clara Hämmerle an, die Grauburgunder der Konstanzer Spitalkellerei in sechs Gläser füllte. Für einen Dienstagabend drängten sich überraschend viele Gäste im engen Lokal. »Da brauchst du dir keine Sorgen zu machen, Alexander. Da bist du eher in südlichen Gefilden, als wir.« Die Wirtin zuckte zusammen, als sie merkte, dass ihre Spontaneität sie wie so oft zu einer reichlich frechen Äußerung veranlasst hatte. Thal nickte ihr aber nur lächelnd zu. Sie durfte ihn mit seinem Vermögen aufziehen, schließlich war sie Leahs gute Freundin gewesen. Er spürte an einem kühlen Luftzug am Rücken, dass sich die Tür zur Weinstube geöffnet hatte. Tobias betrat das Lokal Arm in Arm mit seiner neuen Freundin. Clara beugte sich über den Tresen. »Wie verliebt die beiden sind.« Thal musste ihr recht geben. Sein Sohn strahlte eine Selbstsicherheit aus, die er lange nicht mehr bei ihm bemerkt hatte. Er war der Typ Mann, der eine Frau an seiner Seite brauchte. Als Single war er der unvollständige Teil eines Vexierbildes, mit der richtigen Partnerin hingegen zeigte sich sein vielschichtiger Charakter. Thal wagte allerdings noch kein Urteil, ob Nora Lotz das passende Gegenstück war. Attraktiv war sie allemal, für Thals Geschmack zu dünn und zu spröde. Ihre Augen sprühten aber vor Energie, außerdem gefiel ihm auch ihre sonore Stimme, die in einem bemerkenswerten Kontrast zu ihrer Figur stand.

Einer der winzigen Tische an der Längsseite des Lokals wurde frei und sie nahmen Platz. Zwei Minuten später, die mit angenehmem Geplauder vergingen, brachte Clara die Getränke. Dabei wischte sie aus Versehen Thals Aktenmappe vom Tisch und das Foto von Fabris Tätowierung flatterte heraus. Nora Lotz bückte sich und hob Mappe wie Bild auf.

»Das ist ja interessant. Was haben Sie denn mit diesen O.L.O-Typen zu tun, Herr Thal?«

»Sie kennen das Tattoo?«

»Natürlich, das ist sozusagen das Logo des Ordo Lux Obscura, einer ziemlich verqueren Truppe, wenn Sie mich fragen. Allerdings im Moment echt en vogue in Hollywood.«

Tobias sah seine Freundin erstaunt an. »Und was, um alles in der Welt, hast du mit denen zu tun?«

»Du erinnerst dich aber schon, dass ich in der Redaktion von »LEUTE« gearbeitet habe, bevor ich zu unserem hochverehrten Lokalblatt kam?« Thal beobachtete amüsiert, wie die beiden Verliebten sich neckten. Selbstverständlich wusste Tobias das, schließlich hatte er Noras Bewerbung gelesen und ihre Einstellung befürwortet. »Du hattest beste Referenzen von diesem Blatt, auch wenn es nicht ganz so seriös ist, wie es gerne den Anschein macht.«

So unterhaltend Thal dieses Geplänkel fand, war er doch zu neugierig, um nicht konkret nachzufragen. »Und während der Arbeit bei diesem Magazin haben Sie dieses Zeichen schon einmal gesehen?«

»Nicht nur einmal, Herr Thal. Ich schrieb an einer Fortsetzungsgeschichte über satanische Kulte und ihre zunehmende Akzeptanz bei Hollywoodstars. Vor einer Woche, ich war soeben den Lesern des Südkurier ausführlich vorgestellt worden, bot mir jemand Material über eine Abspaltung vom O.L.O an. Angeblich halten sie ihre Messen im Hegau ab.«

»Und?« fragten die beiden Thals wie aus einem Mund.

»Kein und. Der Informant wollte mir die Dokumente nur bei einem persönlichen Treffen überreichen. Wir waren gestern auf dem Parkplatz am Hohentwiel verabredet, er ist aber nicht gekommen.«

Thal war elektrisiert. Wie oft war es der Zufall, der einen entscheidenden Hinweis bei einer Ermittlung lieferte? Hielt Nora Lotz einen solchen Baustein in der Hand? Er drängte sie, weiter zu sprechen. »Sie haben keine Ahnung, wer dieser geheimnisvolle Mann ist, oder?«

»Nein, ich habe nur diese E-Mail von ihm. Gesprochen habe ich ihn nie, geschweige denn getroffen.«

Thal hatte eine Idee, verschwieg sie aber. Nora Lotz sollte in dieser Sache unvoreingenommen bleiben. Umso neugieriger allerdings war Tobias. Es war klar, dass er einen Zusammenhang mit der Ermordung von Sven Fabri herstellte. Noch hatte er kaum Informationen, die für eine ausführlichere Berichterstattung reichten, jetzt aber sah er eine Chance. Thal bestätigte, dass dieses Zeichen bei den Ermittlungen eine Rolle spielte, nannte aber keine Details. Wenn er ehrlich war, nährte es ohnehin nur eine äußerst vage Hoffnung, einen Ermittlungsansatz zu finden. Dazu mussten sie mehr über diese Sekte wissen. »Sie würden uns sehr helfen, wenn sie mir und meinem Team ein bisschen auf die Sprünge helfen. Könnten Sie morgen ins Präsidium kommen und die Kollegen über die Sekte ins Bild setzen, Frau Lotz?«

»Gerne, aber nur wenn Sie Nora sagen, Herr Thal.«
»Alexander«, antwortete er.
Tobias schaute von Nora zu seinem Vater. Er lächelte.

## Mittwoch, acht Uhr dreißig

Bettina bereute, sich sommerlich gekleidet zu haben. Der kalte, funktionale Raum strahlte nicht nur eine frostige Atmosphäre aus, die zu kalt eingestellte Klimaanlage kühlte die Temperatur auch real so weit herunter, dass ihr eine Gänsehaut über den Arm lief. Maximilian Böhning, der Direktor der Spar- und Baubank Konstanz, passte sich der Kälte nicht nur durch einen bereits herbstlich anmutenden, grauen Businessanzug an, sondern senkte die gefühlte Temperatur mit seiner barschen und unverbindlichen Art noch zusätzlich. Neben ihm saß betont locker Dr. Ansgar Rosemann von der Kanzlei Rosemann und Bär, einer der ältesten Sozietäten in Konstanz. Böhning überließ ihm in weiten Teilen die Gesprächsführung. Auch als Thal den Bankdirektor nach Fabri fragte, antwortete der Anwalt. »Er war ein absolut zuverlässiger und stets korrekter Mitarbeiter. In seiner Personalakte findet sich kein einziger negativer Eintrag.«

Bettina Berg machte sich gar nicht die Mühe, Böhning anzusprechen, sondern wandte sich direkt an Rosemann. »Gab es irgendwelche besonderen Freundschaften zwischen Fabri und seinen Kolleginnen oder Kollegen?«

»Davon ist mir nichts bekannt.«

Thal ging das Getue auf die Nerven. Sie mussten Böhning aus der Reserve locken, sonst hätten sie sich diesen Besuch schenken können. »Sind Sie denn rund um die Uhr hier im Haus, Herr Doktor Rosemann?«

»Wie kommen Sie denn darauf. Selbstverständlich habe ich mein Büro in unserer Kanzlei.«

»Ich dachte, weil sie sich so genau in den Interna der Bank und den Intimitäten der Mitarbeiter auskennen. Das setzt doch voraus, dass sie viel Zeit hier verbringen.«

Thal registrierte mit Genugtuung, dass Böhning sich angegriffen fühlte und fast reflexartig auf seinen Einwurf einging. »Herr Dr. Rosemann ist mit allen Abläufen in der Bank genauestens vertraut. Seine Kanzlei vertritt seit Jahrzehnten unsere Interessen, schon sein Vater ...«

Thal unterbrach den Bankdirektor mit einer fast gebieterischen Geste. »Trotzdem erwarte ich, dass Sie persönlich antworten, Herr Böhning. Also noch einmal: Wie würden Sie Ihr Verhältnis zu Sven Fabri beschreiben?«

Böhning presste die Lippen zusammen und sein Kopf wechselte die Farbe zu einem dunklen rot. Thal hatte ihn in Rage gebracht und genoss es. »Als Direktor einer Bank hat man kein Verhältnis zu einem einfachen Angestellten. Ich kann mich nicht einmal erinnern, wie dieser Herr Fabri überhaupt aussieht.«

Bettina legte ein Foto auf den Tisch und beugte sich leicht herüber. Thal registrierte, dass Böhnings Blick buchstäblich im Ausschnitt von Bergs eng anliegender Bluse verschwand. Sie hob ihren Kopf und sah dem Banker direkt in die Augen.

»Aussah, Herr Böhning. Vergangenheitsform. Sven Fabri ist tot.«

»Ach ja«, sagte er und bemühte sich, seine Augen in den Griff zu bekommen und einen neutralen Punkt auf der Tischplatte zu fixieren. »Das hatte ich fast vergessen.«

Thal platzte bei dieser gelangweilt vorgebrachten Antwort der Kragen. »Jetzt reicht es mir mit dem Theater.

Wenn das so weitergeht, werden wir das Gespräch auf dem Präsidium fortsetzen, möglicherweise ist die dortige Atmosphäre besser geeignet, sie zu präzisen Aussagen zu bewegen.«

Rosemann wollte etwas einwerfen, Thal aber unterband das barsch: »Sie können gerne dabei sein, Herr Rosemann. Natürlich nur, falls Herr Böhning meint, einen Anwalt zu brauchen.« Er stand auf und klopfte mit der Hand auf den Tisch. »Für den Augenblick erwarte ich lediglich, dass sie uns sämtliche Personalakten von Sven Fabri überreichen, einschließlich aller Unterlagen über Konten, die der Tote in Ihrem Haus besaß. Der entsprechende Gerichtsbeschluss liegt Ihnen ja vor.«

Böhning blieb sitzen und verzog den Mund zu einem schiefen Lächeln. »Ich muss allerdings darauf bestehen, dass sie alles mit äußerster Diskretion behandeln. Sie wissen … .«

»Sie müssen nur eines, Herr Direktor, und zwar, uns bei allen Fragen rund um die Ermittlung in der Mordsache Ihres Mitarbeiters Fabri hilfreich zur Seite zu stehen. Wenn ich dann bitten dürfte.«

## Mittwoch, neun Uhr vierzig

»Was für ein Arschloch!«

Bettina regte sich noch auf dem Weg vom Bankhaus zum Präsidium über Böhnings Gebaren auf. »Was glaubt der eigentlich, wer er ist?«

»Einer der einflussreichsten Männer der Stadt«, antwortete Thal betont gelassen.

Berg sah ihn fragend von der Seite an.

»Die Spar- und Baubank Konstanz ist einer der größten Baufinanziers in der Stadt. Dabei handelt es sich natürlich vor allem um private Immobilienvorhaben, aber auch öffentliche Projekte hängen nicht unerheblich an deren Tropf.«

»Aha, du bist also neuerdings ein Kenner der städtischen Finanzlage.«

»Nicht ich, aber Tobias.«

Thal spürte, wie die Temperatur zwischen Bettina und ihm um einige Grad sank. Er hatte keine Lust, darauf einzugehen, und so legten sie den restlichen Weg schweigend zurück.

Im Präsidium bereitete sich Thal zunächst in aller Ruhe seinen zweiten Espresso des Tages zu. Während er sich in seinem Schreibtischsessel zurücklehnte und das Aroma seiner speziellen Arabica-Mischung genoss, läutete sein Smartphone. Er öffnete den E-Mail-Eingang. »Mit dir wäre es schöner«, lautete die Nachricht von Karin Beck. Das angehängte Foto zeigte sie lächelnd und kerzengerade auf einem Felsen sitzend. In ihrem Rücken versank die Sonne kitschig rot im Meer.

Thal legte das Handy auf den Schreibtisch und drehte sich zu Leahs Selbstporträt um. Gekleidet in einen leuchtend gelben Pareo und mit einer hinter das Ohr gesteckten Frangipaniblüte als einzigem Schmuck, lächelte sie ihn an. Thal nickte zum Gemälde hinauf. »Ich weiß, was du sagen willst. Was tust du noch hier, würdest du fragen. Und vermutlich hast du recht.«

Thal seufzte, stellte die kleine Kaffeetasse auf das Sideboard und ging in den Besprechungsraum, wo sich die anderen Teammitglieder bereits versammelt hatten. Bettina unterrichtete sie über den Besuch bei Böhning, ihr Ärger war noch deutlich zu spüren. Sie hielt einen Ordner mit Kontoauszügen in die Höhe. »Ich habe mir mal einen groben Überblick verschafft. Das ist das Konto eines biederen Angestellten, eines recht gut verdienenden allerdings. Jeden Monat fließen zusammengerechnet rund dreitausend Euro als Gehalt und Provisionszahlungen auf sein Konto. Davon gehen an fixen Kosten eintausendvierhundert Euro ab, der größte Batzen für die Tilgung einer Hypothek auf die Wohnung. Bleiben eintausendsiebenhundert Euro für die Lebenshaltung und den kleinen Luxus, den sich doch jeder gerne hin und wieder gönnt. Bis auf fünfzig oder gelegentlich hundert Euro, die auf ein separates Sparkonto eingezahlt wurden, hob er diese Summe auch vom Konto ab. Der momentane Kontostand beläuft sich auf tausendeinhundertsechsundachtzig Euro und dreiundvierzig Cent. Auf dem Sparkonto liegen etwas über achttausend Euro.

Auch hier gibt es viel Bewegung, jedes Mal, wenn der Betrag an die zehntausend heranreichte, wurde eine größere Summe abgehoben.«

Thal, der noch an der Tür stand, fragte nach der Höhe der Hypothek, mit der die Wohnung belastet war. »Sie kann ja nicht billig gewesen sein.«

Berg blätterte in einem Aktenordner.

»Hier habe ich es. Der aktuelle Stand ist knapp über sechsunddreißigtausend Euro.«

»Was, mehr nicht? Die Wohnung muss doch mindestens dreihunderttausend Euro gekostet haben.«

Bettina vermutete, er könne noch bei einem anderen Institut einen Kredit haben.

»Als Bankkaufmann?«, mischte sich Auer ein. »Das wäre doch unlogisch bei den niedrigen Hypothekenzinsen.«

»Ruf Grendel an«, sagte Thal. »Der ist doch eh noch in der Wohnung. Er soll nach Unterlagen suchen und im Zweifel Frau Fabri befragen. Und du, Frank, erkundigst dich nachher beim Grundbuchamt.«

Thal wandte sich erneut Bettina Berg zu:

»Und die Personalakte?«.

»Blütenweiß wie Neuschnee«.

Hier kamen sie also im Moment nicht weiter. Die Frage, wie Fabri die teure Wohnung und die Luxusjacht finanziert hatte, blieb offen. Irgendwo musste eine Geldquelle sprudeln, die sie bis jetzt noch nicht entdeckt hatten.

Als die Tür schwungvoll geöffnet wurde und Nora Lotz den Raum betrat, drehten sich alle zu ihr um. Kein Wunder, denn für die Absätze ihrer Stiefel brauchte sie einen Waffenschein, dazu der enge, kurze Lederrock, eine körperbetonte Bluse und eine taillenkurze Lederjacke. Das Haar hatte sie heute hochgesteckt. Als sie auf Thal zuging, sah er, dass Auer den Mund zu einem Pfeifton spitzte. Zum Glück beherrschte er sich im letzten Moment.

»Hallo Alexander, da bin ich.«

»Hallo Nora.« Thal räusperte sich. »Darf ich euch Nora Lotz vorstellen, Redakteurin bei unserer geliebten Lokalzeitung.« Stephanie Bohlmann und Frank Auer lachten laut auf, aber es klang gekünstelt, als wollten sie die Spannung vertreiben, die sich mit der Ankunft der Journalistin verband. Thal hob die Hand, um weitere Ausbrüche von Heiterkeit zu verhindern. »Sie hat uns einige Interessante Neuigkeiten über Fabris Tätowierung zu erzählen.«

Thal bot Nora Lotz den Stuhl neben sich an. Sie zog ihn vom Tisch weg mitten in den Raum, setzte sich, schlug die Beine übereinander und legte eine Mappe darauf. Wagner schaute sie mit Stielaugen an, während Stephanie Bohlmann ihre Kollegin Bettina Berg mit leicht zusammengekniffenen Augen beobachtete. Vermutlich war sie über die Beziehung zwischen Nora und Tobias im Bild. Bettina presste die Lippen zu einem schmalen Strich aufeinander. Ungerührt von alledem begann Nora zu dozieren.

»Diese Tätowierung zeigt das Zeichen einer Sekte, die man als Abspaltung von der Freimaurerei bezeichnen könnte. Konkret handelt es sich um den Ordo Lux Obscura, also den Orden vom schwarzen oder dunklen Licht.«

»Ach du meine Güte, da haben wir es also mit einem Haufen esoterischer Spinner zu tun.« Auer klang schon jetzt genervt.

»Na ja, Haufen dürfte weit übertrieben sein. Der O.L.O ist eine kleine Gruppierung, dafür aber gut abgeschirmt. Allzu viel wissen wir nicht über sie.«

»Geht das etwas konkreter?« fragte Bettina Berg schnippisch.

»Natürlich. Fangen wir mit der Geschichte an. Die Bewegung geht auf einen österreichischen Unternehmer zurück. Er war Freimaurer, kam aber auf seinen Reisen mit orientalischer Mystik in Kontakt. Wobei man das wörtlich nehmen darf, von Tantra haben Sie sicherlich schon etwas gehört?«

Täuschte sich Thal, oder schaute sie dabei Bettina spöttisch an?

»Wie dem auch sei, dieser Typ entwickelte eine komplexe Struktur aus Ritualen und Theoremen, die Jahrzehnte später von einem Amerikaner übernommen und weiterentwickelt wurde. Kurz und gut: Es entstand ein geschlossenes System in Form einer neuen, von der Freimaurerei nahezu völlig gelösten Loge. Mit eigenen Initiationsriten und Gesetzen. Alles streng geheim natürlich.«

»Und worum geht es da bitte konkret?« Bettina konnte die Aggressivität in ihrer Stimme kaum noch verbergen. Nora Lotz tat so, als hätte sie das nicht bemerkt und antwortete sachlich.

»Vereinfacht ausgesprochen, kulminiert das Ganze in zwei Glaubenssätzen. Tu was du willst. Und: Liebe ist das Gesetz.«

»Hört sich jetzt nicht so aufregend an«, warf Auer ein.

»Finden Sie?« Nora Lotz lächelte ihn strahlend an. »Kombinieren Sie die beiden Sätze doch einfach mal.«

»Sie meinen, die propagieren dort sexuelle Freizügigkeit?«

»Mehr als das. Im Grunde behauptet O.L.O, dass jeder selbst zu einem Gott werden kann. Jeder hat göttliche Energien in sich, die er nur freizusetzen braucht. Und mit diesen Kräften kann er alles erreichen. Macht, Reichtum.«

»Ach kommen Sie«, Bettina winkte ab. »Das behaupten doch alle von Scientology bis Bhagwan.«

»Mit einem Unterschied,« – Thal bewunderte, wie gelassen Nora Lotz blieb – »O.L.O gibt den Gläubigen konkrete Hilfsmittel an die Hand, wie man dieses Ziel einfach und schnell erreicht.«

Sie machte eine Pause, um die Aufmerksamkeit der Zuhörer noch zu steigern.

»Diese Instrumente sind Drogen und ... » - noch eine kleine Pause - »... Sex.«

Wagner setzte sich kerzengerade auf.

»Sie meinen, Sex gehört zu ihren Ritualen?«

»So genau wissen wird das nicht, es handelt sich schließlich um eine Geheimgesellschaft. Aber eines ist klar. Die beiden grundlegenden Glaubenssätze laufen auf eines hinaus. Grenzenloser Egoismus gepaart mit ebenso unbegrenztem Spaß.«

»Da sollte man meinen, dass der Zulauf riesig ist. Warum haben wir dann noch nichts von diesem Haufen gehört?«. Wieder ließ Bettina eine schnippische Bemerkung fallen.

»Weil sie alles tun, um sich nach außen abzuschotten. Die Mitglieder verpflichten sich zu absolutem Stillschweigen. Es wird in Amerika seit langem gemunkelt, dass Abtrünnige mit dem Tode bestraft werden.«

»Amerika ..., das mag ja sein. Aber bei uns am idyllischen Bodensee.«

Thal war endgültig von Bettinas destruktiven Bemerkungen genervt.

»Vielen Dank Nora, das war sehr aufschlussreich. Wir wären dir dankbar, wenn du deine Informationen schriftlich festhalten könntest.«

Nora stand auf, reichte Thal die Hand. »Aber gerne doch, Alexander.« Sie ging zur Tür und drehte sich noch einmal um. »Wir sehen uns.«

## Mittwoch, zehn Uhr dreißig

»Was sollte das, Bettina?«

Thal war wütend und bemühte sich nicht, es zu verbergen. Wann hatte er Bettina Berg zum letzten Mal gerügt? Er konnte sich nicht erinnern, es musste in ihrer Anfangszeit in Konstanz gewesen sein.

»Was holst du diese Schnepfe ins Präsidium und lässt sie ihre Belanglosigkeiten ausbreiten? Am Ende steht morgen in der Zeitung, wie unfähig wir sind, weil wir uns Hilfe beim Lokalblatt holen müssen.«

»Jetzt mach mal halblang, Bettina. Nora Lotz weiß einiges über diesen seltsamen Orden, dessen Logo sich Sven Fabri auf den Arm tätowieren ließ. Wenn das keine Relevanz hat? Was ist nur mit dir los? Brauchst du Urlaub? Soll ich dich von dem Fall abziehen?«

Bettina Berg fiel in sich zusammen. Ihr Oberkörper, den sie normalerweise kerzengerade hielt, verlor jede Spannung. Ihre Schultern sackten nach unten und ihr Augen füllten sich mit Tränen. Sie schluchzte auf. Thal fühlte sich hilflos angesichts des Häufchen Elends, das vor ihm saß. Er nahm eine Packung Papiertaschentücher aus der Schublade und reichte sie Bettina, die ihn dankbar anlächelte.

»Danke. Das habe ich gebraucht.«

»Taschentücher?«

»Nein. Deinen Rüffel.«

Sie schnäuzte sich und rückte auf dem Stuhl hin und her. »Du hast recht, mein Auftritt gerade war völlig unprofessionell. Aber dieses junge Glück geht mir im Moment echt an die Nieren. Und dann schleppst du diese Nora auch noch ins Büro.«

Thal ging nicht auf ihre Bemerkung ein. Lieber erläuterte er noch einmal, dass ihn nur sachliche Überlegungen leiteten. Nora Lotz schien einiges über diese verrückten O.L.O-Typen zu wissen. Zumindest hatte sie sich mit der Gruppe als Journalistin bei diesem People-Magazin intensiver beschäftigt. Thal bemerkte, dass Bettinas Aufmerksamkeit wieder auf die Sache gerichtet war, deshalb fuhr er fort: »Was uns vor allem interessieren sollte: Ein Unbekannter hat ihr Informationen über eine Gruppe im Hegau angeboten. Angeblich verfügt der Mann über Insiderwissen. Womöglich haben wir hier ein Motiv, es könnte doch sein, dass Fabri aussteigen wollte und deshalb sterben musste.«

Bettina Berg schürzte die Lippen. »Ein bisschen weit hergeholt, findest du nicht? Vielleicht will sich die Lotz nur wichtig machen und ihren Schwiegervater in spe beeindrucken.«

Thal lächelte, seine Stimme klang aber immer noch fest und wenig verbindlich. »Ich denke, Schwiegervater werde ich nicht so schnell. Und nein, ich mag sie auch nicht besonders mit ihrer zur Schau gestellten Sinnlichkeit. Aber das spielt keine Rolle. Hier geht es nicht ums Private, Bettina, sondern um Schlüsselinformationen zu einem Fall. Da spielen Gefühle keine Rolle.«

Bettina nickte und senkte den Kopf, denn sie verstand den Tadel und musste Alexander Recht geben, der diesmal deutlich freundlicher hinzusetzte: »Und schöner bist du allemal.«

Bettina atmete einmal tief durch. Dann sagte sie bemüht sachlich, wobei Thal allerdings ein leichtes Zittern in ihrer Stimme hörte. »Gut. Aber was fangen wir mit diesen Informationen an. Wie kommen wir an die Leute von diesem O.L.O heran, wenn sie sich so sehr bemühen, ihre Treffen, Riten usw. geheim zu halten?«

»Das ist die eine Frage. Außerdem wissen wir nicht sicher, ob Fabri überhaupt dazu gehörte. Ist ja auch möglich, dass er sich das Tattoo aus irgendeinem Jux hat stechen lassen.«

Bettina Berg fiel ein, dass Judith Fabri erzählt hatte, das Tattoo habe sich ihr Mann bei einer USA-Reise stechen lassen.

Thal nickte. »Wir müssen sie noch einmal befragen, was der Anlass dieser Reise war und wer sie begleitet hat. Ist Grendel eigentlich noch bei ihr?«

Berg zog ihr Handy aus der Tasche. »Das können wir gleich rausbekommen.«

Sie sprach kurz mit dem Techniker und stand vom Stuhl auf, nachdem sie aufgelegt hatte.

»Lass uns rübergehen. Grendel ist in einer Minute im Präsidium. Er meinte, wir sollten gespannt sein.«

## Mittwoch, elf Uhr zehn

»Wo ist Wagner?«

Nichts ärgerte Thal so sehr, wie verspätet zu Besprechungen erscheinende Mitarbeiter. Er hatte seine Frage gerade ausgesprochen, als ihm einfiel, dass Klaus Wagner gar nichts von diesem Treffen wusste, war es doch gerade erst anberaumt worden. Stephanie Bohlmann beeilte sich trotzdem, den Kollegen zu verteidigen.

»In der Bibliothek, er meinte, es könne ja nicht schaden, wenn auch jemand von uns Ahnung von diesem O.L.O hätte.«

Grendel von der Kriminaltechnik, der bei der letzten Besprechungsrunde nicht dabei gewesen war, fragte verdutzt: »Wer oder was ist O.L.O?«

Bettina hatte sich wieder gefangen und sagte mit sicherer Stimme: »Das spielt keine Rolle, erzähl uns lieber, was du herausgefunden hast.«

Grendel hatte sich mit Fabris Computer beschäftigt. Das Ergebnis war niederschmetternd, oder wie der Techniker es mit einem Wort ausdrückte: »Fehlanzeige.« Es fand sich nur das eine oder andere harmlose Spielchen, ein paar E-Mails von Freunden, Fotos von einer Nordlandkreuzfahrt. Nichts geschäftliches und außer abgelegten Kontoauszügen auch nichts über Finanzen.

Stephanie Bohlmann unterbrach Grendels Vortrag. »Das kommt mir komisch vor. Der Mann ist Bankkaufmann, er beschäftigt sich also ständig mit Geld, hat aber keinerlei private Unterlagen bzw. Anlagen?«

Grendel zeigte ihr den erhobenen Daumen und lächelte sie an. »Genau das hat uns auch stutzig gemacht, wir konnten uns allerdings zuerst keinen Reim darauf machen.«

»Zuerst?«, fragte Thal.

»Na ja, es hat eine ganze Weile gedauert. Das Problem war, dass Fabri über beträchtliche Werte verfügt. Die Eigentumswohnung hat dreihundertachtzigtausend Euro gekostet. Dreihunderttausend hat er anscheinend bar bezahlt, denn die Hypothek belief sich nur auf achtzigtausend, wovon inzwischen der größte Teil abgetragen ist. Dazu kommt das Boot, für das er einhundertfünfundsechzigtausend Euro auf den Tisch gelegt hat.«

Bettina Berg stand die Verwunderung ins Gesicht geschrieben, als sie leise feststellte, dass Fabri in den letzten Jahren knapp eine halbe Million Euro ausgegeben hatte. »Und davon will seine Frau nichts gewusst haben. Habt ihr sie noch einmal befragt?«

Grendel lehnte sich in seinem Stuhl zurück und setzte ein beleidigtes Gesicht auf. »Na was glaubst du? Wir sind doch keine Anfänger.« Anscheinend wusste Judith Fabri tatsächlich nichts über die finanziellen Verhältnisse ihrer Familie. Grendel hielt sie für naiv. »Aber wie dem auch sei, wir haben in unserer bekannten Gründlichkeit alles von unten nach oben gekehrt und siehe da ...«

Auer, der bis jetzt ruhig auf seinem Stuhl gesessen hatte, schlug auf den Tisch:

»Nun mach schon, Hartmut.«

Mit leicht pikiertem Unterton fuhr der Angesprochene fort. »Die Durchsuchung der Wohnung brachte wie gesagt keine Erkenntnisse. Anders sah es da mit dem Büro aus.

Ich will euch jetzt nicht mit allen Einzelheiten langweilen, die könnt ihr im schriftlichen Bericht nachlesen, aber das Interessanteste fanden wir auf diesem Luxus-Notebook, das er in seinem Büroschreibtisch eingeschlossen hatte.«

Grendel zog eine dünne, silbrig-glänzende Computerflunder aus seiner unter dem Tisch abgestellten Tasche. Er klappte das Gerät auf.

»Schon toll, dass die Dinger heute binnen Sekunden hochfahren, so ganz ohne Bill-Gates-Gedächtnisminute. Also ...« Er klickte sich durch einige Dateien und drehte den Bildschirm zu den anderen.

»Zunächst einmal ist da dieses Konto. Wenn ich euer Augenmerk auf die dicke, schwarze Zahl da unten lenken darf.«

Auer pfiff durch die Zähne und Bohlmann sagte: »Dafür muss eine Kriminalkommissaranwärterin lange stricken.«

Auf diesem Konto bei der liechtensteinischen DELTA-Bank befanden sich 336.458 Schweizer Franken und 29 Rappen. »Der Betrag hat sich sozusagen in den vergangenen Jahren zusammengeläppert«, sagte Grendel und freute sich sichtlich über das Wortspiel. »Monat für Monat erhielt Fabri achtundzwanzigtausend Franken von einem Konto bei der gleichen Bank. Inhaber dieses Kontos ist eine Firma namens Lichter und Schwarz - Real Estate. Über die haben wir noch nichts rausfinden können.« Grendel ergänzte, dass er eine Anfrage an die Kollegen von der Sonderermittlungseinheit Wirtschaftskriminalität in Stuttgart gestellt habe.

Thal überlegte, ob dieses Konto und die Überweisungen in irgendeiner Weise eine Finte sein könnten. Wenn nicht, hatte Fabri vermutlich mit nicht ganz koscheren Immobiliengeschäften zu tun. Mit anständiger Arbeit konnte man kaum so viel Geld verdienen. Auf jeden Fall mussten sie Fabris Chef Maximilian Böhning noch einmal befragen. Bettina Berg hatte dazu sofort eine klare Vorstellung: »Diesmal sollten wir ihn aber ins Präsidium vorladen. Noch mal möchte ich nicht so arrogant abgekanzelt werden.«

Während die anderen über die bevorstehende Zeugenvernehmung redeten, hob Grendel um Aufmerksamkeit bittend die linke Hand, während er mit der rechten auf der Tastatur des Notebooks herumhämmerte.

»Dann solltet ihr dem Herrn Bankdirektor dieses Foto zeigen.«

»Na sieh mal einer an«, sagte Berg und lächelte zufrieden.

## Mittwoch, zwölf Uhr zwanzig

»Ich weise Sie zunächst einmal darauf hin, dass ich absolut freiwillig hier bin. Mein Anwalt Dr. Rosemann ist im Moment verhindert, aber ...«

Bettina Berg unterbrach Böhning harsch und wies darauf hin, dass sie ihn nur als Zeugen befragten. Thal befürchtete eine Eskalation und mischte sich in sachlichem Ton ein.

»Kommen wir zur Sache, dann haben wir es schnell hinter uns. Sagt Ihnen die Firma Lichter und Schwarz - Real Estate etwas?«

Böhning tat im ersten Moment so, als hätte er den Namen nicht verstanden, antwortete dann aber doch klar und deutlich: »Nein, nie gehört.«

Bettina Berg ließ sich nicht von Thal aus der Befragung drängen und legte sofort nach. »Es ist Ihnen also auch nicht bekannt, dass ihr Mitarbeiter Sven Fabri intensive geschäftliche Beziehungen zu dieser Firma unterhielt?«

»Zumindest wurde er fürstlich entlohnt«, ergänzte Thal, »und wir gehen davon aus, das dies nicht ohne Gegenleistung geschah.«

Böhning wippte mit dem Fuß auf und ab, was Thal mit Genugtuung registrierte. Auch sein Tonfall klang nicht mehr so selbstsicher wie zu Beginn. »Was die Angestellten der Bank in ihrer Freizeit tun, interessiert mich nicht.«

Auch Bettina spürte, dass sie an diesem Punkt weiter bohren mussten, wollten sie auf verwertbare Informationen stoßen. »Sie wollen allen Ernstes sagen, dass es Ihnen egal ist, wenn Ihre Mitarbeiter Nebentätigkeiten nachgehen, bei denen sie ein Vielfaches - im Fall Fabri etwa das neunfache - dessen verdienen, was Sie ihnen als Salär bezahlen?«

Böhning zuckte mit den Schultern, Thal glaubte allerdings ein leichtes Flattern der Augenbraue festgestellt zu haben und setzte nach.

»Zumal Sie mit Sven Fabri mehr als nur von Chef zu Angestelltem bekannt waren.«

Böhning brauste auf. »Wie kommen Sie darauf?«. Für eine Sekunde hatte er die Kontrolle verloren, fand sie aber sofort wieder. »Natürlich habe ich mit ihm, wie mit allen Erfolg versprechenden jungen Leuten im Unternehmen, auch mal ein Glas Wein nach Feierabend getrunken. Das gehört einfach zu meinen Aufgaben.«

Berg klappte den Bildschirm von Fabris Notebook auf. In HD grinsten Maximilian Böhning und Sven Fabri in die Kamera, beide mit einer stattliche Zigarre im Mund und einem Whiskyglas in der Hand. Beide trugen einen weißen Bademantel, der bei Fabri so weit offen stand, dass sein halb erigierter Penis heraushing. Beide hatten einen Arm um eine Frau gelegt, die eine blond, die andere brünett. Die Frauen streckten lachend ihre nackten, mittels chirurgischen Eingriffen zu praller Größe gebrachten Brüste in die Kamera.«

Bettina Berg verkniff sich ein Grinsen, als sie auf das Foto deutete. »Das sieht aber eindeutig nach mehr aus als nach einem dienstlichen Tête à-Tête.«

Böhning lehnte sich demonstrativ gelassen zurück. »Wer hart arbeitet ...«

Thal ließ ihm keine Zeit, sich eine plausible Geschichte einfallen zu lassen. »Laut Dateieigenschaften entstanden diese Fotos - insgesamt sind es drei - vor einem halben Jahr.« Er klickte zum nächsten Bild, diesmal saßen die Männer am Rand eines Swimmingpools. Sie trugen Badehosen und ließen ihre Beine, zwischen denen sich die vollbusiges Schönheiten rekelten, ins Wasser baumeln. Thal klickte erneut weiter. Dieselbe Szene, allerdings hatten die Männer ihre Badehosen ausgezogen und die Damen befriedigten sie oral.«

»Wo wurden diese Fotos aufgenommen, Herr Böhning?«

Thal registrierte mit Befriedigung, dass der Bankdirektor sichtlich geschockt war. Dieser brauchte einige Sekunden, um sich zu sammeln.

»USA. Das war auf einer USA-Reise. Im Hotel. In Las Vegas.«

Er stammelte mehr, als dass er zusammenhängend sprach.

»Zugegeben, da haben wir mal so richtig die Sau rausgelassen.« Langsam gewann er seine Sicherheit zurück. Er gehörte zu den Menschen, die in der Lage sind, beim Sprechen eine Geschichte zu entwickeln. »Aber das ist ja nicht verboten, und wenn Sie so spießig sind, sich daran zu stoßen, dass wir ein paar Mädels … .«

Bettina Berg gab ihm nicht die Gelegenheit, den Satz zu beenden. »Es geht hier nicht darum, dass sie sich mit Prostituierten vergnügt haben, Herr Böhning, dem Anschein nach waren die Damen ja volljährig. Uns interessiert nur, dass sie mit dem ermordeten Sven Fabri in einem ausgesprochen intimen Verhältnis standen. Gleichzeitig wollen sie uns erzählen, dass Sie keine Ahnung von seinen lukrativen Nebengeschäften hatten. Sie werden verstehen, dass wir uns schwer damit tun, Ihnen das zu glauben.«

Böhning sprang auf und stieß dabei fast den Stuhl um, der einen halben Meter nach hinten rutschte.

»Ob Sie mir das glauben oder nicht, es ist die Wahrheit. Im Übrigen sage ich jetzt kein Wort mehr ohne meinen Anwalt.«

Er zog das Handy aus der Tasche, steckte es aber sofort wieder ein.

»Ach was, ich sage überhaupt nichts mehr, sondern gehe. Sie haben kein Recht mich hier festzuhalten.«

Er drehte sich um, verließ den Raum ohne ein weiteres Wort und ließ die Tür krachend ins Schloss fallen.

»Und weg war er«, sagte Berg.

»Starker Auftritt«, antwortete Thal. »Viel weiter sind wir jetzt allerdings auch noch nicht.«

»Wir sollten uns mehr mit den privaten Verhältnissen von Böhning befassen. Mich würde brennend interessieren, ob auch er über Schwarzgeldeinnahmen verfügt wie Fabri.«

»Das kannst du vergessen, Bettina. Wir bekommen niemals eine Genehmigung, sein Büro und sein Haus zu durchsuchen - geschweige denn, auf seine Konten zu sehen.«

»Dann bleibt uns nur diese Immobilienfirma Lichter und Schwarz. Irgendetwas muss man doch über die rausfinden können, wenn sie Monat für Monat fünfstellige Beträge verschieben.«

»Bevor wir damit anfangen, brauche ich erst mal etwas zu essen.«

## Mittwoch, dreizehn Uhr zehn

Die drei Tische im Freien vor Donatos Feinkostgeschäft waren besetzt, sodass Berg und Thal ins Innere gehen mussten. Auch hier herrschte an diesem Mittag drangvolle Enge. Die beiden fanden gerade noch einen Platz am Stehtisch direkt neben dem Abgang in die Küche. Thal quetschte sich auf den Barhocker an der Wand, während Bettina das Angebot eines vom Wein sichtlich beflügelten Schweizers ausschlug, der ihr seinen Hocker anbot und dabei auf ihre Brüste starrte. »Nein danke, ich stehe gerne.«

»Eine Minute«, sagte Donato, der wie immer unaufgefordert einen Prosecco auf ihren Tisch stellte, den Hinweis darauf, dass sie im Dienst seien, ließ er seit Jahren nicht mehr gelten. »Es wird gleich ruhiger.« Er deutete auf die Gruppe von vier Männern und drei Frauen, allesamt in Businessanzügen bzw. -kostümen, die zwei Stehtische am Eingang belegt hatte. »Festa di compleanno«.

Bettina blickte sich nach der fröhlichen Geburtstagsrunde um. »Mitarbeiter der Stadtverwaltung?«

Donato schüttelte den Kopf. »No, banca. SpaBaKo.«

»Stimmt«, sagte Bettina und wendete sich Thal zu, »die sehen wie typische Bankangestellte aus.«

Thal griff nach dem Prosecco und prostete ihr zu. »Findest du? Wenn ich mir diese wichtigtuerischen Jüngelchen in ihren dunklen Billiganzügen und abgewetzten Schuhen so anschaue ... . Ausgerechnet denen soll ich mein Geld anvertrauen? Auf jeden Fall scheint sie der Tod ihres Kollegen nicht zu beeindrucken.«

Er trank einen Schluck und beugte sich nach links, um in die Küche schauen zu können.

»Hallo Maria, was hast du heute für uns gekocht?«

»Grüß Gott, Alexander«, rief Donatos spanische Frau in breitestem badisch. »Für euch eine große Portion Pappardelle al ragù di cinghiale«

»Und dazu eine perfekte vino rosso«, ergänzte radebrechend wie immer ihr Mann, der einige leergeputzte Teller zurückbrachte.

Jeder Widerstand war zwecklos, also fügten sich die beiden in ihr Schicksal. Ein kleines Glas Rotwein würde sie schon nicht aus der Bahn werfen.

Drei Minuten später stand ein dampfender Teller der breiten Bandnudeln mit einer großen Portion Wildschweinragout vor ihnen. Berg wedelte sich mit der Hand den köstlichen Duft um die Nase.

»Hhmmm. Heute hat sich Maria wieder selbst übertroffen.«

Sie aßen schweigend, prosteten sich nur einmal mit dem köstlichen Rotwein zu. Als Thal gerade den Teller mit einem Stück Brot auswischte, begrüßte die Bankergruppe mit lautem Hallo einen neu ins Lokal getretenen Gast. Berg drehte den Kopf nach hinten und sagte lakonisch: »Ach nee, der Herr Bankdirektor selber lässt sich auch blicken.«

Donato, der hinter der Theke stand und dünne Scheiben von einem herrlich duftenden Schinken abhobelte, hob nur kurz den Kopf, machte aber seelenruhig weiter. Das ist gar nicht seine Art, dachte Thal. Normalerweise begrüßte er jeden Neuankömmling überschwänglich. Er nahm seinen

Teller, drängte sich hinter dem Tisch hervor und ging zur Theke. Donato blickte auf und lächelte Thal an.

»Na, hatte geschmeckt, commissario?«

»Wunderbar wie immer, Donato. Sag mal, kommt der Herr Bankdirektor öfter zum Essen?«

»Hin und wieder.« Donato beugte sich über die geschwungene Glastheke. »Er ist ja noch ganz in Ordnung. Meistens er kommt mit seine Freund ...« Donato winkte mit einer abwertenden Handbewegung ab. »Den solltet ihr mal ...«

»Welchen Freund meinst du?«

»Heißt Gruber. Ist .... wie sagt in Deutschland ... ricco sfondato ...«

»Wer ist steinreich?« fragte Maria, die mit zwei Tassen Espresso aus der Küche kam.

»Signor Gruber, il suo amico«. Dabei deutete Donato mit einem kaum wahrnehmbaren Kopfnicken in Richtung Böhning, der von seinen Mitarbeitern umringt war und Berg und Thal noch nicht bemerkt hatte.

Maria hob die beiden Tassen. »Kaffee für euch.« Während sie zum Tisch ging, flüsterte sie Thal zu. »Donato mag Gruber nicht, weil er mir schöne Augen macht. Aber mit einem hat er Recht. Der Mann hat Geld wie Heu.«

»Wie kommst du darauf?«, fragte Thal und nippte an seinem Kaffee.

»Er fährt so ein Auto, in das man nur mit dem Schuhanzieher einsteigen kann. Ein Gast, der sich auskennt, meinte, der Wagen kostet fast zwei Millionen Euro. Also, ich glaube so etwas ja nicht. Das kann doch nicht sein, dass es Autos gibt, für die man so ein Vermögen bezahlen muss, aber ...« Sie zuckte mit den Schultern und ging.

Jetzt hatte Böhning die Polizisten entdeckt und kam zu ihnen herüber.

»Ich sehe, Sie haben Geschmack. Hätte ich Ihnen gar nicht zugetraut, ich hätte sie eher in die Currywurst- und Dönerfraktion eingeteilt.« Dabei lächelte er zynisch.

Wenn er wüsste, dass Thal millionenschwer ist, dachte Bettina.

Thal deutete auf die Gruppe von Bankern, die sich zum Aufbruch bereit machte.

»Der Tod Ihres Kollegen scheint Ihre Mitarbeiter nicht sonderlich zu beeindrucken.«

»Was soll das?« Böhning fiel in den barschen Ton zurück, in dem er schon die Verhöre bestritten hatte. »Die Leute arbeiten hart, da haben sie auch das Recht zu feiern.«

Ohne ein weiteres Wort drehte er sich um. »Kommt, Kinder, ich lade euch noch auf ein Glas Champagner ein. Wir wollen uns diesen schönen Tag doch nicht von moralinsauren Polizisten verderben lassen.«

»Was für ein schleimiger Typ«. Bettina stellte die Espressotasse mit einem lauten Scheppern auf die Untertasse.

Mit den Bankern verließen die letzten Gäste das Lokal. Donato wischte sich die Hände an einem Handtuch ab, kam hinter der Theke hervor und stellte sich an den Stehtisch.

»Irgendetwas stimmt nicht mit diesem Typ.«

»Ich denke, du magst vor allem seinen Freund nicht, diesen ... wie hießt er noch mal?«

»Gruber, Jakob Gruber«, warf Maria ein, die sich mit einer Tasse Milchkaffee ebenfalls an den Tisch gesellt hatte. »Die beiden sind dicke Freunde, jedenfalls trifft man sie immer zusammen, wenn die oberen Tausend dieser Stadt irgendwo feiern.«

»Was macht denn dieser Gruber beruflich?«

»Ha«, lachte Donato auf, »Geld macht er.« Dabei machte er mit Daumen und Zeigefinger die wohl weltweit bekannte Geste. »Und zwar so viel, wie mit anständiger Arbeit nicht möglich ist«.

Maria legte den Kopf leicht schief und schaute ihren Mann mit einem Blitzen in den Augen an.

»Charmant ist er aber trotzdem. Nicht so ein Ekel wie der Böhning.« Sie lächelte und ging die Treppe hinunter in die Küche.

## Mittwoch, vierzehn Uhr fünf

»Sie haben Maximilian Böhning vorgeladen?«

Der Kriminaldirektor wollte sich auf den neuesten Stand der Dinge bringen lassen und kam schnell zur Sache.

Thal zuckte mit den Schultern, ohne die Frage zu beantworten, und die anderen schauten auf die Tischplatte oder aus dem Fenster.

»Musste das sein?«

Bettina biss in den sauren Apfel, irgendjemand musste Schober Rede und Antwort stehen. »Nachdem der Herr Bankdirektor uns in seinem Büro abgekanzelt hatte wie kleine Schulkinder, mussten wir unbedingt eine sachliche Atmosphäre erzeugen.«

»Und ihn dabei mit absolut privaten, aber kompromittierenden Fotos konfrontieren?«

Stephanie Bohlmann sprang Bettina zur Seite. »Von privat kann ja wohl keine Rede sein, schließlich zeigen sie ihn mit dem Mordopfer in einer äußerst delikaten Situation. Wer sagt uns denn, dass Böhning, oder auch beide Herren nicht erpresst wurden? Vielleicht hat Fabri seinen Chef mit diesen Fotos unter Druck gesetzt.«

Thal freute sich über Stephanie Bohlmanns selbstbewussten Auftritt. Vor ein paar Monaten hätte sie nur schweigend und mit gesenktem Blick da gesessen. Er sollte sich um ihre Beförderung zur Kommissarin kümmern, ewig konnte der Anwärterinnenstatus ja nicht dauern. Schober schien von der couragierten Meinungsäußerung der jungen Kollegin ebenfalls überrascht, denn er ließ sie unerwidert. Bevor er sich sammelte und eine der beiden

Damen unter Druck setzte, versuchte Thal, zu einer sachlichen Atmosphäre zurückkommen.

»Im Moment haben wir so wenige Ermittlungsansätze, dass wir nach jedem Strohhalm greifen müssen. Am bedeutsamsten scheint mir Fabris Schwarzgeldkonto. Ein paar hunderttausend Franken bekommt man nicht ohne Gegenleistungen.«

Bettina Berg nahm den Faden auf und ergänzte, als wäre Schober nicht Raum: »Und auch nicht ohne das Mitwissen seiner direkten, persönlichen Umgebung. Wenn ihr mich fragt, sollten wir uns seine Frau noch einmal vornehmen.«

Thal nickte zustimmend: »Darum sollen sich Stephanie und Frank kümmern.«

Bettina fragte, wo sich Frank Auer, den sie seit dem Vormittag nicht mehr gesehen hatte, überhaupt rumtreibe. Thal winkte ab und murmelte etwas, das sich wie »recherchiert für mich« anhörte.

»Der zweite Ermittlungsansatz«, nahm Bettina den Faden wieder auf, »ist diese Immobilienfirma Lichter und Schwarz, von der Fabri sein Geld erhielt.«

Schober legte seinen Kopf schief, eine Geste, die er stets benutzte, um zu zeigen, dass er einen bestimmten Gedankengang für fragwürdig hielt. »Die Kollegen von der Wirtschaftskriminalität in Stuttgart haben mich über die Anfrage informiert.« Er lächelte in die Runde und Thal verstand sofort. Der Imam wollte ihnen klarmachen, dass er über beste Kontakte verfügte und schlussendlich doch über jeden Vorgang Kenntnis erlangen würde. »In dieser Sache muss ich darauf bestehen, über jeden einzelnen Schritt informiert zu werden. Sollte diese Firma in Liechtenstein oder der Schweiz sitzen, müssen wir äußerst sensibel vorgehen. Sie wissen ja, dass die Verhandlungen über das Steuerabkommen zwischen Deutschland und der Eidgenossenschaft in einer entscheidenden Phase sind. Da muss jede Irritation vermieden werden.«

Wagner seufzte laut auf. »Dann können wir das ja gleich ad acta legen. Die Schweizer Behörden werden uns kaum Unterlagen über ein eidgenössisches Unternehmen liefern.«

Thal sah das ähnlich, hatte aber eine Idee, um die er sich später kümmern würde. Bettina wechselte abrupt das Thema und sprach die Tätowierung auf Fabris Arm als einzige weitere Spur an.

»Und die hat es in sich«, brummte Wagner. »Ich habe da in den letzten Stunden ein bisschen recherchiert. Ich sage euch, da tun sich Abgründe auf.«

Er stand auf, schaltete den Beamer ein und auf der Leinwand an der Stirnseite des Raums erschien ein Obduktionsfoto mit der Tätowierung.

»Ihr wisst ja schon, dass es sich bei diesem Tattoo um das sogenannte Lamen des Ordo Lux Obscura handelt«.

»Lamen?« fragte Bettina.

»So nennt man magische Anhänger, die sich die Mitglieder okkulter und sonstiger Geheimgesellschaften um den Hals hängen. Im Fall von O.L.O ist es so etwas wie deren Logo.«

»Ordo Lux Obscura, der Orden vom dunklen Licht, das ist doch irgendwie widersinnig«, sprach Thal einen Gedanken aus, der ihn schon seit den Ausführungen von Nora Lotz beschäftigte.

»Man kann es auch mit verborgen übersetzen, dann passt es besser«, antwortete Wagner. »Und obskur ist der Laden auf jeden Fall. Das meiste hat euch die Journalistin ja schon erzählt. Ich habe aber noch ein paar Details herausgefunden. Einer der wichtigsten Gestalten der okkulten Bewegungen, auf die auch unser O.L.O. zurückgeht, ist ein Typ namens Aleister Crowley, der zu Beginn des zwanzigsten Jahrhunderts ein neues okkultisches System entwarf. Da geht es um bizarre Sachen wie Tieropfer, vor allem aber geht es um eines ... .«

Wagner blickte in die Runde. Die anderen kannten das, er machte es jedes Mal spannend. Diesmal taten sie ihm nicht den Gefallen, nachzufragen, weshalb er nach ein paar Sekunden betont gelangweilt fortfuhr. »Vor allem geht es um Sex. Und zwar in allen Spielarten und Variationen.«

»Wissen wir schon«, sagte Bettina und es klang wie bei einem Schulmädchen, das sich auf dem Pausenhof mit dem ersten Kuss brüstete. Wagner ließ sich aber nicht beeindrucken. »Wartet ab, das hier hat euch die werte Frau Journalistin nicht erzählt. Vielleicht, weil sie es in einem exklusiven Leitartikel unterbringen will oder weil sie es schlicht nicht weiß.« Er blickte sich im Raum um und als er sah, dass ihm nun doch alle aufmerksam zuhörten, fuhr er lächelnd fort.

»Dieser Crowley war für seine Zeit ein cooler Typ. Hat sich so ziemlich alles an Drogen eingeworfen, was bekannt war und sich mit tantrischen Praktiken aus Asien beschäftigt. Dabei beließ er es nicht bei theoretischen Studien, sondern probierte alles auch in der Praxis aus. Am Ende schuf er ein ganzes System mystischer Übungen und Handlungen. Dabei war Sexualität die wirksamste magische Methode und der Orgasmus war die entscheidende Triebkraft.«

»Hört sich alles ziemlich verquer an«, warf Schober mit rot glänzendem Gesicht ein. »Haben sie denn auch etwas Konkretes, wie Fabri damit zu tun hatte?«

Wagner schaute den Direktor brummig an. »Moment. Das Ganze ist keine Theorie, das wird praktiziert.«

Stephanie Bohlmann platzte sichtbar vor Neugier: »Du meinst, so etwas wie schwarze Messen, wo Frauen entjungfert werden? Ach komm, Wagner, das gibt es doch nur in schlechten Filmen.«

»Wenn ihr euch da so sicher seid! Auf jeden Fall entstanden auf der Basis von Crowleys Weltanschauung verschiedene Bewegungen. Eine davon ist unser O.L.O und dieser Geheimbund ist im Moment, wie wir ja schon vom neuen Stern am ansonsten recht düsteren Konstanzer Journalistenhimmel gehört haben, die angesagteste Sekte in Hollywood.«

Bohlmann flüsterte mit geröteten Wangen: »Gibt es denn hier am Bodensee auch so eine O.L.O-Gruppe?«

Thal wunderte sich über diese Frage, anscheinend war die Kollegin von Wagners Bericht zu sehr beeindruckt. »Nora Lotz hat doch eine Clique erwähnt, die sich im Hegau trifft.«

»Genau«, ergriff Wagner erneut das Wort. »Dumm ist nur, dass diese Sekte wie eine Geheimgesellschaft operiert. Die Mitglieder kennen sich untereinander kaum. Ich habe eben mit dem Büro des Sektenbeauftragten der Landesregierung telefoniert. Sie haben O.L.O durchaus auf dem

Schirm und beobachten eine Gruppierung in Stuttgart und eine in Heidelberg. Vom Hegau haben sie noch nichts gehört, die im Übrigen sehr nette Dame meinte aber, dass bedeute nichts, denn diese Gruppen versuchten immer, ihre Existenz so lange wie möglich zu verschleiern. Sie will mir aber den Kontakt zu einem Aussteiger herstellen, vielleicht kann der uns ja helfen.«

»Glauben Sie wirklich, dass es uns weiterbringt, wenn wir uns mit durchgeknallten Typen beschäftigen, die um irgendein goldenes Kalb tanzen?« Man merkte Schober die Ungeduld an, das alles dauerte ihm jetzt zu lange. Mit den Details einer Ermittlung beschäftigte er sich nicht gerne, ihm ging es immer nur um die große Linie, damit er vor der Presse bestehen konnte. Wagner ließ sich allerdings nicht von seiner Linie abbringen. »Wenn ich das richtig verstanden habe, geht es bei O.L.O nicht nur um die Befriedigung von religiösen Gefühlen, sondern darum, einen Zustand zu erlangen, in dem man jedes Ziel verwirklichen kann. Das Ziel aller Handlungen ist die Allmacht des Menschen.«

Die Tür wurde schwungvoll aufgerissen und Frank Auer kam mit federnden Schritten herein. Wagner schaute ihn ärgerlich an.

»Ich störe doch nicht etwa?«

»Setz dich«, sagte Thal und fügte für die anderen erklärend hinzu: »Ich hatte Frank gebeten, etwas über einen gewissen Gruber herauszufinden, der angeblich ein enger Freund von Böhning ist. Also?« Er schaute Auer auffordernd an.

»Na ja, der Hinweis mit dem Auto war nicht schlecht. Jakob Gruber ist einer von ein paar Hundert Besitzern eines Bugatti Veyron, und der einzige in unserer Gegend.«

»Bugatti was?« fragte Bohlmann

»Der Bugatti Veyron ist der schnellste Rennwagen, der auch für den normalen Straßenverkehr zugelassen ist. Macht schlappe 400 Sachen pro Stunde und kostet gut anderthalb Millionen Euro.«

»Ach komm, du willst uns veräppeln. So viel bezahlt doch kein Mensch für ein Auto.« Bettina schüttelte ungläubig mit dem Kopf.

»Was heißt hier Auto, das ist ...«

Thal unterbracht ihn. »Schwärmen kannst du später. Mich interessiert im Moment nur, dass Jakob Gruber genug Geld hat, sich so einen Wagen zu leisten.«

»Und was hat das Ganze mit unserem Fall zu tun? Ist ja nicht verboten, so ein Auto zu fahren.« Schobers Ungeduld war in jedem Wort hörbar und Thal hatte nicht einmal einen guten Grund, in diese Richtung zu ermitteln. »Ich weiß es auch noch nicht. Aber ich habe so ein Gefühl ...«

»Ihre Gefühle in Ehren, Herr Thal, aber unterstehen Sie sich, einen unbescholtenen Bürger auch nur im geringsten zu belästigen.«

Thal zog nur kurz die Augenbrauen hoch und ging ansonsten nicht auf die Ermahnung des Imam ein. Der verging meistens vor Angst, dass irgendwelche Großkopfeten sich über ihn oder seine Mitarbeiter beschweren könnten.

Bettina stand auf, als wollte sie eine Rede halten, und fasste den Stand der Ermittlungen zusammen. »Wenn ich das richtig sehe, haben wir drei Ermittlungsansätze. Erstens: Wenn Judith Fabri nicht ein völlig naives Geschöpf ist, muss sie etwas von den äußerst lukrativen Nebentätigkeiten ihres Mannes mitbekommen haben. Auch die amourösen Nebenbeschäftigungen sollten ihr nicht entgangen sein. Stephanie und Frank sollten ihr noch einmal gründlicher als bisher und vor allem härter auf den Zahn fühlen.«

Die Angesprochenen nickten.

»Zweitens«, fuhr Bettina fort, »müssen wir herausfinden, ob Sven Fabri in irgendeiner Beziehung zu dieser Geheimsekte stand. Vielleicht ist er ja tatsächlich der Aussteiger, der Nora Lotz Informationen zuspielen wollte und musste deshalb sterben. Wir brauchen dringend mehr Informationen über die angebliche Hegau-Gruppe. Da bleibst du dran, Klaus.«

»Mit Vergnügen«, brummte Wagner.

»Und drittens haben wir diese mysteriöse Immobilienfirma Lichter und Schwarz. Es muss sich ja um ein zumindest finanziell potentes Unternehmen handeln, wenn man sich die Zahlungen an Fabri anschaut. Da ist es doch undenkbar, dass es keine Informationen darüber gibt.«

Thal stand auf. »Genau darum kümmern wir uns, Bettina.«

## Mittwoch, fünfzehn Uhr dreißig

Thal kam Bettina fahrig vor. Nach der Besprechung hatten sie noch in seinem Büro einen Espresso getrunken. Bettina wollte gerade fragen, der wievielte der exakt fünf, die er jeden Tag trank, es war, als sein Handy den Eingang einer SMS signalisierte. Er las sie, während er an der kleinen Tasse nippte, sagte aber kein Wort zum Inhalt. Seine Augen hatten allerdings einen merkwürdigen Glanz, der sie veranlasste »Karin Beck?« zu fragen, worauf Thal eine unverständliche Erwiderung nuschelte. Kurz darauf führte er ein Telefonat mit einem Mann namens Beat und bestand anschließend darauf, dass Bettina und er offiziell Feierabend machten, bevor sie auf den Parkplatz gingen. Wie immer musste Bettina fahren.

»Wann warst du das letzte Mal im schönen St. Gallen?«

Bettina überlegte einige Sekunden. »Das dürfte schon zwei oder drei Jahre her sein.«

»Dann wird es höchste Zeit.«

Bettina ahnte, dass Thal einen Schweizer Kollegen eingeschaltet hatte, der ihnen bei der Ermittlung in Sachen Lichter und Schwarz behilflich sein sollte. Weil er aber schwieg, versuchte sie es mit Small Talk.

»Hast du in Schottland denn wenigstens eine Whiskydestillerie besucht?«

»Nein«, war seine einsilbige Antwort.

»Aber Whisky getrunken wirst du ja wohl haben?«

»Dafür muss ich nicht nach Schottland fahren.«

Bettina ärgerte sich über die bärbeißigen Antworten. Wenn er nicht wollte, schwieg sie eben auch. Sie fuhren am

Schweizer Bodenseeufer entlang. Hinter Romanshorn entschied sich Bettina dafür, auf die Autobahn zu wechseln – nicht ohne einen Blick auf die Windschutzscheibe geworfen zu haben, ob dort auch die Autobahnvignette hing. Auf die Kollegen von der Fuhrparkverwaltung war Verlass. So konnte sie dem eisigen Schweigen im Auto schneller entkommen.

In St. Gallen dirigierte Thal sie zu einem Parkhaus am Rande der Altstadt. Mit forschem Schritt ging er voran, Bettina hatte kaum Zeit, sich die wunderschönen Häuser mit den typischen Erkern anzusehen. In der Schmiedgasse steuerte Thal schnurstracks auf ein Haus mit einer farbenprächtigen Fassadenbemalung zu. Im Innern führte eine Treppe in eine der typischen Erststockbeizen, den urigen Gaststuben im ersten Stockwerk der Bürgerhäuser. Eine niedrige Holzbalkendecke sorgte für eine behagliche Atmosphäre. Der Raum war um diese Uhrzeit am späten Nachmittag nur spärlich besetzt. An einem Tisch am Fenster erhob sich ein kleiner und stämmiger Mann mit Halbglatze und winkte ihnen zu.

»Hoi Beat«, rief Thal und ging auf ihn zu. Die beiden Männer schüttelten sich herzlich die Hände.

»Darf ich dir meine beste Mitarbeiterin Bettina Berg vorstellen. Bettina, das ist der Kollege Beat Steininger von der Kantonspolizei St. Gallen.«

»Hoi Bettina«, grüßte sie der Schweizer mit einem breiten Grinsen und streckte ihr die Hand entgegen. »Schön, dass ich dich auch endlich einmal kennenlerne. Alex erzählt ja ständig von dir.«

Obwohl Bettina schon viele Jahre am Bodensee arbeitete und häufig mit Schweizern zu tun hatte, irritierte sie das vertrauliche Du beim ersten Kontakt immer noch. Und war da nicht ein ironisches Grinsen, als Steininger Thals Lob erwähnte. Wie dem auch sei, sie erwiderte den festen Händedruck und setzte sich neben Thal an den massiven Holztisch.

»Dann wollen wir erst einmal die Serviertochter rufen und etwas bestellen«, schlug Steininger vor. Er schaute auf seine Armbanduhr. »Es ist zwar an und für sich noch zu früh für das Nachtessen, aber wo wir schon hier sind, empfehle ich die Eglifilets in Weißwein, die sind ausgezeichnet.«

Thal lehnte unter Hinweis auf den erst ein paar Stunden zurückliegenden Besuch bei Donato ab und auch Bettina wollte nichts essen, sondern nur einen Kaffee trinken. Steininger bestand aber darauf, dass sie wenigstens die St. Galler Klostertorte probierte und ließ sich selbst nicht beirren, sondern bestellte die Fische, dazu ein Viertel Müller Thurgau von einem lokalen Weingut. Das Gespräch plätscherte so dahin, bis Thal zur Sache kam.

»Konntest du irgendetwas in Erfahrung bringen?«

»Das ihr Deutschen aber auch immer so schnell zum Geschäftlichen kommen müsst.«

In diesem Augenblick brachte die Kellnerin die Fischfilets und ein imposantes Stück Kuchen. Der Teig war mit Konfitüre bestrichen, die wiederum mit einem Teiggitter belegt war.

Steininger prostete den beiden Konstanzern mit seinem Wein zu und machte sich an den Fisch. Während er mit sichtlichem Vergnügen speiste, pries er die besondere Qualität der Fische aus dem Bodensee, die aber erst durch die delikate Soße aus Rahm, Weißwein und Champignons richtig fein würden.

Bettina stocherte in ihrer Torte herum, die trocken wie der Sandkuchen ihrer Mutter war. Endlich legte Steininger das Besteck gesättigt auf den Teller.

»Kommen wir zu eurer Firma Lichter und Schwarz. Da habt ihr mir ein schönes Rätsel aufgegeben. Damit ihr das von Anfang an wisst: Offiziell weiß ich nichts von diesem Unternehmen und ich werde auch immer abstreiten, dass ich euch auch nur andeutungsweise irgendetwas über die erzählt habe.«

Thal und Berg saßen angespannt auf ihren Stühlen. Wenn ein Polizist so begann, hatte er in der Regel etwas Spannendes in der Hand.

»Also: Lichter und Schwarz ist kein großes Unternehmen. Genau genommen ist es sogar sehr klein, denn es besteht nur aus einer Person.«

»Lichter oder Schwarz?«, fragte Bettina.

»Weder noch. Der Inhaber heißt Reto Möckli. Er stammt aus Herisau, ist unverheiratet und wohnt derzeit in Romanshorn am Bodensee. Viel mehr ist über ihn nicht bekannt.«

Steininger legte die Kopie eines Passfotos auf den Tisch. Thal nahm es in die Hand und betrachtete es eingehend. »Dieser Reto Möckli ist also Lichter und Schwarz. Wenn wir berücksichtigen, dass die Firma jeden Monat eine erkleckliche Summe an einen ihrer freien Mitarbeiter gezahlt hat, muss sie ja nicht unerhebliche Geschäfte tätigen. Gibt es ein Büro oder Ähnliches?«

»Der Geschäftssitz der Firma ist Möcklis Privatwohnung.« Steininger schob Thal einen Zettel zu. »Die Adresse habe ich dir aufgeschrieben. »Das Entscheidende aber ist ...«

Er machte eine Pause, winkte nach der Serviererin und bestellte einen Espresso.

»Lichter und Schwarz - Real Estate Switzerland ist eine Tochter der Lichter und Schwarz Global Development Ltd.«

»Eine englische Firma also?«

Steininger schüttelte den Kopf.

»Der Firmensitz befindet sich in Tortola«.

»Wo bitte?«, fragte Bettina.

»Der Hauptinsel der British Virgin Islands.«

»Warum gründet man dort eine Firma?«

»Da solltest du die Spezialisten für Wirtschaftskriminalität in deinem Haus fragen, Kollegin. Soweit ich das verstanden habe, sind die Jungfraueninseln ein wahres Paradies für alle Gauner dieser Welt, die ihre Geschäfte verschleiern wollen. Es gibt kein abrufbares Handelsregister, Auskunftsersuchen werden nicht beantwortet. Eine Null-Steuer-Oase sind die Inseln zudem.«

»Das bedeutet, dass wir nicht herausbekommen können, wer sich hinter Lichter und Schwarz wirklich verbirgt?«

»Genauso ist es.«

## Mittwoch, siebzehn Uhr zehn

»In diesem fünfstöckigen Mietshausklotz soll sich der Sitz einer Firma befinden, die Monat für Monat erhebliche Geldbeträge hin und her schiebt? Hör mir doch auf!«

Bettina winkte ab und legte den Kopf in den Nacken, um am Gebäude hinaufzusehen. Thal ging zum Eingang des unscheinbaren Gebäudes am Stadtrand von Romanshorn, das eindeutig schon bessere Zeitgen gesehen hatte. Am Klingelbrett fand er nur das Namensschild von Möckli. Kein Hinweis auf die Firma. Es juckte ihn in den Fingern zu klingeln, aber sie hatten hier keinerlei Befugnis und den Ärger mit dem Imam wollte er zum jetzigen Zeitpunkt nicht riskieren.

Sie stiegen ins Auto und Bettina lenkte den Wagen zurück auf die Hauptstraße. Bei der Fahrt durch die unzähligen Dörfer, die sich wie eine Perlenkette am Schweizer Seeufer aufreihten, versuchten sie Steiningers Informationen zu ordnen. So sehr sie sich auch bemühten, fanden sie keinen Schlüssel. Der Fall wurde immer mysteriöser.

Kurz vor Konstanz überholte sie ein aufgemotzter Sportwagen. »Was für eine Karre«, sagte Thal und es klang eher abwertend denn bewundernd.

»War das nicht Maria?«, fragte Bettina und zeigte durch die Windschutzscheibe nach vorne.

»Welche Maria?«

»Wie viele kennst du? Donatos Frau natürlich.«

Berg drückte einen Knopf auf der Freisprecheinrichtung des Handys, rief im Präsidium an und gab das Kennzeichen des Wagens durch. Es dauerte nur wenige Sekunden, bis der Mitarbeiter in der Zentrale die gewünschte Information herausgesucht hatte.

»Dachte ich es mir doch. Dieser Protzschlitten ist auf Jakob Gruber zugelassen. Maria hatte vorhin schon so einen Glanz in den Augen.«

Im Präsidium wartete Wagner schon auf sie. Er hatte in der Zwischenzeit mit dem Aussteiger aus dem O.L.O telefoniert, der die Existenz der Hegaugruppe bestätigte. Der Mann wisse allerdings nicht, wer dahinter stecke, wie viele Leute es seien und wo sie sich träfen. Nur eines stünde fest: Sie verfügten über Geld. Sehr viel Geld. Und das käme von einem Mann, den sie alle nur den »Bischof« nannten.

Berg fragte Wagner, ob er wisse, wie man Mitglied in diesem Geheimbund werden könne. »Gibt es Aufnahmebedingungen oder etwas ähnliches?«

Wagner schüttelte den Kopf. »Das ist ziemlich undurchsichtig. Anscheinend muss man schlicht um Aufnahme bitten, indem man in der Tageszeitung ein Inserat mit einem bestimmten Text schaltet. Anschließend kann man nur warten, dass sich jemand meldet.«

»Ich weiß ja nicht«, sagte Bettina. »Für mich hört sich das eher an wie das Angebot eines One Night Stands«

## Mittwoch, siebzehn Uhr fünfzig

Bettina wusste selbst nicht, was sie dazu getrieben hatte, Maria einen Besuch abzustatten. Als sie den Laden betrat, war sie froh dass kein Kunde anwesend war und Donato bereits seine abendliche Runde durch die Stadt angetreten hatte.

»Sag mal, Maria, bist du heute mit Gruber am Schweizer Seeufer entlanggefahren?«

»Ja. Warum interessiert dich das?«

Bettina überlegte, wie sie am geschicktesten fragen sollte, entschied sich dann aber für den direkten Weg.

»Hast du ein Verhältnis mit Gruber?«

Maria lachte schallend. »Um Gottes willen, nein! Wie kommst du darauf?«

Bettina wusste, dass Maria die Wahrheit sagte und war erleichtert, verzichtete aber nicht auf die nächste Frage. »Steigst du denn zu jedem Mann ins Auto?«

»Wenn er einen Bugatti hat ... .« Jetzt prustete auch Bettina los und Maria brauchte einige Sekunden, bis sie weitersprach. »Im Ernst: Ich habe es genossen, dass Gruber um mich warb. Er sieht gut aus, ist charmant, freundlich und höflich.«

»Und er hat Geld wie Heu.«

»Das war es nicht. Nur seine Art. Und die Möglichkeit, Donato ein klein bisschen eifersüchtig zu machen. Das schadet doch nie, wenn die Männer sich nicht hundertprozentig sicher sein können, oder?«

Berg, die sich in diesem Moment sehr aufgehoben fühlte, brachte ihren Mund an Marias Ohr und flüsterte: »Wenn da mal ein Mann wäre.«

Maria nahm sie in den Arm und Bettina fühlte sich seit langem wieder einmal geborgen. »Du musst mal wieder raus. Weißt du was? Gruber hat mich heute Abend zur Einweihungsfeier seines neuen Hauses eingeladen. Er hat mit Sicherheit nichts dagegen, wenn ich eine alleinstehende Frau mitbringe.«

## Mittwoch, neunzehn Uhr dreißig

Thal stellte die Tasse unter den Siebträger der Espressomaschine und eine Minute später erfüllte ein wunderbarer Duft seine Wohnung. Er hatte kurz überlegt, sich einen Whisky zu gönnen, war dann aber doch seinem Schwur treu geblieben, niemals vor acht Uhr am Abend Alkohol zu trinken. Dabei wäre heute so ein Tag, an dem er einen Drink gebrauchen könnte. Er nahm das Smartphone vom Tisch, die letzte Nachricht von Karin Beck war noch geöffnet. Er musste sich entscheiden – obwohl, er hatte doch längst Farbe bekannt. Das Läuten der Haustürklingel riss ihn aus seinen Gedanken. Tobias und Nora standen Arm in Arm vor der Tür und sie schwenkte eine Weinflasche. »Wir dachten, du hättest vielleicht Lust auf einen Feierabendschluck.«

Thal wunderte sich über die plötzliche Aufmerksamkeit seines Sohnes, der sich in der letzten Zeit oft wochenlang nicht bei ihm sehen ließ. Nora musste in dieser Beziehung einen guten Einfluss auf ihn haben. Er holte die Gläser aus dem Schrank und öffnete die Flasche. Während Tobias und Nora mit Genuss tranken, nippte Thal nur am Glas. Bevor sie sich im Small Talk einrichteten, nutzte er die Gelegenheit, Nora noch einmal nach dem O.L.O. auszufragen. »Wie sind diese einzelnen Cliquen organisiert?«

»Im Prinzip gar nicht. Jede Gruppe ist für sich völlig autark. Es gibt keinen Kontakt untereinander, sieht man von der absoluten Führungsebene ab. Man erhält in diesem Orden, wie in fast allen Geheimgesellschaften, mit der Zeit bestimmte Grade, im O.L.O sind es neun. Den höchsten Grad erreichen nur noch wenige Menschen, es kann sein, dass niemand in der Hegaugruppe so hoch steht.«

Thal entschloss sich, doch einen kräftigeren Schluck zu nehmen. »Wir haben gehört, dass der Chef unserer Gruppe den Spitznamen Bischof trägt. Deutet das nicht auf eine hohe Position hin?«

»Das kann sein, muss aber nicht. Eventuell hat er nur in seinem lokalen Zirkel etwas zu sagen.«

»Wie kommt man in so einen Kreis hinein?« Thal war gespannt, ob Nora mehr wusste als Wagner.

»Nur auf Einladung eines Mitgliedes. Anschließend unterzieht man sich eines Aufnahmerituals, von dem wir nur wissen, dass es sich in einer dunklen Kammer abspielt. Was da im einzelnen passiert ... .«

»Hui Buh ... ich höre schon die Gespenster kommen.« Tobias machte sich lustig und kniff Nora in den Arm, die ihn verärgert ansah. Thal ließ sich nicht ablenken. »Wie kommt man an die Einladung? Gibt es denn wirklich keine Möglichkeit, sich zu bewerben?«

Nora rückte einen Zentimeter von Tobias ab, der sich daraufhin gespielt beleidigt in die Sofaecke zurückzog. »Man kann seinen Wunsch, in den Orden aufgenommen zu werden, öffentlich machen. Einer meiner Informanten hat z.B. eine Anzeige in der Zeitung aufgegeben.«

»Und wie geht das praktisch?«, fragte Thal nach. »Schreibt man da habe von O.L.O gehört, wäre gerne dabei?«

Nora lachte. »Das dürfte die sicherste Methode sein, um auf der schwarzen Liste zu landen. Man sollte es schon in deren Sprache formulieren. Es muss ein bisschen mystisch klingen.«

Tobias, der immer noch zum Herumalbern aufgelegt war, sagte langsam und mit tiefer Stimme: »Das geheime Licht möge mich erleuchten«.

Nora nickte und schaute ihn dabei völlig ernst an: »So ungefähr. Und dann setzt man seine Telefonnummer dazu und wartet.«

Thal nahm die Flasche und schenkte Nora Lotz nach. »Wenn du es so genau weißt, warum probierst du es nicht aus? Du könntest doch an Informationen aus erster Hand kommen.«

Nora nahm ihr Glas und führte den Mittelfinger über den Rand, was einen singenden Ton erzeugte. »Du glaubst, das ist ein Spiel, oder? Damit liegst du völlig falsch. Dieser Orden ist eine Geheimgesellschaft und wir wissen nicht, worum es wirklich geht. Aber eins steht fest: Hier spielen nicht einfach ein paar Leute Fasching und geben sich ulkigen Ritualen hin. Hier geht es um Macht und Einfluss. Da werden Bewerber genau geprüft und eine Journalistin, da kannst du sicher sein, hat keine Chance, aufgenommen zu werden.«

## Mittwoch, zwanzig Uhr fünfundvierzig

»Dann auf ins Getümmel!« Maria hatte Bettina in Dettingen abgeholt und bog jetzt auf Grubers Grundstück in Wallhausen ein, das von einer hohen Mauer umfriedet war, auf die als Sichtschutz ein schwarzes Plastikband gesetzt war. Das Haus, eher war es eine Villa, stand direkt am See. Sie fuhren mit dem Wagen die Auffahrt hinauf und hielten direkt vor dem Eingangsportal. Ein junger Mann sprang die Stufen herunter, öffnete die Fahrertür und reichte Maria den Arm. »Darf ich um den Schlüssel bitten, ich parke den Wagen für Sie.«

»Wenn Sie mit so einem kleinen Auto überhaupt zurecht kommen.«

Der Mann lächelte beflissen.

Die beiden Frauen betraten das Haus durch die offene Eingangstür und standen in einer großen Halle mit Freitreppe und umlaufender Empore. Mehrere Grüppchen bevölkerten den großen Raum, durch die geöffnete Tür zum Garten hörte man Musik. Maria zog Bettina nach draußen. »Wollen wir doch mal sehen, ob wir den Hausherrn finden.«

Der Garten hatte die Ausmaße eines Parks.

»Dass es so etwas überhaupt gibt«, sagte Bettina erstaunt. »Ich dachte immer, es gäbe keine Grundstücke mit direktem Seeanstoß mehr, weil jeder Grundbesitzer einen Seezugang gewähren muss.«

»Manche sind halt gleicher«, sagte Maria und nahm ein Glas Champagner von einem Tablett, das ihr ein Kellner entgegenhielt. Auch Bettina bediente sich und sie prosteten sich zu. Maria entdeckte Gruber. »Komm, ich stell dich vor.«

Der Hausherr stand inmitten einer Traube von Menschen, die wegen seiner Größe von einem Meter neunzig fast ausnahmslos zu ihm aufsahen und an seinen Lippen hingen. Als er die beiden auf ihn zukommenden Frauen erblickte, lächelte er.

»Schön, dass du gekommen bist, Maria. Und dann auch noch in so reizender Begleitung.«

»Darf ich dir meine Freundin Bettina Berg vorstellen.«

Er ergriff ihre Hand und vollführte einen formvollendeten Handkuss.

»Guten Abend Herr Gruber.«

Er hob den Kopf und strahlte Bettina an.

»Jakob, bitte. Wir sind hier nicht förmlich. In diesem Haus und an diesem Abend sind nur Freunde zu Gast.«

Er reichte den beiden Frauen jeweils einen Arm. »Kommt, ihr seid bestimmt hungrig und das Buffet sollte längst eröffnet sein.

Während sie über den Rasen zu einem weißen Zelt gingen, schaute sich Bettina um. Die Gäste waren fast alle jung und gut gekleidet. Sie kam sich vor wie auf einer Party in einem amerikanischen Spielfilm. Die gesamte Atmosphäre des Gartens tat ihr Übriges dazu. In einer Ecke entdeckte sie den Bankdirektor Böhning, der sie diesmal nicht übersah, sondern sein Glas hob und ihr zuprostete.

Gruber war aufmerksam und charmant, blieb einige Male kurz stehen und sprach mit anderen Gästen, kam aber immer wieder zu den beiden Frauen zurück, wobei er sich mehr um Bettina kümmerte, was Maria aber mit einem freundlichen Lächeln quittierte.

Auf dem Buffet fanden sich vor allem Köstlichkeiten der asiatischen Küche. Sushi und Sashimi, thailändische Garnelenspieße, vietnamesische Frühlingsrollen.

Nach etwa einer halben Stunde hielt Gruber eine kurze Ansprache und hieß die Gäste willkommen. »Endlich habe ich den richtigen Ort für mein Traumhaus gefunden. Ich möchte, dass ihr alle an meiner Freude teilhabt, schaut euch in Ruhe um. Heute ist dies im wahrsten Sinn des Wortes ein Open House.«

Zum Schluss begrüßte er die Band – und jetzt war Bettina tatsächlich überrascht. Jürgen und Weidele & Friends waren etwas Besonderes, das sich nicht jeder leisten konnte, aber von erlesenem Geschmack zeugte. Funkiger Jazz perlte über den Rasen. Sie stand nicht weit von der Bühne und ließ sich von der Musik gefangen nehmen. So leicht war ihr lange nicht mehr zumute gewesen. Ihrer fröhlichen Stimmung tat es auch keinen Abbruch, als sich Maria recht bald verabschiedete. Bettina griff sich ein Glas Weißwein und stromerte durch die Villa. Der weitläufige Wohnraum im Erdgeschoss, daneben ein großzügiges Büro mit modernster Technik. Im Obergeschoss lagen mehrere Schlafräume. In welchem Gruber wohl nächtigen mochte? Ein Raum war völlig in schwarz gehalten. In der Mitte stand ein rund ein Meter hohes und drei Meter mal zwei Meter großes Podest. Die Wände waren mit Samtvorhängen behangen. Auf einem Tisch an der Längswand stand ein fünfarmiger Lüster, darin steckten halb heruntergebrannte Kerzen. An einem der Leuchterarme hing an einer silbernen Kette ein Amulett. Bettina nahm es in die Hand und betrachtete es eingehend. Es war das Auge, das auch Teil des Tattoos von Sven Fabri war.

»Schön nicht?«

Bettina zuckte zusammen. Gruber hatte den Raum unbemerkt betreten. Er trat neben sie und nahm das Amulett vom Leuchter.

»Das Horusauge ist ein wunderbarer Schutz gegen alles Böse. Ich denke, Sie können das gut gebrauchen.«

Er legte ihr die Kette um. »Sie haben es doch ständig mit bösen Buben zu tun.«

Bettina legte die Hand auf das Schmuckstück.

»Das kann ich nicht annehmen.«

Gruber legte ihr den Zeigefinger auf ihre Lippen.

»Doch, Sie können, sie müssen sogar.«

Bettina wagte kaum zu atmen, bis er seine Hand zurückzog.

»Woher wissen Sie, dass ich Polizistin bin?«

»Sie sind in dieser Stadt nicht ganz unbekannt und auf dieser Feier sind einige Leute meine Gäste, die sich in unserem Gemeinwesen gut auskennen.«

Bettina sah sich um.

»Interessantes Zimmer.«

»Mein Fitnessraum«, sagte Gruber.

»Ich sehe aber keine Geräte.«

»Die brauche ich nicht, hier geht es um meine mentale Fitness. Für die körperliche habe ich das Schwimmbad. Hätten Sie Lust ...?«

Bettina spürte eine Vibration, die sich in ihrem Körper ausbreitete. Für einen Moment war sie geneigt, ihren Kopf an Grubers Schulter zu lehnen und sich von ihm zum Pool oder woanders hin tragen zu lassen. Sie riss sich zusammen.

»Ich mus gehen. Zu viel Arbeit.«

»Ich habe von dem Mord gehört. Schlimme Sache und das in unserer friedlichen Stadt.«

Gruber begleitete sie zur Tür. Bettina reichte ihm die Hand zum Abschied, doch er legte den Arm um ihre Taille, zog sie an sich und küsste sie. Zärtlich und doch voller Leidenschaft. Bettina hatte das Gefühl, dass ihr die Beine versagen. Mit Mühe löste sie sich von ihm.

Gruber sah ihr lächelnd und doch mit einem gewissen Ernst in die Augen. »Wann geben Sie mir die Chance, unsere Bekanntschaft zu vertiefen?«

»Ich melde mich.«

Er zog ein goldenes Etui aus der Tasche und reichte ihr eine Visitenkarte.

»Ich warte auf Ihren Anruf, Bettina.«

## Donnerstag, vier Uhr sechsundzwanzig

Thal schlüpfte in seine Hose, die er über den Stuhl am Schreibtisch gehängt hatte. Mit bloßem Oberkörper schlurfte er in die Küche und schaltete die Espressomaschine an. Die Digitaluhr über der Spüle zeigte vier Uhr sechsundzwanzig. Während die Maschine aufheizte, nahm er ein frisches Hemd aus dem Schrank. Auf dem Weg zurück zur Küche nahm der das Telefon, das ihn zwanzig Minuten zuvor aus dem Schlaf gerissen hatte, aus der Ladestation und wählte Bettinas Nummer. Er stellte den Lautsprecher an und begann, den Kaffee zuzubereiten. Das Freizeichen zerriss die Stille in seiner Wohnung auf merkwürdig gespenstische Art. »Komm schon, Bettina!«

Endlich, nach dem dreizehnten Läuten, meldete sie sich.

»Was soll das Alexander? Was auch immer du mir sagen willst, hätte auch noch drei Stunden Zeit gehabt.«

»Steh auf, Bettina und zieh dich an. Wir haben einen weiteren Toten.«

Sie stöhnte auf. »Der Dauerdienst wird sich kümmern. Und außerdem sind wir für diesen zweiten Fall garantiert nicht auch noch zuständig.«

»Doch, das sind wir, Bettina.«

Sie schwieg und er ergänzte:

»Dem Toten fehlt die rechte Hand.«

## Donnerstag, fünf Uhr fünfzig

»Was für eine Szenerie!«

Grendel deutete mit ausholender Geste nach rechts und links. Die Skulpturen der Kunstgrenze waren mit sanftem Licht beleuchtet, lediglich die eine, die vor ein paar Stunden zu einem Tatort gemacht worden war, erstrahlte im kalten Licht der Polizeischeinwerfer.

»Der Täter kannte sich übrigens aus«, setzte der Kriminaltechniker hinzu. »Er platzierte seine Leiche direkt vor den Tod.«

»Was soll das heißen?«, fragte Thal, der genauso unausgeschlafen und verfroren aussah wie Bettina. Sie wärmte sich die Hände an einem Kaffeebecher. Zum Glück hatte sie daran gedacht, ihre Thermoskanne zu füllen, denn um diese Uhrzeit war noch nirgendwo in Konstanz ein Kaffee zu bekommen.

»Wie lange lebt ihr schon in dieser Stadt? Bekommt ihr überhaupt etwas mit außer Mord und Totschlag?«

»Ist ja schon gut, Hartmut, lass uns an deinem allumfassenden Wissen teilhaben«, sagte Bettina sanft.

»Aber fasse dich kurz, damit wir uns endlich mit der Hauptsache, nämlich dem Toten, beschäftigen können.«

»Immer mit der Ruhe, der läuft nicht weg. Also: Die zweiundzwanzig Skulpturen, die vor ein paar Jahren direkt auf der Grenze zwischen Konstanz und dem schweizerischen Kreuzlingen aufgestellt wurden, symbolisieren Spielkarten des Tarot. Diese hier ...« er deutete auf die hell erleuchtete, »stellt den Tod dar.«

Bettina schaute sich das Gebilde an. Auf einem hellgrauen Steinsockel erhob sich ein knallrot lackiertes Stahlgebilde aus zwei leicht geschwungenen, senkrechten und mindestens sechs Meter hohen Stahlstreben, die durch eine horizontale Querstrebe verbunden waren. »Sieht aus wie ein H. Was hat das mit Tod zu tun?«

»Da müsst ihr jemanden anderen fragen«, sagte Grendel und wandte sich den zwei Technikern zu, die an der Leiche arbeiteten. Der zwischen vierzig und fünfundvierzig Jahre alte Mann lehnte mit dem Rücken am Steinsockel. Der fast kahl geschorene Kopf war nach vorne auf die Brust gesunken, der Oberkörper saß ansonsten aufrecht. Die linke Hand lag auf dem Oberschenkel. Die Beine waren gestreckt und vierzig Grad geöffnet. Der Mann trug eine hellgraue Hose und ein weißes Hemd, das an der rechten Seite blutdurchtränkt war. Eine Jacke lag ordentlich zusammengefaltet über seinen Unterschenkeln. Wie beim ersten Opfer fehlte die rechte Hand, die Wunde am Unterarm sah genauso ungleichmäßig aus.

Grendel drehte sich um. »Der Doc wird dazu noch Genaueres sagen, aber für mich sieht das so aus, als wäre hier der gleiche Dilettant am Werk gewesen.«

»Gruezi mitenand!«

Bettina, die konzentriert auf die Leiche gestarrt hatte, erschrak.

»Bleiben Sie stehen, das hier ist ein Tatort.«

»Deswegen bin ich hier«, entgegnete der Mann in schweizerisch eingefärbter Sprache und zog einen Ausweis aus der Tasche.

»Adjutant Pirmin Studer, Kantonspolizei Kreuzlingen.«

»Ah, Herr Kollege«, sagte Thal und streckte ihm die Hand entgegen. »Studer wie ...«

»Sagen Sie es nicht.« Der Schweizer Kriminalpolizist war vom Vergleich mit dem berühmten literarischen Namensvetter anscheinend genervt. Thal sagte deshalb betont sachlich: »Kriminalhauptkommissar Thal, das ist meine Kollegin Berg und die Herren von der Kriminaltechnik stellen sich am besten selber vor.«

Der Schweizer Kriminalpolizist machte die Runde und begrüßte alle. Anschließend ging er zurück zu Thal.

»Vorausgesetzt, die Kunstwerke markieren tatsächlich genau die Grenze, dürfte dieser Mann auf Ihrem Gebiet liegen, oder?«

»Davon gehen wir aus. Außerdem handelt es sich aller Wahrscheinlichkeit nach um einen Täter, der bereits vorgestern einen Mord begangen hat, der eindeutig auf deutschem Staatsgebiet stattfand. Auch das Opfer war ein Deutscher.«

»Was hier allerdings nicht der Fall ist«, mischte sich Grendel ein und hielt eine bläulich schimmernde Plastikkarte in die Höhe, in deren linker Ecke das Schweizerkreuz leuchtete.

»Oh, oh«, sagte Studer, »eindeutig eine Schweizer Identitätskarte. Jetzt haben wir ein Problem.

»Nicht, wenn der Tote auf deutschem Staatsgebiet gefunden wird und wir davon ausgehen können, dass er auch hier ermordet wurde.«

»Was sehr wahrscheinlich ist, wenn wir die Auffindesituation und den blutdurchtränkten Boden berücksichtigen«, ergänzte Grendel.

Studer wackelte bedächtig mit dem Kopf, wandte aber nichts weiter ein. Vermutlich hatte er nichts dagegen, wenn der grausame Fall ein deutsches Problem blieb, dachte Bettina. Sie nahm Grendel den inzwischen in eine Plastiktüte verpackten Personalausweis ab.

»Antonin Ott, geboren 7.11.1962.«

Bettina drehte die Karte um: »Heimatort: Malans in Graubünden. Ausgestellt wurde der Ausweis aber in St. Gallen.«

»Ist Heimatort gleich Wohnort?«, fragte Thal.

»Oh nein«, antwortete Studer. »Das ist etwas Besonderes in der Schweiz, eine alte Tradition. Der Heimatort ist die Gemeinde, in der man heimatberechtigt ist. Praktisch hat das heute kaum noch eine Bedeutung und man muss weder dort geboren sein noch jemals dort gewohnt haben.«

Bettina wollte gerade nachfragen, welchen Sinn dann eine solche Angabe auf einem Dokument hatte, als Grendel ihr eine Visitenkarte entgegenhielt.

»Das Problem dürften wir gelöst haben. Ott war laut dieser Karte Leiter der Hypothekenabteilung des Bankhauses Alfons Wolff in St. Gallen.«

Bettina drehte die Karte um. »Auf die Rückseite hat er seine Privatanschrift gestempelt. Rötelistraße, St. Gallen.«

»Dann sind wir Thurgauer auf jeden Fall raus.« Man hörte die Erleichterung in Studers Stimme. »Wenn überhaupt, müssen die Kollegen in St. Gallen übernehmen.«

Auch Thal schien erleichtert. »In diesem Fall werde ich mal den Kollegen Steininger anrufen.«

»Sie kennen Leutnant Steininger?« Der Schweizer Polizist schien beeindruckt.

»Kriminalhauptkommissar Thal und ihr Kollege aus St. Gallen sind sozusagen alte Freunde«, warf Bettina ein.

Studer schien völlig beruhigt und trat einige Schritte zurück.

Thal ging zu Grendel und flüsterte ihm ins Ohr: »Lass die Leiche so schnell wie möglich nach Freiburg bringen. Sonst kommen unsere eidgenössischen Freunde noch auf dumme Gedanken. Wer weiß, wer da gerade noch nach Ruhm und Ehre strebt und einen spektakulären Mord gut gebrauchen kann.«

Bettina schaute sich den Toten genauer an. Sah man vom verstümmelten Arm ab, schien der Körper unversehrt, genau wie bei Fabri. Und genau wie beim ersten Toten handelte es sich um einen Banker.

Thal war ein paar Schritte zur Seite gegangen und telefonierte wie es schien mit Beat Steininger. Grendel hob das Jackett auf, wobei eine DVD-Hülle aus der Seitentasche fiel. Er bückte sich und hob sie vorsichtig auf.

»Wenn wir die Spuren gesichert haben, habt ihr noch was für einen Kinoabend«.

## Donnerstag, acht Uhr zehn

»Ich freue mich, dass Sie an dieser Besprechung teilnehmen, Kollege Steininger.« Schober säuselte geradezu. Heute war er in seinem Element, denn er liebte nichts so sehr wie die Bühne länderübergreifender Zusammenarbeit, die am Bodensee immer öffentliche Aufmerksamkeit garantierte. »Auch wenn die Zuständigkeit inzwischen eindeutig geklärt ist – die Leiche befand sich zweifelsfrei auf deutschem Gebiet –, müssen wir in dieser Sache eng zusammenarbeiten. Wer weiß, vielleicht wird dieser Fall zum Musterbeispiel grenzüberschreitender Kooperation, dann könnte ich darüber auf der nächsten Sitzungen der Polizeipräsidenten ...«

»An mir wird das nicht scheitern«, unterbrach Steininger den Singsang des Imam. »Ich habe die Kollegen in der Dienststelle bereits angewiesen, das persönliche Umfeld des Antonin Ott zu befragen.«

Bettina, der die Müdigkeit dunkle Ringe unter die Augen zeichnete, bemerkte trocken. »Allzu viel gibt es da nach ersten Erkenntnissen nicht zu tun.«

Steininger lächelte sie verschmitzt an. »Das stimmt, Kollegin. Verheiratet war er nicht und Kinder gibt es auch nicht.«

Die Übereinstimmungen mit der Ermordung von Sven Fabri waren allerdings augenfällig. Ott war ebenfalls Banker und wurde auf die gleiche, brutale Weise zu Tode gebracht. Thal brachte es auf den Punkt: »Wenn es jetzt auch noch ein ungeklärtes Vermögen oder regelmäßige aber dubiose Geldeingänge auf sein Konto gibt ... .«

Steininger ließ ihn den Satz nicht zu Ende sprechen. »Auch das werden wir in ein paar Stunden wissen. Die entsprechenden richterlichen Anordnungen, die Konten des Ermordeten betreffend, sind beantragt.«

Schober deutete auf die DVD-Hülle. »Was ist mit dieser CD?«

Thal nahm die silberne Scheibe in die Hand. »Genauer gesagt handelt es sich um eine DVD. Ich habe mir das Video bereits angesehen, es ... aber sehen Sie selbst.«

Er nickte Bettina zu, die den DVD Player startete. Über den Beamer wurde das Bild auf die Leinwand des Besprechungsraumes geworfen.

Zunächst wackelte das Bild, anscheinend führte jemand die Kamera freihändig, bis sie abgelegt wurde. Der Blickwinkel legte nahe, dass der Unbekannte sie einfach auf den Boden legte, denn Sven Fabri, dessen schmerzgekrümmter Körper das gesamte Bild einnahm, war perspektivisch leicht verzerrt. Im Vordergrund lagen seine mit einem Kabelbinder gefesselten Füße. Er trug eine etwas zu weite, dunkelblaue Boxerbadehose. Der bloße Oberkörper war nach rechts geneigt und der Kopf in seltsam überstreckter Haltung nach hinten gebogen. Die rechte Hand war bereits abgetrennt, die Wunde am Stumpf ausgefranst, Hautfetzen sowie Aderreste und Muskelfasern hingen heraus. Dass kaum Blut zu sehen war, stand in auffallendem Gegensatz zu diesem Bild. Der Grund wurde sichtbar, als Fabri sich stöhnend leicht aufrichtete. Im Mund hatte er einen Stofffetzen, die linke Hand war mit einer Handfessel an der Reling festgemacht und um den rechten Oberarm war ein schwarzes, mittels eines Knebels stramm gezogenes Kunststoffband gewickelt.

»Stopp«, rief Steininger. »Das kenne ich. Genau so ein Tourniquet wird auch in der Schweizer Armee benutzt.«

»So ein was?«, fragte Schober

»Ein Tourniquet, Aderpresse wäre ein passendes Synonym. Mit dem Knebel kann man Gliedmaßen höchst effektiv abbinden. Das Ding da gehört zur Grundausstattung der Schweizer Infanterie.«

Schober stöhnte leise: »Was eventuell für einen Schweizer Täter spricht.«

Bettina Berg tippte auf einem Smartphone herum. Als sie gefunden hatte, was sie suchte, hielt sie es hoch, damit alle den Bildschirm sehen konnten. »Das Ding kann sich jeder für fünfzig Euro im Internet kaufen.«

»Lassen Sie den Film weiterlaufen«, sagte Schober erleichtert.

»Gut, aber machen Sie sich auf etwas gefasst.« Thal sah in die Runde. »Jetzt wird es ekelig.«

Nach zwei Sekunden kam eine mit einem grünen Latexhandschuh bekleidete Hand ins Bild. Sie zog Fabri den Knebel aus dem Mund. Er stammelte: »Bitte, bitte ...«

»Schscht!«

Fabri fiel kraftlos zurück, während die Hand die Aderpresse lockerte. Sofort begann die Wunde zu bluten.

Der Unsichtbare – obwohl er die Stimme verstellte, handelte es sich eindeutig um einen Mann – flüsterte heiser:

»Wer gehört zu eurem Kreis?«

Fabri hob den Kopf an. Sein Gesicht war kreideweiß und die Panik war in seiner Stimme zu hören. »Niemand. Ich allein ...«

Die Hand lockerte das Stauband weiter. Das Blut tropfte auf den Boden und bildete eine langsam größer werdende Lache.

»Bitte, ich ... ich ...« Fabri starrte auf seinen verstümmelten Unterarm.

»Namen!«

»Erst ... aufhören ... Blut ...«

Die Hand drehte den Knebel der Aderpresse fest.

»Deine letzte Chance. Sag mir jetzt einen Namen oder ... .« Ganz leicht drehte er am Stauband.

»Ja, Ja.«

Fabri atmete röchelnd.

»Ott«, flüsterte er.

»Lauter«, krächzte der Unsichtbare.

»Ott, Antonin Ott.«

»Und wo finde ich diesen Ott?«

Fabri tat drei Atemzüge, die ihm sichtlich schwer fielen.

»Du kennst den Ort.«

»Das meine ich nicht. Wo wohnt dieser Ott?«

»Schweiz«, flüsterte Fabri. Zwei Atemzüge, zu flach, um noch ein Geräusch zu machen. »St. Gallen«.

Die Hand schnellte nach vorn und drückte Fabri das Stück Stoff in den Mund. Anschließend löste sie den Knebel der Aderpresse. Das Blut schoss aus dem Armstumpf.

»Ego non te absolvo.« flüsterte der Unbekannte.

Die Kamera blieb noch zehn Sekunden auf Fabri gerichtet, der ohne jede Bewegung, auch die Atmung war nicht mehr wahrzunehmen, auf dem Deck lag, während sich die Blutlache neben seinem Körper zusehends vergrößerte. Anschließend wackelte die Kamera kurz, bevor das Bild schwarz wurde.

Die vier Menschen im Raum schwiegen. Steininger fand als erster die Sprache wieder.

»Wir haben es mit einer besonders perfiden Art der Folter zu tun.«

Berg nickte. »Fragt sich nur, welche Namen er herauspressen wollte. Wer gehört zu eurem Kreis, hat er gefragt. Das klingt für mich danach, als wolle er die Namen von Mitgliedern dieser merkwürdigen Sekte erfahren.«

Thal öffnete die Filmdatei erneut und ließ das Video zu einer bestimmten Stelle vor laufen. »Und hier, hört euch das an!«

»Und wo finde ich diesen Ott?« fragte der Unbekannte und Fabri antwortete: »Du kennst den Ort.«

Thal stoppte den Film.

»Moment«, mischte sich Steininger ein. »Lass es noch weiterlaufen, Alexander.«

Das Bild erschien erneut auf der Leinwand und die Stimme des Täters krächzte:

»Das meine ich nicht. Wo wohnt dieser Ott?«

Steininger bedeutete Thal mit einer Handbewegung, die Wiedergabe zu stoppen.

»Fabri glaubte, es ginge seinem Peiniger darum, an Namen von Mitgliedern des Geheimbundes zu kommen. Aber ob das stimmt, wissen wir nicht.«

Schober schien abermals erleichtert. »Der Kollege hat recht, wir sollten diesem obskuren Haufen Verirrter nicht so viel Beachtung schenken.«

Thal zog die DVD aus dem Notebook. »Wisst ihr, was mich viel mehr aufwühlt?«

Er steckte die Scheibe in die Hülle und im Raum herrschte angespannte Stille.

»Er hat dem ersten Opfer die Hand abgehackt, um es zu foltern und damit den Namen eines Menschen zu erpressen, der sein nächstes Opfer wurde. Jetzt haben wir dieses zweite Opfer - und die Methode ist die gleiche.«

»Du meinst, dass es einen weiteren Mord geben wird?«, fragte Bettina hektisch.

»Genau. Und der Täter will, dass wir das wissen.«

## Donnerstag, neun Uhr vierzig

»So eine verdammte Scheiße! Da spielt jemand Katz und Maus mit uns.«

Thal bemerkte, dass Steininger wegen seines emotionalen Ausbruchs zusammenzuckte. Bettina setzte noch einen drauf: »Und wir sind die verfluchte Maus.«

Wieder waren sie auf dem Weg nach St. Gallen. Der Schweizer Kollege hatte kurz zuvor einen Anruf aus seiner Dienststelle bekommen. Die Einsicht in die Konten von Antonin Ott war genehmigt und einige Freunde und Bekannte warteten auf ihre eingehendere Befragung. Obwohl der Bodensee drei Anrainerstaaten hatte, waren derartige grenzüberschreitende Ermittlungen nicht an der Tagesordnung. Es gab kein klares Reglement, sie würden sich von Punkt zu Punkt hangeln müssen – keine guten Voraussetzungen angesichts der Tatsache, dass ein zu weiteren Morden bereiter Täter vermutlich schon auf der Suche nach seinem nächsten Opfer war. Wenn er es nicht längst in seiner Gewalt hatte.

Sie saßen in Steiningers Wagen, Bohlmann und Auer fuhren mit einem Dienstwagen der Konstanzer Kripo und würden sie wieder mit zurück nehmen. Der Schweizer Kollege fuhr konzentriert, nahm kaum einmal den Blick von der Straße und wenn, dann nur um einen verstohlenen Blick auf Bettina zu werfen. Thal freute sich darüber. Die Männer lagen ihr zu Füßen, aber nach der Trennung von Tobias hatte sie keine Beziehung mehr gehabt. Bis jetzt hatte er geglaubt, dass sie auch nicht danach strebte, seit ein paar Tagen war er sich da nicht mehr sicher.

•

Sie fuhren direkt zu Otts Wohnung am noblen St. Galler Rosenberg. Steininger stoppte vor einem postmodernen, vierstöckigen Neubau. Er parkte das Auto hinter einem schwarzen Van. »Die Kollegen sind noch da.«

Sie betraten das Haus. Im Untergeschoss standen zwei Kinderwagen vor den Haustüren, ansonsten wirkte alles klinisch sauber. Otts Wohnung lag im dritten Stock. Steininger klingelte und nur eine Sekunde später wurde die Tür geöffnet.

»Hoi Beat!«

»Grüezi Madlaina.«

Steininger deutete auf Thal. »Darf ich dir die Kollegen aus Konstanz vorstellen. Alexander Thal und Bettina Berg. Meine wichtigste Mitarbeiterin, Madlaina Veicht.«

»Willkommen in St. Gallen.«

Eine Walküre, dachte Thal und schämte sich sofort für diesen Gedanken. Die Schweizer Kollegin war so groß wie er und wog kaum weniger. Dabei wirkte sie nicht dick, sondern in ihrem weiten, schwarzen und eine Handbreit unter dem Knie endenden Kleid eher damenhaft. Als sie sich umdrehte, schüttelte sie die pechschwarzen, schulterlangen Haare, die ihren Kopf wie eine Löwenmähne umstanden. Thal reagierte mit Erstaunen, wie leichtfüßig sie sich in ihren Pumps bewegte, deren Absätze deutlich höher als zehn Zentimeter waren. Überhaupt stand ihr Gang in einem eigenartigen Kontrast zu ihrem Körperbau. Wie eine Gazelle im Körper einer Bärin, dachte Thal. Er folgte ihr über den Flur in einen mehr als fünfzig Quadratmeter großen Wohnraum.

Madlaina Veicht drehte sich um und strahlte Thal an.

»Das ist mal eine geschmackvolle Wohnung, oder? Nicht so eine heruntergekommene Behausung, wie wir sie ansonsten von unseren Klienten gewohnt sind. Kommt ja nicht oft vor, dass jemand aus den oberen Tausend gewaltsam vom Leben in den Tod befördert wird.«

Thal wunderte sich über ihre Sprache. Reinstes Hochdeutsch, keine Spur eines Schweizer Dialekts, eher glaubte er einen leichten Anklang von Amerikanisch zu hören.

»Nicht schlecht für einen einfachen Bankangestellten. Oder verdienen die bei euch so gut?«

»Die Diener des Mammon sind uns zwar lieb und teuer, aber für so eine Wohnung in bester Lage reicht es doch nicht.«

»Schwing nicht wieder defätistische Reden«, mischte sich Steininger ein. »Du musst wissen, Alexander, dass die Kollegin nicht gerade das Paradebeispiel einer Schweizer Patriotin ist.«

»Patriotismus ist die Tugend der Bosheit.«

Steininger kaute auf seiner Unterlippe herum. »George Bernard Shaw?«

»Nah dran. Oscar Wilde.«

Steininger schüttelte den Kopf. Madlaina Veicht tätschelte seine Schulter. »Irgendwann schaffst du es. Immerhin weist du ein solches Zitat inzwischen nicht mehr Goethe zu, das ist doch ein Fortschritt.« Das Vibrato ihres Lachens hätte einer Operndiva zu Ehren gereicht.

Bettina Berg unterbrach die Heiterkeit.

»Und wovon leistete sich Ott diesen Luxus?«

Steininger hustete, ehe er antwortete. »Die Kollegen haben uns die Unterlagen vorbereitet. Kommt mit.«

Er ging ins Nachbarzimmer, etwa halb so groß wie das Wohnzimmer und damit für ein Büro immer noch stattlich. Auf der Rauchglasplatte des Schreibtisches lagen verschiedenfarbige Aktenmappen fein säuberlich nebeneinander. Steininger nahm eine Mappe und reichte sie Bettina.

»Gleiche Bankverbindung, aber etwas höherer Betrag.«

»Du meinst ... ?«

Ehe Steininger antworten konnte, sagte Bettina, die Unterlagen durchblätternd:

»Zweiunddreißigtausend Franken. Jeden Monat.«

»Von Lichter und Schwarz?«

Bettina nickte.

Madlaina Veicht hatte sich auf die Kante des Schreibtisches gesetzt. »Ott hat ein Bankguthaben von über einer Million Franken. Außerdem gehört ihm diese Wohnung und wenn ich das sage, meine ich: Sie gehört ihm wirklich. Keine Hypotheken, keine sonstigen Darlehen, nichts.«

»Habt ihr irgendetwas über diese Firma Lichter und Schwarz gefunden?«

»Rein gar nichts. Es gibt überhaupt kaum etwas Schriftliches in diesem Haus. Ott war offenbar kein Freund des gedruckten Wortes, geschweige denn der Literatur. Man glaubt es kaum, aber in dieser Wohnung finden sich nur zwei Bücher.«

Veicht stand auf und ging auf einen niedrigen Couchtisch zu, an dem zwei ebenfalls niedrige und unbequem aussehende, aber vermutlich teure Sessel standen. Sie nahm je ein Buch in jede Hand und hob zunächst die rechte. »Ein Fotoband mit eindeutig zweideutigen Fotografien unbekleideter Damen.« Sie ließ die Hand sinken und ergänzte: »Die Frauen übrigens allesamt im XXL-Format, was mir den Typen fast sympathisch macht.«

Sie hob die linke Hand. »Die Gnostische Kirche – Der Weg zum Heil der Macht. Ich habe drei Seiten in diesem Buch gelesen und kann euch sagen: Der Inhalt ist noch verquerer als der Titel. Aber irgendwie hat der Typ dafür ein Faible gehabt.«

Sie beugte sich zum Glastisch herunter und nahm eine silberne Kette mit einem Medaillon auf, das sie in die Höhe hielt.

»Habt Ihr so etwas schon gesehen. Ich habe gleich mal gegoogelt. Das ist ein Horusauge, wird von vielen obskuren Kulten als Schutzamulett verwendet.«

Thal starrte eine Sekunde auf Madlainas Hand, ehe er den Kopf drehte und auf Bettinas Hals sah, die ruckartig ihre rechte Hand auf das Medaillon legte.

## Donnerstag, fünfzehn Uhr dreißig

Auf der Rückfahrt nach Konstanz waren sie zu viert und die Sitzordnung im Wagen entsprach den Dienstrángen - nur umgedreht: vorne Bohlmann und Auer, hinten Berg und Thal. Die beiden auf den Frontsitzen hatten Otts Nachbarn und Arbeitskollegen befragt. Der Mann hatte völlig unauffällig gelebt. Im Grunde genommen konnte niemand etwas über ihn sagen. Er hatte keine Freundin, ging so gut wie nie aus und wenn, dann höchsten zu dienstlichen Anlässen, hatte nie Streit. Stephanie Bohlmann fasste es kurz und knapp zusammen: »Ein totaler Langweiler. Nur sein Konto, das langweilt absolut nicht.« Sie lachte kurz auf, um sofort darauf hin zu fluchen, weil ein Fahrer vor ihr ohne ersichtlichen Grund scharf bremste. Im KK 1 fuhren immer die Frauen. Sogar bei seinem Geld schien Ott fantasielos zu sein. Er bekam es auf sein Konto überwiesen und da blieb es. Mit Ausnahme der luxuriösen Wohnung hatte er sich nichts geleistet. Kein teures Auto, keine Luxusuhren, keine Designerklamotten. »Nicht einmal Weiber«, fasste Auer zusammen, was Stephanie Bohlmann mit einem scharfen Blick zur Seite quittierte. »Na ist doch wahr«, konterte der derart Getadelte. »Wenn Nachbarn und Kollegen recht haben, hatte er weder eine feste Beziehung noch ging er in den Puff.«

»Und davon gibt es in der Schweiz ja weiß Gott genug«, sagte Thal, der in dem Buch über die sogenannte Gnostische Kirche blätterte, das er aus Otts Wohnung mitgenommen hatte. Bohlmann griff das Thema auf. »Da gab es vor kurzem eine Statistik in der Zeitung, dass in Europa nur die

Spanier noch häufiger die Dienste von Prostituierten in Anspruch nehmen als die Schweizer.«

Frank Auer nahm den Ball auf. »Geredet wird darüber allerdings nie. Der Schweizer genießt und schweigt.«

Thal klappte das Buch geräuschvoll zu.

»Vielleicht hat er seine Bedürfnisse in dieser Hinsicht woanders gestillt. Was ich gerade über diese Gnostische Kirche gelesen habe, da geht es weniger um geistige als um Samenergüsse.«

Stephanie Bohlmann prustete los und auch Auer lachte aus vollem Hals. Thal blieb sachlich und wandte sich der neben ihm sitzenden Bettina zu.

»Ist dieser Anhänger neu? Ich habe ihn noch nie gesehen.«

Bettina überlegte einen Moment, ob sie Thal von ihrem Besuch in Grubers Haus erzählen sollte, vor allem, ob sie von dessen Versuch, sie anzumachen, berichten und eingestehen sollte, davon zumindest nicht abgestoßen gewesen zu sein. Sie entschied sich für einen Mittelweg, beschrieb die Feier und dass Gruber ihr das Haus gezeigt hatte. Die merkwürdige Schwarze Kammer, Grubers Fitnessraum, erwähnte sie auch.

Wagner hörte sich Bettinas sachlich vorgetragenen Bericht an. Seit Wagner herausgefunden hatte, dass die Hegau-Gruppe des O.L.O. von einem steinreichen Typen geführt wurde, hatte er Gruber im Verdacht. Der Typ hatte Geld wie Heu und jetzt diese Party, die Wohnung, das Auto. Thal klopfte sich mit dem Buch, das er immer noch in der Hand hielt, auf den Oberschenkel. »Meinst du, Gruber könnte der Bischof sein?«

Bettina hatte die Frage erwartet, und ehrlich gesagt, hatte sie sie sich schon selbst gestellt, ohne zu einem Ergebnis zu kommen. Dementsprechend ausweichend antwortete sie: »Möglich wäre es.«

»Dann sollten wir uns den Typen mal vornehmen«, sagte Auer, der immer dafür war, Nägel mit Köpfen zu machen. Thal wiegelte aber ab. Er glaubte nicht, dass es der richtige Weg war, Gruber jetzt schon zu attackieren. »Diese mysteriöse Gruppe basiert doch darauf, dass niemand etwas über sie weiß. Ich glaube kaum, dass er uns das freiwillig erzählt.«

Bettina Berg sagte sehr leise, sodass es nur Thal auf der Rückbank verstand: »Ich könnte versuchen ...«

»Vergiss es. Er weiß, dass du Polizistin bist.«

So leicht lies sich Bettina nicht von der Idee abbringen. »Ich müsste mich halt ganz privat dafür interessieren. Und wenn es nicht klappt, können wir immer noch jemanden verdeckt einsetzen, den er nicht kennt.«

Thal gefiel die Idee überhaupt nicht. Sie wussten so gut wie nichts über Gruber, konnten ihn nicht einschätzen. »Wer garantiert uns, dass er nicht ausrastet, wenn er spürt, dass du ihn ausspionieren willst.«

»Ich darf es ihn halt nicht spüren lassen.« Als sie den Satz aussprach, wusste sie, dass ihr das leichter fallen würde, als Thal ahnte. Um die Situation zu überspielen, bat sie ihn, ihr das Buch zu leihen. »Ich brauche doch einen Anknüpfungspunkt. Besser ich bleibe so lange wie möglich ehrlich, dann nimmt er mir mein Interesse eher ab.«

Thal reichte ihr das Buch. Sie zog ihr Smartphone aus der Tasche, suchte nach Grubers Visitenkarte und schrieb eine SMS.

»Lust auf einen Abendspaziergang? 19 Uhr auf der Terrasse des Seehotels?«

Sie fuhren schweigend auf Kreuzlingen zu. Es dauerte keine Minute, als ihr Handy piepste. »Ich freue mich.«

Berg packte das Buch in die Tasche. »Könnt ihr mich noch rasch nach Hause bringen. Wenn ich jetzt erst noch das Auto hole, dauert es zu lange.«

Thal schaute sie besorgt an. »Pass auf dich auf Bettina.«

## Donnerstag, siebzehn Uhr fünfzig

Thal saß allein in seinem Büro und las noch einmal sämtliche Berichte über die beiden Morde. Er war sich sicher, ein entscheidendes Detail übersehen zu haben. Das größte Problem gab es bei Lichter und Schwarz. Sie tappten völlig im Dunkeln. Es konnte doch nicht sein, dass eine Firma riesige Summen auf Konten mitten in Europa einzahlte und dabei unerkannt blieb – Sitz auf den Jungfraueninseln hin oder her.

Er brühte sich den fünften und damit letzten Espresso des Tages und trank ihn in aller Ruhe. Dabei schaute er sich Leahs Selbstporträt an. Es sprach noch immer zu ihm, aber die Stimme wurde leiser. Sein Smartphone vibrierte. Eine Nachricht von Karin Beck. Das angehängte Foto zeigte sie auf einem Segelkatamaran, sie stand gemeinsam mit einer anderen Frau und drei Männern an Deck und winkte. Der Text war kurz: »Das Abenteuer beginnt. Ich bin gespannt, wo es uns hinführt.«

Kein bisschen Wehmut, dass sie damit einen langen Abschied verkündete, denn sie würde viele Wochen auf See sein und keinen Kontakt zu ihm aufnehmen können. Sie ging in ihr neues Leben und ließ ihn zurück. Thal bemerkte, dass er erleichtert war. Er mochte Karin Beck und hatte die Tage mit ihr genossen. Er hätte auch gerne mit ihr geschlafen, nur die Angst, ihr damit etwas zu versprechen, was er nicht einlösen konnte, hatte ihn davor zurückgehalten. Verstohlen sah er zu Leahs Porträt auf. Nein, er hätte kein schlechtes Gewissen, wenn er mit Karin geschlafen hätte. Das gab ihm Gelassenheit. In diesem Moment, an seinem Schreibtisch, Leahs Porträt im Rücken und den Geschmack eines wunderbaren Espresso im Mund fühlte er sich das erste Mal seit Jahren voll und ganz bei sich und zufrieden. Er wusste, dass er Karin Beck nicht liebte. Möglicherweise hätte sich die Liebe eingestellt, wenn sie mehr Zeit gehabt hätten. Aber so .... Er löschte Karins Nachrichten von seinem Gerät. Er wollte sich nicht erneut an einen Traum hängen, der unerfüllbar war.

Er brauchte ein paar Minuten der Besinnung, ehe er sich das Obduktionsprotokoll von Antonin Ott vornahm. Restle kam zum selben Schluss wie bei Fabri, auch der Schweizer war verblutet und zeigte, wie das erste Opfer, Anzeichen einer Knebelung am rechten Oberarm. Der Mörder hatte ihn genauso gefoltert wie Fabri und das konnte nur eins bedeuten: Er wollte einen weiteren Namen aus ihm herauspressen. War ihm das gelungen? Thal wagte nicht daran zu denken.

Er nahm sich einen Zettel und schrieb die Gemeinsamkeiten der beiden Opfer auf.

Beide waren Banker.

Beide erhielten jeden Monat eine erhebliche Summe von einer Firma namens Lichter und Schwarz. Welche Gegenleistung erbrachten sie dafür?

Beide hatten in irgendeiner Weise mit okkulten Praktiken zu tun, möglicherweise mit dem Ordo Lux Obscura.

Ans Ende der Liste schrieb Thal den Namen Reto Möckli und unterstrich ihn zwei Mal. Sie hatten genug in der Hand, um sich diesen Mann hinter Lichter und Schwarz vorzunehmen. Er griff erneut nach seinem Handy und wählte Steiningers Nummer.

»Kantonspolizei St. Gallen, Adjutantin Veicht am Apparat. Was kann ich für Sie tun?«

Thal erschrak, als er Madlainas sonore Stimme hörte.

»Hallo, wer ist da?«

»Ich bin's. Thal .. äh ... Alexander.«

»Hallo Kollege! Du wolltest bestimmt Beat sprechen, aber der ist schon gegangen. Hast eh Glück, ich war auch schon auf dem Sprung.«

»Ich halte dich nicht lange auf, aber ich versuche gerade Ordnung in den Fall zu bekommen.«

Madlaina schwieg. Sie wartete, dass Thal weitersprach, aber als auch er stumm blieb, fragte sie:

»Du hast doch einen konkreten Anlass für deinen Anruf, oder?«

»Eher vage, denn bestimmt. Wir gehen davon aus, dass die beiden Opfer vom selben Täter ermordet wurden. In diesem Fall müssen wir den Gemeinsamkeiten zwischen ihnen nachgehen und Menschen finden, die mit beiden Kontakt hatten. Konkret wissen wir nur von einem.«

»Und der wäre?«

»Reto Möckli.«

»Du meinst, weil beide auf seiner Gehaltsliste standen?«

»Genau!«

Thal hörte ein Rascheln am anderen Ende der Leitung.

»Klingt logisch. Ich schreibe eine Notiz an Beat. Wir sollten gleich morgen Vormittag diesen Möckli befragen. Romanshorn liegt ja auf halber Strecke zwischen Konstanz und St. Gallen. Treffen wir uns also am besten dort. Sagen wir halb zehn?«

»Perfekt«, antwortete Thal. »Ich ... .«

»Du, ich muss jetzt los. Erst meine Mutter bespaßen und dann habe ich noch einen Gig. Servus Alex. Bis morgen.«

Bevor Thal antworten konnte, hatte die Kollegin aufgelegt.

Thal ordnete die Akten und legte sie ordentlich zusammen.

Fröhlich pfeifend verließ er das Präsidium.

## Donnerstag, neunzehn Uhr zehn

Sie war nach dem Mordfall Otto Sünder nicht mehr im Seehotel gewesen. Als Bettina die Terrasse betrat, die den schönsten Blick auf den Bodensee bot, den man in Konstanz finden konnte, waren alle Tische, bis auf einen unattraktiven am Rand, besetzt. Der Katzentisch, dachte sie, aber was blieb ihr anderes übrig. Sie setzte sich und bestellte ein Glas Weißwein. Sie war nervös wie ein Teenager vor dem ersten Rendezvous, dabei hatte sie sich für dieses Treffen ein berufliches Alibi besorgt. Sie war vor allem als Polizistin hier, um herauszufinden, ob Gruber etwas mit dem O.L.O. zu tun hatte. Wenn alles perfekt lief, öffnete er ihr den Zugang zu diesem Geheimbund. Damit das klappte, musste sie ihre Nerven in den Griff bekommen. Der gute Vorsatz war vergessen, als Jakob Gruber die Terrasse betrat. Ihre Hände wurden von einer Sekunde auf die andere feucht und sie wischte sie an dem hellen Rock ab, von dem sie in diesem Moment sicher war, dass er mindestens zehn Zentimeter zu kurz war. Warum hatte sie sich nicht ein bisschen dezenter angezogen? Gruber starrte ja geradezu auf ihre Beine.

»Entschuldigen Sie die Verspätung, aber ich musste noch dringend etwas erledigen.«

Bettina stand auf.

»Gehen wir spazieren?«

Zehn Minuten später gingen sie an den prachtvollen Gründerzeitbauten der Seestraße entlang. Schon auf der Rheinbrücke waren sie auf Grubers Vorschlag hin zum Du übergegangen. Trotzdem oder gerade deshalb achtete genau sie darauf, dass der Abstand zwischen ihnen nicht kleiner als einen halber Meter wurde. Sie hatte ständig das Gefühl, Gruber rückte ihr näher.

»Wie fühlt man sich als Polizistin?«

»Wie soll man sich schon fühlen? Man tut seine Arbeit.«

»So ein ganz normaler Job ist das ja wohl nicht, Bettina. Schließlich haben es nicht alle Menschen Tag für Tag mit dem Bösen zu tun.«

»Das Böse sehen wir am Anfang ja auch nur indirekt.«

Gruber schaute sie fragend an.

»Wir sehen das Ergebnis, die Tat. Den Täter, also das personifizierte Böse, wenn du so willst, treffen wir erst im Laufe der Ermittlungen und auch nur dann, wenn wir erfolgreich sind. Und du wirst es nicht glauben, wie normal die meisten unserer Mörder sind. Menschen wie du und ich.«

Gruber lachte. »Du hast ja eine feine Meinung von mir.«

»Ich kann mir doch gar kein Urteil über dich erlauben. Ich weiß so gut wie nichts über dich, außer, dass es dir finanziell nicht schlecht geht.«

»Was ja kein Nachteil ist.«

»Das sagst du. Ich frage mich, ob du dein Vermögen auf ehrlichem Wege erworben hast.«

»Immer die misstrauische Polizistin?«

»Ist offenbar eine Deformation professionelle.«

Bettina sah ihn von der Seite an und spürte, wie eine warme Woge durch ihren Körper ging. Warum löste dieser Mann solche starken körperlichen Reaktionen aus? Sie musste sich auf ihre Aufgabe konzentrieren.

»Noch etwas glaube ich von dir zu wissen. Du hast ein Faible für Okkultes.«

»Wie kommst du denn darauf?«

Bettina zog die Kette aus der Bluse und hielt ihm das Medaillon entgegen.

»Schon vergessen? Und dann das schwarze Zimmer in deinem Haus. Dein sogenannter Fitnessraum.«

Gruber zog die Stirn leicht kraus. »Erwischt. Ich würde allerdings nicht von Okkultismus sprechen. Es geht eher darum, wie man das Glück bezwingt.«

Ehe Bettina die nächste Frage stellen konnte, fasste Gruber sie am Arm.

»Apropos Glück.« Sie standen vor dem schneeweißen Prachtbau des Spielcasinos und Gruber schob sie sanft in Richtung Eingang. »Probieren wir das Ganze mal in der Praxis aus.«

Gruber steuerte, nachdem Sie sich an der Rezeption ausgewiesen hatten, zielstrebig den Saal mit den Roulettetischen an. Bettina war noch nie in einer Spielbank gewesen und sah sich neugierig um, während Gruber Jetons erwarb. Der Raum war kleiner als sie gedacht hatte, die Atmosphäre lag irgendwo zwischen sachlich und schwülstig. An den zwei Roulettetischen standen nur rund ein Dutzend Spieler. Es war ein Wochentag und auch die Schweizer kamen, seitdem es auch Spielbanken in der Eidgenossenschaft gab, nicht mehr so zahlreich, um ihre Franken zu vermehren.

Gruber kam in den Saal zurück. Er führte sie an den rechten Tisch und zog einen Stuhl für sie heran. Als sie sich setzte, fiel die Kugel. Sechzehn. Der Croupier holte mit dem Rechen die Einsätze vom Tableau und schob drei Spielern

Gewinne zu, die allerdings, soweit Bettina das beurteilen konnte, nicht sehr groß waren.

Gruber legte zwei Stapel Jetons vor sie auf den Tisch. Bettina stockte für eine Sekunde der Atem. Die ovalen, roten Plastikscheiben trugen die Zahl fünfhundert, die achteckigen, orangefarbenen waren tausend Euro wert. Sie überschlug die Gesamtsumme und kam auf dreißigtausend Euro. Sie drehte sich um. Gruber spielte grinsend mit gleichgroßen Jetonstapeln in seinen Händen. »Schauen wir mal, wer das Glück besser in den Griff bekommt.«

Bettina brauchte eine Weile, bis sie das Spiel verstand. Am Anfang setzte sie vorsichtig, meistens spielte sie nur die einfachen Chancen, rot oder schwarz, gleich oder ungleich. Sie gewann und verlor. Nach einer halben Stunde wurde sie mutiger und setzte auf eine Kolonne. Sie gewann. Mehr und mehr wurde sie vom Spielfieber angesteckt. Sie wagte höhere Einsätze und sie setzte auf Zahlen. Sie verlor und nach gut einer Stunde lag nur noch ein achteckiger Jeton vor. Tausend Euro waren viel Geld, aber sie hatte neunundzwanzigtausend verspielt. Einfach so. In einer Stunde. Sie atmete tief durch. Was soll's, dachte sie und nahm das Stück Plastik in die Hand. Zwölf oder vierundzwanzig? Sie zögerte einen Moment und Gruber ergriff ihre Hand. »Spürst du, dass du mehr als ein Stück Plastik in der Hand hast?« Sein Atem streifte ihren Hals. Er ließ sie los und sie setzte auf die zwölf. Die Kugel drehte sich in der Trommel. »Nichts geht mehr«, sagte der Croupier und ihre Augen versuchten die Kugel zu hypnotisieren. Achtundzwanzig. Sie hatte alles verloren. Gruber legte ihr die Hand auf die Schulter. »Hören wir auf.« Er hatte zweitausend

Euro gewonnen und lud Bettina ins Kasinorestaurant ein. Er bestelle Champagner und sie überließ ihm auch die Auswahl des Essens. Das Gespräch plätscherte vor sich hin, bis sie nach dem Dessert recht unvermittelt fragte, ob er der Bischof sei? Sie beobachtete ihn genau, seine Reaktion verriet weder Überraschung noch Abwehr. Aus einem Instinkt heraus erwähnte sie, dass der O.L.O. Teil einer Ermittlung sei. Gruber zupfte an seiner Krawatte.

»Ich hoffe, du hast meine Gesellschaft nicht nur aus beruflichen Gründen gesucht.«

Bettina schaut ihm direkt in die Augen, sagte aber nichts.

»Da bin ich froh«, antwortete Gruber und Bettina lief es eiskalt den Rücken herunter. Wie konnte der Mann sie so schnell durchschauen?

»Was deine Frage angeht, hinter der ich eine Hypothese vermute ... .« Er schwieg einen Moment, als überlege er sich jedes Wort. »Möglicherweise hast du recht. Allerdings liegt es nicht in meiner Macht allein, ob ich dir überhaupt etwas über unsere Gemeinschaft offenbaren darf und wenn ja, was und wie viel. Morgen aber werde ich wissen, was erlaubt ist.«

Bettina wunderte sich über diese seltsame Ausdrucksweise, fragte aber nicht nach. Sie war sicher, dass er eh nicht geantwortet hätte.

Nach diesen nebulösen Sätzen plätscherte das Gespräch noch eine Weile vor sich hin, ehe Gruber bezahlte und ein Taxi rufen ließ. Er gab dem Fahrer hundert Euro. »Bringen Sie diese wertvolle Fracht sicher nach Hause.«

## Freitag, neun Uhr fünfundzwanzig

Kurz nach halb zehn fuhren sie vor Möcklis Wohnung vor. Madlaina Veicht erwartete sie bereits. Sie saß in einem türkisgrünen Monster von Auto, einem amerikanischen Straßenkreuzer, vermutlich aus den fünfziger Jahren. Thal hatte sofort gewusst, als er das Auto am Straßenrand sah, dass es der Schweizer Kollegin gehörte. Der Wagen passte zu ihr. Heute hatte sie ihre Haare mit einem schwarzen Tuch gebändigt. Auch ihre Kleidung war schwarz, der knielange Rock war allerdings durch einen Mini ersetzt. Thal musste sich eingestehen, dass er ihr stand, obwohl sie weit von Modellmaßen entfernt war. Als die Konstanzer Polizisten ihren Wagen geparkt hatten, kam Madlaina mit federnden Schritten auf sie zu. Wie machte sie das bloß mit diesen Absätzen, fragte sich Thal und registrierte Bettinas erstaunten Blick. »Guten Morgen Kollegen. Pünktlich auf die Minute, auf euch Deutsche kann man sich verlassen.« Sie lachte und ihre Stimme klang noch ein bisschen tiefer als sonst.

»Toller Wagen«, sagte Thal.

»Für verdeckte Ermittlungen allerdings gänzlich ungeeignet«, ergänzte Berg.

Madlaina lachte erneut und Thal hatte das sichere Gefühl, dass dieser Tag ein guter werden würde.

»Es geht nicht darum, Fälle aufzuklären, es geht darum, dass man befördert wird.«

Berg schaute die Schweizer Kollegin entgeistert an. Thal hingegen nickte. »Daher kenne ich das Auto.«

»Ihr sprecht in Rätseln«, sagte Bettina zu Thal gewandt.

»Vielleicht kann ihr Chef das Rätsel lösen. Dann hätte er schon einen deutlichen Vorsprung vor Steininger, der weiß nie, um was für ein Zitat es sich handelt.

»Film?«, fragte Thal.

»Yep.« Madlaina schaute ihn mit leicht schräg gestelltem Kopf an.

»Ich weiß es«, sagte Thal. »Die Olsenbande. Die fuhren so ein Auto, allerdings eine deutlich abgewracktere Version.«

»Stimmt. Es handelt sich übrigens um einen Chevrolet Bel Air, Baujahr 1959. Die entscheidende Frage aber hast du noch nicht beantwortet: Wer sagte diesen denkwürdigen Satz?«

»Kommissar Jensen?« fragte Thal vorsichtig, obwohl das die einzig logische Antwort war..

»Wenn du jetzt auch noch weißt, aus welchem Film das Zitat ist, hast du einen Wunsch frei.«

»Die Olsenbande steigt aufs Dach«. Das war geraten, denn er konnte sich nur noch grob an die Filme erinnern.

»Schade, schade.« Madlaina klopfte ihm auf den Arm. »Die Olsenbande stellt die Weichen. Aber vielleicht klappt es ja beim nächsten Mal.«

Thal spürte eine seltsame Erleichterung, auch wenn er nicht wusste, warum es ihm peinlich gewesen wäre, wenn die Antwort gestimmt hätte.

Berg hatte das kleine Quiz staunend beobachtet.

»Sollten wir nicht vielleicht .... .«

»Du hast recht, Bettina. Ich hoffe, ihr habt nichts dagegen, wenn ich euch die Befragung überlasse. Es ist ja eh euer Fall und ich muss meine Stimme schonen.«

Sie klingelten bei Möckli und nach wenigen Sekunden summte der Türöffner. Sie stiegen in den dritten Stock hinauf. Im Hausflur roch es bereits um diese Vormittagsstunde nach Essen. Thal brauchte einen Moment, um den Geruch zu identifizieren. Kohl. Tatsächlich, es roch, als hätte jemand Kohlsuppe gekocht. Die Wohnungstür war geschlossen. Als Madlaina klopfte rief ein Mann von innen. »I chume.« und sie hörte, wie Jemand langsam zur Tür schlurfte. Dem kleinen Mann, der ihnen durch die halb geöffnete Tür entgegensah, war der Schreck ob der drei Menschen vor seiner Wohnung deutlich ins Gesicht geschrieben. Er schaute zur mehr als einen Kopf größeren Madlaina auf.

»Grüezi!«

Der Mann schluckte, ohne ein Wort zu sagen. Die Schweizer Polizistin stellte Berg und Thal vor. Die Kollegen aus Konstanz hätten ein paar Fragen, ob sie hereinkommen dürften.

»Sicher«, antwortete Möckli, klang aber alles andere als das. Er ging voraus und Thal stellte fest, dass der Geruch aus dieser Wohnung kam. Er fühlte eine leichte Übelkeit in sich aufsteigen. Möckli führte sie ins Wohnzimmer, das von einer Sitzgarnitur aus braunem Leder beherrscht wurde, die schon deutlich bessere Zeiten gesehen hatte. Berg und Thal setzten sich auf die Couch, während Madlaina in einem breiten Sessel mit abgewetzten Armlehnen Platz nahm und die Beine übereinanderschlug. Thal ertappte sich dabei, wie er sie ansah und wandte ruckartig den Kopf zur Seite. Er starrte auf den Tisch und konzentrierte sich auf eine Ameise, die sich abmühte, einen Kekskrümel wegzutragen. Möckli bemerkte seinen Blick, griff nach einer

Zeitung und erschlug das Tier. »Die sind eine richtige Plage in diesem Jahr.«

Bettina Berg eröffnete die Befragung überfallartig. »Herr Möckli, Sie sind, soweit uns das bekannt ist, der Inhaber von Lichter und Schwarz.«

»Hah!«, unterbrach der Schweizer die deutsche Polizistin. »Dass ich nicht lache. Inhaber. Der Laufbursche bin ich, und sonst nichts.«

Thal hielt ein Wechselspiel für die richtige Strategie, um Möckli weichzukochen. Auf diese Weise konnte der Mann sich nicht auf einen Gesprächspartner einstellen. »Nun, für einen Laufburschen haben Sie aber ganz schön viel Verantwortung«.

»Was soll das heißen?«

»Zum Beispiel, dass Sie Überweisungen fünfstelliger Summen an Mitarbeiter Ihrer Firma vornehmen.«

Möckli schien für einen Moment überlegen zu müssen, wie viele Franken sich hinter fünfstellig verbargen. Er schüttelte den Kopf.

»Ich mache da gar nichts. Das kommt alles von der Limited.« Er sprach es wie »Liemietett« aus. »Sie wissen doch sicherlich, dass Lichter und Schwarz eine englische Firma ist.«

»Mit Sitz auf den Jungfraueninseln.« Bettina konnte den Zynismus in ihrer Stimme nicht verbergen.

»Ich weiß nicht, wovon sie sprechen. Ich habe doch nur ...«

Er erhob sich aus seinem Sessel und verzog das Gesicht vor Schmerz.

»Kommen Sie mit, ich zeige es Ihnen.«

Die drei Polizisten folgten ihm. Er ging über den Flur in ein Zimmer von 15 Quadratmetern. Außer einem billigen Schreibtisch und einem teuer aussehenden Designerstuhl gab es keine Möbel. Auf dem Boden stapelten sich Kartons, von denen Möckli einen öffnete und einen Prospekt herausnahm und in die Höhe hielt.

»Die hier habe ich verschickt. Mehr nicht.«

Er ließ sich in den Stuhl fallen und stöhnte auf. »Meine Bandscheibe bringt mich um.«

Thal nahm ihm die Broschüre ab. Sie warb in englisch für einen Apartmentkomplex »GradNaMore« mit angeschlossener Marina, Ladenpassage und Restaurants in einem Ort namens Tribunj in Kroatien.

»Und in all den Kartons ist nur diese eine Broschüre?«

»Ja, allerdings in verschiedenen Sprachen. Wir haben deutsch, englisch, französisch, spanisch, niederländisch und natürlich russisch.«

Bettina fragte Möckli, ob er die Druckschriften an Interessenten verschicke.

»Nein, selbstverständlich nicht. Ich bekomme sie aus England und schicke sie an die Außendienstmitarbeiter von Lichter und Schwarz.«

»In der Schweiz?« fragte Bettina nach.

»Und in Deutschland, Österreich, Holland, Spanien, Russland ... Eigentlich in ganz Europa.«

Auf die Frage, an wie viele Adressen er das Werbematerial versende, antwortete Möckli vage »einige«. Thal war mehr und mehr genervt. »Wir brauchen eine genaue Aufstellung. Sie haben die Daten doch bestimmt im Computer.« Möckli schüttelte den Kopf. »Ich bekomme mit den Prospekten fix und fertig beschriftete Adressaufkleber. Ich habe hier keine Unterlagen.«

Thal merkte, dass er den Mann unter Druck setzten musste, wenn sie etwas erreichen wollten. »Die Überweisungen von Lichter und Schwarz werden aber eindeutig von ihnen getätigt. Wir haben Belege, auf denen Sie als Absender stehen.«

Möckli bestritt das entschieden. »Ich mache da gar nichts. Vor zwei Jahren war ich einmal in Vaduz und habe ein Konto eingerichtet. Alle Unterlagen sind nach England gegangen.«

Bettina fragte nach der Adresse, Thal hatte die Antwort fast erwartet. »Ein Postfach in London. Aber das gibt es bestimmt nicht mehr. Die sind vorsichtig.«

Veicht, die bisher schweigend hinter Berg und Thal gestanden hatte, trat vor und stellte sich dicht zu Möckli. Er stand mit erstaunlichem Schwung auf, lediglich ein leichtes Heben des linken Mundwinkels signalisierte den Schmerz, den ihm diese Bewegung machte. Wieder musste er zu Madlaina aufschauen. Thal faszinierte die körperliche Präsenz der Frau. Mit ihrer tiefen, leicht vibrierenden Stimme sagte sie völlig ruhig:

»Kommen Sie, Herr Möckli. Sie sind nicht so dumm, sich nicht abzusichern. Geben Sie uns die Adressen, andernfalls nehmen wir Sie mit auf die Dienststelle und behalten Sie dort, bis wir eine Genehmigung zur Durchsuchung Ihrer Wohnung haben. Und die bekommen wir, da können Sie sicher sein.« Sie rückte ihm noch ein Stück näher, Ihre Brüste berührten fast sein Gesicht. Möckli schloss die Augen und sagte zögernd. »Bei der vorletzten Lieferung habe ich behauptet, die Adressaufkleber hätten gefehlt. Sie haben erst Theater gemacht, aber dann doch Neue geschickt.«

Er drehte sich um und öffnete den Schreibtisch. Mit einem Schlüssel, den er umständlich aus der Hosentasche nestelte, schloss er ein Fach auf und entnahm einige Bögen Computerpapier. Auf jedem Bogen befanden sich zwölf Adressaufkleber.

»Ich weiß nicht, ob sie noch aktuell sind, es ist immerhin schon über ein halbes Jahr her.«

Thal blätterte die Ausdrucke durch, es waren rund vierzig Adressen. »Eine Frage noch. Sie haben noch so viele Prospekte im Haus, aber keine aktuellen Adressen, wie kann das sein?«

»Nun ja, ich verschicke immer ein paar Prospekte weniger als ich sollte.« Möckli senkte den Kopf, der rot anlief. Madlaina Veicht klopfte ihm fast kameradschaftlich auf die Schulter. »Und stecken sich das überzählige Porto in die eigene Kasse. Clever, Herr Möckli, clever.«

Er schaute nach oben und diesmal war keine Angst in seinem Blick, sondern pure Panik.

»Bitte, Frau Adjuntantin, das dürfen die in England niemals erfahren. Bitte, sagen Sie mir, dass Sie mich beschützen.«

Madlaina tätschelte Möckli die rechte Wange. »Aber sicher. Es sei denn, es stellt sich heraus, dass Sie uns mit den Adressen hereingelegt haben.«

Möckli schluckte und atmete zuerst mit geschlossenen Augen tief ein, um sie anschießend in grotesker Weise aufzureißen. »Ich schwöre!«

Bettina hatte Madlainas Show mit Vergnügen beobachtet, aber jetzt reichte es. »Nun lassen Sie es mal gut sein, Mann.«

Im Treppenhaus sahen sich die Polizisten grinsend an. Manchmal machte ihr Beruf Spaß. Auf halber Treppe vibrierte Bettinas Handy. Sie öffnete den SMS-Eingang, las die Nachricht und steckte das Smartphone zurück in die Tasche.

»Endlich eine Spur.« Thal klang erleichtert. Das Projekt in Kroatien war endlich ein Ansatzpunkt abseits dieser obskuren Sekte. Sie mussten mehr über GradNaMore in Erfahrung bringen und die Liste der Mitarbeiter durchgehen. Er wandte sich an Madlaina: »Kannst du mit nach Konstanz kommen? Es wäre gut, jemanden aus der Schweiz dabei zu haben.« Sie rief Steininger an, der ihre Reise genehmigte. Als sie vor dem Haus standen, zögerte Bettina einen Moment. »Ich habe noch etwas dringendes zu erledigen. Macht es euch etwas aus, wenn ihr mit Madlainas Auto fahrt und ich nehme den Dienstwagen?« Thal war irritiert und eine leichte Besorgnis schlich sich in sein Unterbewusstsein. Aber die Aussicht, allein mit Madlaina nach Konstanz zu fahren, machte ihn derart kopflos, dass er nur nickte.

## Freitag, zwölf Uhr vierzig

Bettina staunte über sich selbst. Wie konnte sie sich darauf einlassen? »Du sollst erfahren, was du zu erfahren trachtest. 14 Uhr. Bei mir. J.«, so lautete Grubers SMS. Es war lächerlich, eine Ermittlung ohne Absicherung zu beginnen. Der erste Lehrsatz auf der Polizeiakademie lautete: Als Polizist bist du nur so lange sicher, wie die Kollegen über jeden deiner Schritte genauestens informiert sind. Sie verstieß gegen jede Regel, die es überhaupt gab. Trotzdem war sie ruhig und entspannt. Gruber hatte sie an der Tür begrüßt. Sie leistete keinerlei Widerstand, als er sie in den Arm nahm und ins Wohnzimmer führte.

»Ich habe mit den Verantwortlichen der Gruppe geredet. Es herrscht Aufruhr, weil zwei der Unsrigen getötet wurden.«

»Sven Fabri und Antonin Ott gehörten also zum O.L.O.?«

»Das wusstet ihr doch längst.«

Bettina ließ Grubers Behauptung im Raum stehen. Nein, sie hatten es nicht gewusst, nur geahnt, besser gesagt gehofft, weil es ein Ermittlungsansatz war. Es gab nichts Schlimmeres, als völlig in der Luft zu hängen. Am liebsten hätte sie sofort Thal angerufen, aber sie unterdrückte diesen Impuls.

Gruber machte eine längere Pause, in der Bettina das Gefühl hatte, einer Examination unterzogen zu werden. Endlich kam er zur Sache. »Es gibt nur eine Bedingung, du musst dich dem Initiationsritual unterziehen, wie alle anderen auch, die Zugang in unseren Tempel erbitten.«

Bettina schluckte den Zweifel herunter, der langsam in ihr hoch kroch. Gruber lächelte sie an und seine Augen fegten die letzten Bedenken davon.

Er stand auf, schüttete aus einer Kristallkaraffe Wasser in ein hohes Glas und reichte es ihr.

»Gehört das schon zum Ritual?«, fragte Bettina, die sich an den Tag ihrer Erstkommunion erinnert fühlte.

»Nein! Aber du wirst ein paar Stunden nichts zu trinken bekommen.«

Während sie das Glas in kleinen Schlucken leerte, ging er vor ihr auf die Knie und legte seine Hände auf ihre Oberschenkel. Sie hasste solche körperlichen Anmaßungen, aber bei Gruber war es keineswegs unangenehm. Sie schloss die Augen und folgte dem Gefühl der Wärme, das sie durchflutete.

»Bist du bereit?«

Sie nickte. Er stand auf, nahm ihre Hände und zog sie auf die Füße. Sie gingen in das obere Stockwerk und betraten ein helles, unmöbliertes Zimmer. Die Fenster waren mit schweren, beigefarbenen Vorhängen verhängt. Auf dem Boden stand der Leuchter, den Bettina beim Einweihungsfest in dem schwarzen Raum gesehen hatte. Sie legte die Hand auf das Medaillon, als könnte es ihr Schutz geben.

Gruber lächelte sie an. Rückwärts schritt er aus dem Zimmer, ohne den Blick von ihr zu nehmen. »Die Dienerin wird gleich bei dir sein.«

Er schloss die Tür. Bettina drehte sich einmal um die eigene Achse, fast hätte sie den Leuchter umgestoßen. Die Einsamkeit fiel sie an. Konnte sie noch weggehen? Sie drückte die Klinke herunter, die Tür war nicht verschlossen. Eine innere Stimme sagte: »Hau ab, ruf Thal an, fahr ins Präsidium.« Sie ließ die Klinke los und wanderte wie ein Tier im Käfig durch den Raum. Die Stimme wurde leiser. Es vergingen nur Minuten, die ihr aber wie eine Ewigkeit vorkamen, bis eine Frau die Tür öffnete und den Raum betrat. Sie trug ein knöchellanges, schwarzes Seidenkleid, das Dekolleté war tief ausgeschnitten und die Brüste waren hochgepuscht. Die langen, dunkelbraunen Haare waren zu einer kunstvollen Turmfrisur frisiert. Die kohlschwarz geschminkten Augen bildeten einen starken Kontrast zur bleichen Haut. Über dem Arm trug sie ein schwarzes Leinentuch.

»Ich wurde geschickt, Euch für das Ritual zu salben und zu kleiden.«

Sie faltete das Tuch auseinander. Bettina erkannte, dass es sich um einen Überwurf handelte.

»Lege deine alten Kleider ab wie du den Staub deines alten Lebens ablegst.«

Bettina starrte sie an. Die Fremde schwieg und schaute sie an. Weder auffordernd, noch fragend, als sähe sie durch sie hindurch. Bettina verstand. Die Entscheidung lag bei ihr. Sie öffnete die Bluse und die Unbekannte nahm sie ihr ab und warf sie in die Ecke des Raumes. Es folgte der Rock und die Strumpfhose. Nur in BH und Slip fröstelte Bettina. Der Blick der Frau änderte sich nicht. Wie eine Puppe, dachte Bettina. Zehn Sekunden später stand sie nackt im Raum.

Die Frau holte ein silbernes Fläschchen aus einem kleinen Beutel, den sie am Gürtel trug, öffnete es und schüttete wenige Tropfen einer dickflüssigen Lösung in ihre rechte

Hand. Bettina bekam eine Gänsehaut, als sie begann, die Tinktur auf ihren Brüsten zu verreiben. Ein erdiger, dabei süßlicher Geruch stieg ihr in die Nase.

»Myrrhe bereitet die Braut«, sagte die Frau und wiederholte diesen Satz unermüdlich, während sie mit beiden Händen und kreisenden Bewegungen Bettinas Körper salbte. Sie saugte den Duft ein. Er berauschte sie. In der Tat fühlte sie sich leicht und begann, die Berührungen zu genießen. Abrupt hörte die Frau sowohl mit der Massage wie mit der Litanei auf. Sie bückte sich, reichte Bettina den Überwurf und half ihr, ihn anzulegen und die Haare zu ordnen. Das Gewand schmiegte sich an ihren Körper als wäre es maßgeschneidert. Die Unbekannte ergriff den Leuchter, reichte ihn Bettina und entzündete die fünf Kerzen mit einem langen Streichholz.

»Die Braut folge der Dienerin, denn die Kammer ist gerichtet.«

Gemessenen Schrittes ging sie über den Flur und Bettina folgte ihr in die Schwarze Kammer. Auf dem Podest in der Mitte lag eine Matratze, das war die einzige Änderung, die Bettina auffiel. Nervös blickte sie sich um. Das Zimmer war fensterlos und entgegen ihrem ersten Besuch, wo der Raum ihre Neugier geweckt, sie aber nicht weiter berührt hatte, spürte sie diesmal eine bisher nicht gekannte Anspannung. Das flackernde Licht der Kerzen erhellte den Raum kaum. Plötzlich legte jemand seine Hände auf ihre Schultern.

»Bis du bereit, das Ritual zu beginnen, ohne dass niemand Zugang in den Tempel erhält und durch das allein du der Gnade teilhaftig wirst, an der Missa Gnostica teilzunehmen?«

Gruber sprach sanft aber feierlich. Bettina spürte, wie angespannt sie war. Ihre Schultern hoben sich seinen Händen entgegen. Noch konnte sie abbrechen, konnte diesen Raum und dieses Haus verlassen, Thal anrufen oder direkt ins Präsidium fahren. Gruber löste die Hände von ihrem Körper und sie wünschte sich nichts sehnlicher, als dass er sie wieder berührte. »Ja, ich bin bereit.«

Ohne ein weiteres Wort zu sprechen, nahm Gruber ihr den Leuchter ab und führte sie zur Liege. Sie legte sich auf den Rücken und wagte kaum zu atmen, als könne das Geräusch der in die Lungen ein- und ausströmenden Luft zu laut sein für diesen Moment. Als sie ihre Hände auf dem Bauch falten wollte, legte Gruber sie neben ihren Körper. Er hielt sie eine Weile fest umklammert, ehe er sich hinter ihren Kopf stellte und mit den Spitzen seiner Finger Ihre Schläfen berührte.

»Frau, du wirst jetzt eine Reise tun, an deren Ende du deine wahre Bestimmung erreichst.«

Seine Finger wanderten an ihren Wangen entlang nach unten und legten sich auf ihre Lippen.«

»Du wirst Dinge sehen und erleben, über die du weder sprechen darfst noch willst.«

Über ihren Hals erreichten seine Hände ihre Brüste. Er legte seine Handflächen leicht darauf und sie spürte, wie ihre Brustwarzen steif wurden. Sie bemühte sich, ihre Atmung zu beruhigen.

»Dein Herz wird angefüllt sein mit Erbarmen.«

Gruber hob die Hände und ging langsamen Schrittes um sie herum. Er umfasste ihre Füße mit dem gleichen festen Griff wie zuvor ihre Hände.

»Dein Schritt wird sicher werden und dich in das Land bringen, wo Milch und Honig fließen.«

Seine Hände wanderten ihre Beine hinauf. Bettina wünschte sich nichts sehnlicher, als dass er ihr die Kleidung vom Leib riss. Ihr körperliches Verlangen war stark, wie nie zuvor. Sie wollte mit diesem Mann schlafen. Jetzt sofort. War das ihr Aufnahmeritual? Musste sie sich Jakob Gruber hingeben? Dem Bischof? Er legte die Hände auf ihren Schoß.

»Dieser Leib ist das Gefäß, in dem aller Reichtum dieser Welt bereits enthalten ist.« Sie wollte ihre Schenkel öffnen, aber Gruber hielt sie fest.

»Du wirst heute den Tag deiner Geburt erleben. Deine Zukunft ist reich. Deine Zukunft beginnt ... jetzt.«

Bettina spürte einen Windzug. Das Kerzenlicht flackerte noch einmal auf und verlosch. Waren Gruber und die Dienerin noch im Raum. Sie traute sich nicht zu fragen. Sollte sie liegen bleiben? Durfte sie aufstehen? Was für eine Frage! Wenn sie sich erheben wollte, würde sie es tun. Sie hob die rechte Hand - nein, sie hob sie nicht. Sie versuchte es, aber sie war gefesselt. Genau wie die linke Hand und die Füße. Sie konnte weder Arme noch Beine auch nur einen Zentimeter bewegen. Sie war gefangen in totaler Finsternis.

## Freitag, dreizehn Uhr zwanzig

»Boah, das nenne ich mal ein Auto.«

Frank Auer trat neben Stephanie Bohlmann ans Fenster des Besprechungsraums. »Passt zur Fahrerin.«

Bohlmann übersah das Grinsen im Gesicht des Kollegen.

Zehn Minuten später hatte Thal sie über die Vernehmung von Reto Möckli in Kenntnis gesetzt.

»Wir haben hier insgesamt 38 Namen und Adressen, an die Möckli Prospektmaterial geschickt hat. Wir können davon ausgehen, dass diese Leute als Verkäufer für Lichter und Schwarz tätig sind.«

»Beziehungsweise waren«, mischte sich Madlaina Veicht ein, die wie selbstverständlich an der Besprechung teilnahm. Die Konstanzer Kollegen behandelten sie so, als wäre sie schon lange ein Teil des Teams, es gab keine Reserviertheit und kein Fremdeln. Thal war stolz auf seine Truppe, sie verhielt sich absolut professionell. Als alle Blicke fragend auf sie gerichtet waren, ergänzte die Schweizerin: »Unsere beiden Toten finden sich auch auf der Liste.«

»Was uns die Sache leichter macht, müssen wir doch nur noch 36 Namen überprüfen«, spöttelte Frank Auer.

Thal ließ den Zynismus durchgehen, er gehörte zum normalen Umgangston in einer Mordermittlung. Kriminalpolizisten waren auch nur Menschen und der ständige Umgang mit Gewaltverbrechen ließ sich von Zeit zu Zeit nur mit Spott und Ironie ertragen.

Veicht blätterte die Liste durch. Den Kopf leicht zu Thal gedreht, sagte sie, als wären die beiden allein im Raum: »Ist dir an der Aufstellung noch etwas aufgefallen, Alex?«

Bohlmann zuckte zusammen, als Madlaina den Chef mit dem Kosenamen ansprach, den er bisher ausschließlich von seiner Frau akzeptierte. Die erwartete Zurückweisung blieb aber aus. »Nein, was meinst du?«

»Es sind nur Männer. Keine einzige Frau dabei.«

Thal nahm ihr die Liste ab und sah sie schnell durch.

»Stimmt, das ist eigenartig.«

»Findet Ihr?«. Auer trommelte mit den Fingern auf der Tischplatte. »Hier geht es doch um riesige Summen, da vertrauen Anleger vermutlich immer noch eher einem Mann als einer Frau. Ich würde das nicht so wichtig nehmen. Wir sollten die Aufgaben verteilen und endlich zusehen, dass wir vorankommen.«

Stephanie Bohlmann ergänzte mit einem aufgeregten Unterton in der Stimme: »Stimmt, wir sollten die Männer so schnell wie möglich warnen.«

Alle sahen sie an. Sie zuckte mit der Schulter. »Na, wenn zwei von der Liste bereits ermordet sind, wer garantiert uns, dass die anderen nicht auch gefährdet sind?«

Veicht schlug mit der flachen Hand auf die Tischplatte. »Verdammt, ja, du hast recht.«

Auer mischte sich ungeduldig ein, sie hatten keine Zeit für Geplänkel. »Genug der Schmeicheleien. Teilen wir die Arbeit auf. Sechsunddreißig geteilt durch ..., wo sind eigentlich Klaus und Bettina?«

»Wo die Kollegin Berg sich rumtreibt, weiß ich nicht, aber ich melde mich zur Stelle. Und zwar mit interessanten Neuigkeiten.«

Wagner schloss geräuschlos die Tür und ging direkt auf Madlaina zu.

»Wie die Praktikantin, die der KD uns seit Monaten verspricht, sehen Sie nicht aus«, brummte er und reichte ihr die Hand zur Begrüßung.

Sie machten sich bekannt und Thal bemerkte, dass die beiden sich vom ersten Moment an nicht sympathisch waren. Wagner war ein Brummelkopp, aber ein erstklassiger Polizist, trotz mancher Defizite im Umgang mit Zeugen, Verdächtigen und Kollegen. Thal hoffte, dass die beiden einen Weg finden würden, miteinander klarzukommen. »Bettina hatte etwas dringendes zu erledigen, wir sollten die Adressen unter den Anwesenden aufteilen. Madlaina bist du dabei?«

Sie lächelte ihn an: »Wenn ich einen Schreibtisch und ein Telefon bekomme.«

Wagner wollte etwas erwidern, aber Thal unterband das. Bohlmann, Auer, Wagner und die Schweizer Kollegin sollten versuchen, mit allen auf der Liste aufgeführten Leuten von Lichter & Schwarz Kontakt aufzunehmen. Das sollte in weniger als zwei Stunden zu schaffen sein. »Macht ihnen nicht allzu viel Angst, fragt sie aber, ob ihnen irgendetwas Verdächtiges aufgefallen ist, zum Beispiel ob jemand sich unbedingt mit ihnen treffen wollte. Sie sollen vorsichtig und wachsam sein.«

»Und du?«, fragte Bohlmann.

»Ich überprüfe dieses Angebot.« Thal hielt den Prospekt zu GradNaMore hoch. »Vielleicht erfahren wir da noch etwas Neues über Lichter & Schwarz.«

Wagner hatte sich auf den freien Platz neben Thal gesetzt und ließ die Augen hektisch von der Liste der Immobilienverkäufer zu seinem Notizblock wandern. Als die Kollegen einer nach dem anderen aufstanden, hob er die Hand.

»Wartet mal! Das kann doch kein Zufall sein … .«

Er nahm einen Kugelschreiber und hakte Namen auf der Liste ab. Alle schauten ihm aufmerksam zu. Er blickte auf und Thal erkannte eine Mischung aus Triumph und Panik in seinen Augen.

»Ich habe mich noch mal mit dem Sektenbeauftragten getroffen - Nora Lotz war übrigens auch dabei, sie kennt sich in der Sache in der Tat gut aus. Er hat alle Kontakte spielen lassen und mir eine erste Liste von potenziellen Mitgliedern dieser O.L.O.-Gruppe im Hegau übermittelt. Und ich glaube es kaum: Die sechs Namen, die er mir genannt hat, finden sich alle auf dieser Liste. Bis auf einen.«

»Holy Shit«, entfuhr es Madlaina. Auch Thal war so elektrisiert, dass er darauf verzichtete, Wagner zu rügen, weil er eine Journalistin direkt bei Ermittlungen zugegen sein ließ. »Klaus, du nimmst dir diese fünf als erstes vor. Eventuell sind sie am meisten gefährdet. Und wir sollten auch herausfinden, wer der sechste ist, der nicht auf der Lichter & Schwarz Liste steht. Wie ist sein Name?«

Wagner: »Mein Kontaktmann glaubt, dass er der Kopf der Gruppe ist, also dieser sogenannte Bischof.«

Thal verzog das Gesicht und hob die Hände in einer auffordernden Geste.

»Sein Name ist Gruber. Jakob Gruber.«

## Freitag, vierzehn Uhr zehn

Bettina wusste nicht, wie lange sie angekettet und allein auf dem Podest in der Schwarzen Kammer gelegen hatte. Es war eigenartig, wie sich das Zeitempfinden veränderte, wenn man gegen seinen Willen räumlich an einen Ort gefesselt war. Aber was hieß schon gegen ihren Willen? Sie hätte nur Nein zu sagen brauchen, aber sie hatte ihren Verstand im Strudel der Begierde verloren. Jetzt war sie ausgeliefert. Die Kammer erwies sich als schwarz im wahrsten Sinne dieses Wortes. Selbst als sie sich an die Dunkelheit längst hätte gewöhnt haben müssen, sah sie nicht einen Schimmer. So etwas hatte sie bisher noch nie erlebt, meistens gab es einen, wenn auch nur winzigen, Lichtschein, den man, nachdem sich die Pupillen weit gestellt hatten, wahrnehmen konnte. Hier aber war nichts. Nur Dunkelheit. Und sie. Ihr Atmen. Ihre Hand- und Fußgelenke schmerzten, denn unbewusst probierte sie immer wieder, die Fesseln loszuwerden. Erfolglos. Nicht einen Zentimeter konnte sie sich bewegen. So lag sie da und versuchte ihre Gedanken zu ordnen. Sie würden wiederkommen, da war sie sich sicher. Sie musste auf der Hut sein, durfte sich nicht zum zweiten Mal ausliefern. Musste Gruber als das nehmen, was er war: Ein Zeuge in einer Ermittlung. Möglicherweise sogar ein Verdächtiger. Sie ließ den Gedanken zu, ohne dass er ihr plausibel erschien. Gruber war viel zu weltgewandt und selbstsicher. Traten zweifache Mörder so auf? Sie spürte, dass sie an ihrem eigenen Gedankengang zweifelte. Die Stille um sie herum war genauso total wie die Finsternis. Kein Licht, kein Geräusch, kein Luftzug. Sie war von der Welt isoliert. Umso mehr erschrak sie, als eine Hand ihren Oberarm umfasste. Sie hatte niemanden kommen gehört. Und auch jetzt war da nur ihr eigener Atem.

»Jakob? Bist du das?«

Keine Antwort. Nur die Hand an ihrem Arm. Kühl war sie. Bettina vermutete einen Handschuh. Sie drückte fester zu.

»Jakob, das reicht. Mach mich los. Schluss mit den Spielchen.«

Verdammt was war das? Ein plötzlicher Schmerz an ihrer Armbeuge. Das konnte nicht sein! Das durfte nicht sein.

»Jakob! Bitte!«

Sie spürte, wie die Nadel in ihre Ader eindrang.

»Jakob! Was tust du? Lass uns ...«

Sie brachte das Wort »reden« nicht mehr heraus. Es war, als würde ihr Mund gelähmt. Wärme durchströmte ihren Körper. Es war nicht unangenehm, im Gegenteil. Als würde sie in die Badewanne gelegt und schwebte an der Wasseroberfläche. Genauso hatte es sich angefühlt, als sie im Toten Meer gebadet hatte. Sie wurde müde, aber ihre Glieder wurden nicht schwer wie sonst, kurz bevor sie in den Schlaf fiel. Im Gegenteil. Sie war leicht. Hob sich in die Höhe. Sie könnte davon fliegen. Plötzlich wurde die Dunkelheit erhellt, als hätte jemand über ihr eine Tür geöffnet. Sie wollte in dieses Licht. Und sie wusste, sie würde es erreichen.

## Freitag, vierzehn Uhr dreißig

Wie immer, wenn das Team des Kriminalkommissariats eins hoch konzentriert arbeitete, war von Hektik nichts zu spüren. Jeder erfüllte seine Aufgabe und ließ sich nicht ablenken. Ein Mensch war in Lebensgefahr, zumindest sprach alles dafür, dass der Mörder es nicht bei Fabri und Ott belassen würde. Vermutlich hatte er sein nächstes Opfer längst ausgewählt und sie mussten davon ausgehen, dass es einer der Männer von Möcklis Liste war. Thal hatte nach Wagners Hinweis, Gruber sei voraussichtlich der Kopf der Hegaugruppe des O.L.O., sofort dessen Befragung auf seine To-Do-Liste gesetzt und Madlaina von den Anrufen bei den Vertriebsleuten abgezogen. Sie fuhren in ihrem Chevrolet nach Wallhausen und er nutzte die Zeit und telefonierte mit den Kollegen in Kroatien, die ihm zwar nicht direkt weiterhelfen konnten, aber einen Kontakt vermittelten. Nach einigem Hin und Her hatte er einen Mitarbeiter der Ortsverwaltung von Tribunj am Apparat, der leidlich deutsch sprach. Er bestätigte, schon einmal von einem Marinakomplex namens GradNaMore gehört zu haben, allerdings läge das schon geraume Zeit zurück, mindestens zwei Jahre. Damals habe sich eine englische Immobilienfirma gemeldet und erklärt, sie habe Interesse, in ein solches Großprojekt zu investieren. So recht habe das vor Ort aber niemand ernst genommen. Nicht ein einziges Mal hätte sich jemand von dieser Firma in Tribunj blicken lassen. Nur um Fotos von der Stadt und der Landschaft drumherum hätten sie gebeten. Ja, sie hätten die Fotos geschickt, danach aber nichts mehr von der Sache gehört. Wie die Investmentfirma hieß, wusste er nicht mehr. Aber irgendetwas mit Licht wäre es gewesen.

»Bingo«, sagte Thal, als er das Gespräch beendete.

Madlaina saß völlig entspannt neben ihm. Das Schlachtschiff von Auto und die Frau am Steuer bildeten eine perfekte Einheit, das war Thal schon auf der Fahrt von Romanshorn nach Konstanz vor ein paar Stunden aufgefallen. Allerdings hatte er jetzt keinen Blick für das Muskelspiel an ihren Oberschenkeln, wenn sie die Bremse betätigte.

»Wie meinst du das?«

»Dieses Projekt in Kroatien gibt es nicht.«

»Du meinst, Lichter & Schwarz betrügt die Leute?«

»Sieht zumindest so aus. Ich weiß zwar noch nicht, wie das funktioniert, aber das werden wir herausfinden.«

Sie hatten Wallhausen erreicht und Thal lotste Madlaina auf den Strandbadparkplatz, der an diesem Spätsommertag noch reichlich freie Plätze bot. Als sie ausstiegen, standen zwei pubertierende Jungs neben ihren Fahrrädern. Thal war sich nicht sicher, ob ihre Münder wegen des Straßenkreuzers oder wegen der Frau, die ihm entstieg, offen standen.

Die Tür an der Mauer zu Grubers Anwesen wurde erst nach dem dritten Klingeln geöffnet. An der Haustür stand ein sicherlich schon siebzigjähriger Mann, der ein groteskes Bild abgab, hatte er doch eine Suppenschüssel in der Hand, die er mit einem Geschirrtuch trocknete. Auf die Frage nach Gruber kam die barsche Gegenfrage: »Haben Sie einen Termin?«

Nachdem Thal seinen Ausweis gezeigt hatte, sagte der Mann nicht viel verbindlicher, dass Gruber nicht im Haus sei. Nein, er wisse nicht, wann er zurückkomme, möglicherweise sei er auf Dienstreise und in diesem Fall könne das Tage dauern.

»Wissen Sie ob Herr Gruber heute Besuch von einer Kollegin hatte?«

Der Mann schüttelte den Kopf und drehte sich um.

Alexander Thal und Madlaina Veicht fuhren unverrichteter Dinge zurück ins Präsidium. »Meinst du nicht, wir hätten den alten Mann härter anfassen müssen?«, fragte die Schweizerin.

»Ich glaube nicht, dass er irgendetwas weiß. Außerdem haben wir gegen Gruber nichts in der Hand.«

Thal versuchte zum x-ten Mal, Bettina zu erreichen. Seit sie das Präsidium verlassen hatten, wählte er in Abständen von wenigen Minuten ihre Nummer.

Madlaina sah ihn von der Seite an. »Du magst deine Kollegin sehr, oder?«

»Sie ist eine gute Polizistin und sie hat mir geholfen, als meine Frau gestorben ist.«

Veicht ging auf diese Bemerkung nicht weiter ein, was Thal gut gefiel. Normalerweise reagierten die Menschen stets mit einer zur Schau getragenen Betroffenheit, wenn sie erfuhren, dass er Witwer war und vor allem, wenn ihnen jemand berichtete, dass Leah Braasch einem Attentat zum Opfer gefallen war, das ihm gegolten hatte. Madlaina ersparte ihm dieses Mitleid. Stattdessen kleidete sie eine Aussage in eine Frage. »Bettina Berg ist mehr als eine Kollegin?«

Thal wollte darüber weder nachdenken, noch mit Madlaina reden. Wäre er nicht so angespannt gewesen, hätte ihn der leicht eifersüchtige Ton amüsiert, so antwortete er kurz und sachlich: »Sie war einmal mit meinem Sohn zusammen.«

Madlaina hob leicht die Augenbrauen, lies das Thema aber ruhen.

Während sie zurück in die Innenstadt fuhren, telefonierte Thal mit Kriminaldirektor Schober. In diesem Fall brauchten sie seine Unterstützung, zu viele Grenzen mussten überschritten werden. Es stand ein Menschenleben auf dem Spiel. Thal fürchtete, es könnten sogar zwei sein, behielt diese Sorge aber für sich.

## Freitag, fünfzehn Uhr fünfundvierzig

Sphärenklänge. Wunderbar. Diese Leichtigkeit. Sie schwebte losgelöst von allen Beschwernissen. Sie hatte sich noch nie so entspannt gefühlt, so frei. Das musste das Paradies sein. Sie wollte es sehen, aber ihre Augenlider gehorchten ihr nicht. So sehr sie sich auch mühte, sie zu öffnen, ein Widerstand verhinderte es. Sie versuchte, sich trotzdem zu orientieren. Lag sie oder stand sie? Sie vermochte es nicht zu sagen. In ihrem Zustand spielte das auch keine Rolle. Oben und unten hatten ihre Bedeutung verloren. Sie war inmitten von Etwas und dieses Etwas war auch in ihr. Sie zog die Luft durch die Nase ein und bemerkte einen süßen Duft. Betörend wohltuend. Sie saugte ihn noch einmal ein und noch einmal.

Sie konnte zwar nichts sehen, aber hören. Jemand näherte sich. Die Person berührte ihren Kopf, es war ihr, als streichle sie darüber. Sie lauschte, aber er oder sie schwieg. Dafür hörte sie das Murmeln vieler Menschen. Es klang wie ein Bach, der träge über ein paar Steine floss. Die Hand wurde vom Haarschopf über die Stirn nach unten geführt. Sie lag jetzt auf ihren Augen.

»Das Recht der ersten Messe sei dir gewährt, du Glückliche.«

Die Hand verschwand und Licht durchströmte ihre geschlossenen Lider. Helles Licht. Sie durfte die Augen noch nicht öffnen, es würde sie blenden. Das Gemurmel wurde lauter, die Menschen kamen näher. Sie wartete und versuchte, sich zu orientieren. Sie saß aufrecht, die Beine lagen allerdings waagerecht. Vermutlich saß sie auf einem

Bett oder einer Chaiselongue, den Oberkörper gegen das Rückenteil gelehnt.

Sie wagte es, die Augen einen Spalt zu öffnen. Die Luft war von Nebel erfüllt. Kerzen auf großen, metallenen Leuchtern streuten ihr diffuses Licht in einen quadratischen Raum. Menschen saßen auf Hockern um einen Steinblock. Ein Altar, dachte Bettina. Andere zogen in einer Art Prozession um diesen Altar. In einem Singsang wiederholten sie immer die gleichen Worte. Bettina musste sich anstrengen, einen Sinn zu erkennen.

»Das schwarze Licht erleuchtet uns.«

Sie öffnete die Augen etwas weiter. Es waren ausschließlich Männer, die um den Altar gingen, gemessenen Schrittes, die Köpfe gesenkt.

»Das schwarze Licht macht uns reich.«

Jetzt blieben sie stehen. Bettina konnte die Augen inzwischen ganz öffnen. Ein Mann in einer weißen Robe kam von der Seite. Er trug eine Kapuze und sein Gesicht lag im Schatten. Er trat an den Altar und nahm eine Schale in die Hand.

»Die Macht ist unser.«

Der Mann hob das Gefäß in die Höhe. Es glänzte golden im Licht der Kerzen. Er stellte die Schale ab und streckte die Hände nach vorne. Die Männer, die noch eben um den Altar geschritten waren, blieben abrupt stehen, als habe jemand einen Stecker gezogen und die Energiezufuhr unterbrochen.

Bettina blinzelte. Ihr Blick war immer noch nicht klar. Sie versuchte, eine der Personen zu fokussieren. Es gelang ihr mit Mühe. Warum überraschte es sie nicht, dass der

Mann nackt war? Sie blickte nach rechts und links. Alle, die um den Altar gezogen waren, aber auch die im Raum sitzenden, waren nackt. Alle, bis auf den weiß bekleideten am Altar. Die Kleidung machte ihn zu etwas besonderem, hob ihn aus der Masse heraus, identifizierte ihn als Priester.

Bettina war heiß. Die Wärme kam von einer Quelle hinter ihr. Sie schwitzte.

Der Priester begann mit einem Gesang. Der Text des Chorals erschloss sich Bettina nicht. Er wendete sich an die um ihn herumstehenden Männer.

»Ihr spendet heute dem Licht das Leben. Ihr seid der Glaube, die Hoffnung und die Zuversicht. Ihr seid die Zukunft.«

Der Priester trat vor den Altar und neigte den Kopf. Die Gemeinde stimmte einen Gesang an.

»Tritt hervor große Priesterin, zu empfangen das Fleisch und das Blut.«

Von rechts betrat eine Frau den Innenraum. Sie war nackt. Eine beeindruckende Schönheit. Jung und schlank aber mit großen Brüsten. Sie stellte sich vor den Priester und senkte den Kopf. Der Mann griff in sein Gewand und holte ein Beil hervor. Er reichte es der Frau.

»Du bist für diesen Tag die Herrin über Leben und Tod. So wie du Leben gibst, kannst du es nehmen. Wir sind in deiner Hand.«

Bettina sah das Beil. Diese Waffe hatte eine Bedeutung, sie brachte irgendetwas in ihrem Geist zum klingen.

Die Frau legte sich auf den Altar, das Beil auf ihrer Brust.

Der Priester erhob die Arme.

»Das heilige Werk möge beginnen. Die Jungfrau ist bereit.«

Die Männer bildeten einen Kreis um den Altar. Bettina sah nicht, was in seinem Inneren passierte.

»Du möchtest wissen, was dort geschieht, nicht wahr?«

Die Stimme war nah an ihrem Ohr. Sie kannte sie, aber woher?

»Niemand darf es wissen, außer der Jungfrau, die das Geheimnis trägt.«

Sie versuchte den Sprecher zu orten. Er konnte nicht weit weg sein.

»Wenn du es erfährst, bist du dem Tod näher als du denkst.«

Bettina schloss die Augen und versuchte, sich auf die Stimme zu konzentrieren, aber andere Geräusche lenkten sie ab. Lustvolle Töne. Sie öffnete die Augen wieder. Der Männerkreis um den Altar hatte sich aufgelöst und zwei gleich große Gruppen gebildet, einen am Kopf und einen am Fußende des Altars. Das orgiastische Stöhnen kam von zwei Männern. Der eine penetrierte die auf dem Altar liegende Frau in ihre Vagina, der andere in den Mund. Bettina konnte den Blick nicht abwenden, denn es sah aus, als folge alles einer genau festgelegten Choreografie. Die im Raum sitzenden Männer summten und dieser wortlose Gesang war von freudiger Erwartung geprägt. Die beiden Männer am Altar bäumten sich absolut synchron auf und traten von der Frau zurück. Der weiß Gekleidete stellte sich mit der Schale in der Hand ans Kopfende. Bettina konnte nicht sehen, was geschah, denn er verstellte ihr den Blick. Nach einigen Sekunden schritt er an das andere Ende des Opfertisches. Hier hatte sie freien Blick auf das Geschehen. Der Priester schien die Vulva der Frau zu streicheln, während er die Schale darunter hielt. Anschließend hob er sie in die Höhe und präsentierte sie den anderen.

»Das Fleisch und das Blut, das Leben bringt.«

Der Vorgang wiederholte sich mit den nächsten Männern. Auch sie penetrierten die Frau synchron, ehe der Priester dieselbe kultische Handlung ausführte. Dabei wurde das Summen der Gemeinde immer lauter.

»Du siehst, was geschieht. Nun musst du es nur noch glauben.«

Immer wieder diese Stimme. Bettina schwitzte. Lag es an der im Raum greifbaren sexuellen Spannung. Vor ihr, nicht mehr als acht oder neun Meter entfernt, trieben es drei Menschen miteinander. Zwei Männer mit einer Frau. Oder trieb es die Frau mit zwei Männern? Warum war sie nur so durcheinander?

»Auch du bist das Gefäß, aus dem alles Leben entsteht.«

Sie spürte einen Lufthauch an ihrem Hals, der allerdings keine Kühlung brachte.

Sie lehnte sich zurück.

»Ja, lass dich fallen. Dann bist du bereit.«

Was war das? Bisher hatte sie sich auf den Raum vor ihr konzentriert. Jetzt schaute sie an sich herunter. Sie war nackt. Warum überraschte sie das nicht? Zwei Arme umfassten sie von hinten. Sie lag in den Armen eines Menschen – genauer eines Mannes, denn die Arme waren muskulös und stark behaart. Sie fühlte sich geborgen. Hände umfassten ihre Brüste. Sie starrte auf den Altar. Die Frau befriedigte die beiden letzten der Männer. Oder ließ sie sich befriedigen? Bettina verstand nichts, aber sie fragte auch nicht. Der Mann, in dessen Armen sie lag, flüsterte:

»Du wirst noch heute das größte Glück und die höchste Lust erleben, zu der Menschen fähig sind. Von diesem Moment an wirst du heilig sein und deine Heiligkeit wird dir die Macht verleihen, alles zu erreichen, was du willst.«

Die Hände wanderten von ihren Brüsten zum Bauch.

Ja, sie kannte die Stimme.

»Schau und erkenne.«

Die Männer vom Altar hatten die Kerzenleuchter genommen und verteilten sich mit ihnen im Raum. Aus der Dunkelheit traten Frauen. Die meisten waren jung und weiß, einige wenige waren Farbige. Jede von ihnen stellte sich vor einen der Männer und streichelte ihn am ganzen Körper. Bettina konnte die Augen nicht von diesem Schauspiel wenden. Wie auf Kommando setzten sich die Frauen auf die Schöße der Männer und begannen mit synchronen, rhythmischen Bewegungen. Die Männer stöhnten, und bald hörte Bettina die ersten Schreie von Orgasmen.

Die starken Hände desjenigen hinter ihr fasten sie um das Becken

»Die armen Wichte«, seufzte er. »Sie sind süchtig nach diesem bisschen Lust. Das größte aber, das wird dir heute zuteil.«

Sie blickte auf und sah sechs Männer, die sich ihr näherten und deren körperliche Erregung nicht zu übersehen war.

Der Mann hinter ihr hob sie in die Höhe. Bettina schaute nach unten und starrte auf sein steil aufgerichtetes Glied. Sie holte tief Luft und der Schrei erfüllte den Raum. Sie brüllte, schrie, kreischte. Sie schlug um sich und traf Gruber an der Schläfe. Er brach zusammen wie ein Boxer, dessen Gegner sein Kinn als Schwäche ausgemacht hatte. Bettina rollte sich über den Körper auf den Boden. Sie wusste, dass sie nur eine Chance hatte. Sie musste raus aus diesem Raum. Da draußen wartete die Freiheit der Realität.

## Freitag, siebzehn Uhr fünfzig

»Du hast verdammtes Glück gehabt, Bettina.«

Thal beugte sich auf dem harten Stuhl nach vorne und sah Bettina direkt in die Augen. Er hatte sich große Sorgen gemacht, als die Meldung von den Kollegen der Verkehrspolizei kam und war erst einmal beruhigt, dass sie am Leben war. Bettina wich seinem Blick aus. Sie schämte sich, das war Thal klar, aber er konnte ihr dieses Gespräch nicht ersparen.

»Zum Glück ließ die Wirkung des Beruhigungsmittels noch rechtzeitig nach. Ein paar Minuten später ...«

Bettina drehte den Kopf zur Thal abgewandten Seite, als sie den Satz vollendete, den er nicht gewagt hatte auszusprechen.

»Ein paar Minuten später wären sie über mich hergefallen. Wie nennt man das in einschlägigen Pornos? Gangbang?«

Abrupt wendete sie sich wieder Thal zu und wischte eine Träne aus ihrem rechten Auge. Sie schämte sich weniger wegen ihres unprofessionellen Verhaltens, viel schlimmer war die Demütigung durch Jakob Gruber. Sie hatte sich beeindrucken lassen, war seinem Charme erlegen. Wie konnte sie nur alleine in diesen O.L.O.-Tempel gehen? Bei einem Mann hätte man gesagt, er wäre schwanzgesteuert. Gab es dafür überhaupt ein weibliches Pendant? Muschigetrieben, vielleicht? Sie lächelte.

Die Tür ging auf und Restle betrat den Raum.

»Sie kommen zu früh, Doktor. Ich lebe noch.«

»Was ich mit großer Freude sehe. Allerdings hätte es auch leicht anders ausgehen können.«

Aus Bettinas ohnehin blassem Gesicht verschwand der letzte Rest Farbe. Sie wollte bis ins Detail wissen, was mit ihr geschehen war.

»Wenn Sie keine Polizistin wären, würde ich Ihnen die Wahrheit langsam und Stück für Stück beibringen. Aber so ...«

Restle setzte sich auf den Bettrand und Bettina rutschte ein Stück von ihm ab.

»Man hat Sie zunächst mit einem Narkosemittel namens Propofol betäubt. Als sie weggedämmert waren, verabreichte man Ihnen oral eine Dosis LSD. Diese Kombination ist nicht ungefährlich, es kann zu schlimmen Komplikationen kommen.«

»Sie meinen, ich hätte sterben können?«

»Sie sind jung und gesund, da ist die Gefahr nicht allzu groß, aber sie ist vorhanden. Auf jeden Fall verlangte die Prozedur einige medizinische Kenntnisse. Das Propofol wurde intravenös verabreicht, das schafft ein Laie nicht so ohne weiteres.«

Thal mischte sich ein. »Was bewirkte diese Wirkstoffkombination denn nun?«

Restle überlegte einen Moment, als wäre er sich doch nicht mehr so sicher, wie detailliert er berichten sollte. »Zunächst war die Kollegin sediert, so wie man es während einer Operation ist. Ich nehme an, dass die Dosis Propofol gering war. Das LSD kann unterschiedliche Rauschzustände und Halluzinationen erzeugen, in der Kombination ist es vermutlich zu einem oneiroiden Zustand gekommen.«

Bettina sah Thal an, der die Schultern zuckte.

»Oneiroide nennt man höchst komplexe Träume. Das besondere daran ist, dass man sie nicht als Traum-, sondern als Wachzustand erlebt und auch nach dem Aufwachen als faktisch Erlebtes erinnert.

»Sie meinen, ich hätte das alles nur geträumt? Die ganze bizarre Situation in dieser Scheune habe sich gar nicht so abgespielt?«

»Vermutlich ist es komplizierter«, antwortete der Rechtsmediziner. »Wir wissen noch immer sehr wenig über diese Traumzustände. Denken Sie zum Beispiel an die Nahtoderfahrung mancher Menschen nach Unfällen oder auf Intensivstationen. Die Betroffenen sind davon überzeugt, aus ihrem Körper getreten zu sein, an der Decke geschwebt zu haben und was weiß ich sonst noch alles. In der ganzen Zeit standen sie unter totaler Überwachung, trotzdem lassen sie sich nicht davon abbringen. Für sie waren das reale Erlebnisse.«

»Aber das kann doch nicht sein.«

Bettina schaute Thal nahezu bettelnd an. Gerade hatte sie ihm gestanden, dass sie sich lächerlich gemacht hatte und jetzt hatte sie das womöglich alles nur geträumt.

»Grendel ist mit seinem Team in der Scheune und sichert alle Spuren. Wenn da vor ein paar Stunden eine große Zeremonie stattgefunden hat, wissen wir das bald.«

Bettina schluckte die Frage »Und wenn nicht?« herunter. Lieber begab sie sich auf sicheres Terrain.

»Eins steht fest: Irgendwann bin ich aus dieser Scheune weggelaufen.« Nackt wie sie war, rannte sie über den kopfsteingepflasterten Platz vor der Scheune. Dort standen Autos. In ihrer Erinnerung waren es viele, aber vielleicht stimmte das ja auch nicht. Sie rüttelte an den Türen. Als sie zurückblickte, waren Männer am Scheunentor und hielten sich in grotesker Weise die Hände vor die Scham. Im Licht des Tages war eben alles anders. Sie rannte von Auto zu Auto. Eine Tür ließ sich öffnen. Sie stieg ein, der Schlüssel steckte. Sie startete den Motor und raste los.

Bettina hatte nahezu atemlos von ihrer Flucht erzählt, bis Thal sie unterbrach. »Du bist trotz deines Zustandes sage und schreibe sechs Kilometer gefahren. Die Scheune liegt etwas außerhalb von Duchtlingen.«

Bettina schüttelte den Kopf, der Ortsname sagte ihr gar nichts.

»Muss man nicht kennen«, sagte Thal. »Auf jeden Fall bist du kurz vor Singen von der Straße geschleudert und frontal auf einen Baum geknallt. Zum Glück hattest du dich für einen Volvo entschieden, der hält was aus.«

Bettina war dankbar für Thals Humor. »Und dann hat mich jemand gefunden.«

»Ein Bauer aus der Gegend, der auf dem Weg zum Acker war. Der hielt dich für volltrunken und informierte die Polizei. Zum Glück erkannten die Kollegen dich sofort und ließen dich ins Krankenhaus bringen.«

Bettina setzte sich auf und schwang die Beine nach rechts.

»Und dieses werde ich jetzt auf der Stelle verlassen!«

Sie ließ sich von der Bettkante rutschen und stand auf.

»Alexander, bring mich bitte … .«

Die Beine versagten ihren Dienst und sie sackte in sich zusammen.

## Freitag, zweiundzwanzig Uhr fünf

Draußen war es bereits dunkel. Auf dem Tisch des Besprechungsraums standen zwei aufgeklappte Pizzakartons. Wagner und Auer saßen kauend am Tisch, während sich Stephanie Bohlmann geschickt mit einem Stäbchen gebratene Nudeln aus der Packung eines Asia Schnellimbisses angelte. Thal blätterte in den Befragungsprotokollen. In den letzten Stunden hatten sie versucht, alle Vertriebsmitarbeiter auf Möcklis Liste anzurufen. Bis auf zwei, konnten sie alle erreichen. Thal spürte eine Unruhe, die ihn jedes Mal überfiel, wenn er Gefahr witterte.

Auer leckte sich das Fett von den Fingern und nahm sich eine der auf dem Tisch liegenden, dünnen Papierservietten. »Wo ist eigentlich die nette Schweizer Kollegin abgeblieben?«

»Sie musste nach Hause«, antwortete Stephanie Bohlmann. »Wie ich es verstanden habe, betreut sie ihre Mutter und hat für heute Abend keine Pflegekraft.«

»Dann sind wir wenigstens wieder unter uns«, brummte Wagner.

Thal ging nicht auf die Bemerkung ein, er würde sich den Kollegen bei Gelegenheit vornehmen und ihm klarmachen, dass er seinen Ton gegenüber Madlaina aber auch allgemein mäßigen sollte.

Thal war sich nicht sicher, ob Lichter und Schwarz nicht viel mehr Vertriebsleute hatte, die über andere Strohmänner mit Prospekten und Aufträgen versorgt wurden, aber darüber zu spekulieren, brachte sie jetzt nicht weiter. »Gibt es irgendwelche Besonderheiten bei den vierunddreißig, die ihr erreichen konntet?«

Bohlmann ging zum Papierkorb und warf die leere Pappschachtel samt Essstäbchen hinein. »Gut die Hälfte, nämlich neunzehn, leben am Bodensee, zwölf in Deutschland, vier in Österreich und drei in der Schweiz. Unter den verbleibenden Siebzehn sind acht Deutsche, drei Franzosen, zwei Engländer und je ein Norweger, Spanier, Russe und Ukrainer.«

»Alles Europäer«, warf Auer ein, »und zumindest die Deutschen leben alle in wohlhabenden Regionen: Baden-Baden, Starnberger See, Düsseldorf, Bad Homburg.«

»Es hat halt seine Vorteile, wenn man möglichst nahe bei seiner Klientel lebt«, ergänzte Bohlmann.

»Spart zumindest Sprit«, brummte Wagner.

»Die zwei, die Ihr nicht erreicht habt ...?« Thal brauchte die Frage nicht auszuformulieren, denn Auer ging sofort darauf ein.

»... leben an unserem schönen See. Der eine wohnt nicht weit von hier an der Seestraße und der andere in Bregenz. Die österreichischen Kollegen überwachen die Wohnung dieses Max Rhomberg und zwei unserer Kollegen stehen sich die Füße vor dem Haus eines gewissen Jo Passek platt.«

»Interessant dabei ist, dass diese beiden Namen auch auf der O.L.O.-Liste auftauchen.«

Thal nahm sich den entsprechenden Aktenordner vor und las die Namen laut vor.

Max Rhomberg, Jakob Gruber, Jo Passek, Mark Lahm, Sven Fabri und Antonin Ott.

Bohlmann ergänzte die Fakten. »Fabri und Ott sind tot. Lahm ist nach Aussage seines Sohnes mit seiner Frau im Urlaub in Thailand. Bleiben Rhomberg, Gruber und Passek, zu denen wir bisher keinen Kontakt herstellen konnten.«

Thal wusste nicht, warum, aber er strich in Gedanken Gruber von der Liste. Rhomberg und Passek, auf die sollten sie sich konzentrieren.

»Was das angeht, können wir nur noch warten, oder?«

Die anderen signalisierten mit ihrem Schweigen Zustimmung. In die Stille hinein betrat Grendel den Raum. Sein Team hatte einige Stunden gebraucht, die Scheune am Ortsrand von Duchtlingen unter die Lupe zu nehmen. Er klappte seinen Laptop auf und verkabelte ihn mit dem Beamer.

»Ich habe euch ein paar Fotos mitgebracht, dann könnt ihr euch leichter vorstellen, was ich erzähle.«

Auf der Leinwand erschien das Bild eines alten, frei stehenden Fachwerkgebäudes.

»Die Scheune gehört einem Bauern, dessen Hof etwa einen Kilometer entfernt liegt. Er hat das Gebäude vor einem Jahr an einen gewissen ...«, Grendel blätterte in seinen Unterlagen »... einen gewissen Jakob Gruber vermietet.«

»Bingo!« Stephanie Bohlmann klatschte in die Hände und Grendel schaute sie leicht irritiert an, ließ sich aber von seinem sachlichen Bericht nicht abbringen. Gruber hatte dem Bauern erzählt, er wolle sich dort ein Atelier einrichten und malen.

Die nächsten Fotos zeigten das Innere der Scheune. Ein großer Raum mit frei stehenden Fachwerkständern. Über dem Eingang eine Galerie. Der Raum öffnete sich bis in das

Dach. Der Boden war mit Steinfliesen belegt, an der dem Eingang gegenüber liegenden Wand stand ein steinernes Podest, rechts dahinter war eine Tür.

Im Raum befanden sich rund zwei Dutzend Holzklötze, die von der Höhe her als Sitz infrage kamen. Vielleicht hatte Bettina das grausige Ritual doch nicht geträumt. Das Podest könnte der Altar sein und auf den Klötzen könnten die Männer gesessen haben.

»Wir haben uns den Raum mit vier Leuten Zentimeter für Zentimeter vorgenommen. Die Ergebnisse lassen sich leicht zusammenfassen: Nichts! Es gab zwar vereinzelte Faserspuren und den einen oder anderen verwischten Schuhabdruck, das war es dann aber auch schon.«

Thal konnte seine Enttäuschung kaum verbergen. »Es deutet also nichts darauf hin, dass sich in diesem Raum vor wenigen Stunden zehn, fünfzehn, vielleicht zwanzig Menschen aufgehalten haben?«

»Nein. Zumindest haben diese Leute dann extrem gut sauber gemacht.«

Thal presste die Lippen aufeinander. »Gesetzt den Fall, alle Leute, die sich in diesem Raum aufhielten, waren nackt … .«

Alle Blicke waren auf ihn gerichtet, aber er reagierte nicht darauf, sondern starrte Grendel an.

»Nackte hinterlassen für gewöhnlich keine Faserspuren, insofern … .«

»Du willst uns also sagen, Hartmut, dass ihr einen klinisch reinen Raum untersucht habt«, brachte Wagner Grendels Ausführungen auf den Punkt.

»Fast. Auf zwei dieser Holzklötze haben wir Material isoliert. Ich verwette meinen Job darauf, dass es sich um relativ frisches Sperma handelt.«

Thals Laune besserte sich ein wenig. »Es fand also Geschlechtsverkehr dort statt?«

»Nicht unbedingt. Es könnte auch jemand onaniert haben und außerdem wissen wir noch nicht, ob es sich um menschliches Sperma handelt. Vergesst nicht, wir sind auf einem Bauernhof.«

Die ausbrechende Heiterkeit bei den Kollegen erstickte Grendel, indem er eine Schachtel in die Höhe hielt.

»Und dann war da noch das.« Er zog sich Handschuhe an, öffnete das Pappkästchen und holte eine kreisrunde, dünne Scheibe in der Größe einer Fünf-Euro-Münze heraus.

»Sieht aus wie eine Hostie, dürfte allerdings kaum zur Verwendung in einem christlichen Gottesdienst bestimmt sein.« Er drehte das Fundstück um. Das Zeichen des O.L.O., das auch Sven Fabri als Tattoo trug, war gut zu erkennen.

Er legte die Hostie zurück in die Schachtel. »Das gute Stück geht jetzt auf jeden Fall noch ins Labor. Wer weiß, vielleicht finden sich da noch irgendwelche Spuren.«

## Freitag, dreiundzwanzig Uhr zehn

Auf dem Weg nach Hause hatte Thal noch einmal bei Bettina im Krankenhaus vorbeigeschaut. Sie machte einen ruhigen Eindruck. Er erzählte ihr von Grendels Spurensicherung. Es war also möglich, dass sie die Schwarze Messe nicht nur geträumt hatte. Die Erleichterung war ihr ins Gesicht geschrieben. Sie wollte morgen unbedingt wieder arbeiten. Thal verstand sie. Die Erlebnisse in der Scheune hatten sie verstört, vor allem die Tatsache, dass sie sich auf Gruber so weit eingelassen hatte, dass er Macht über sie bekam, machte ihr Angst. Sie musste die Gewalt über sich selbst und über Gruber zurückerlangen. Darin bestand auch eine Chance für die Ermittlungsarbeit, denn Bettina brächte jetzt mehr Sensibilität für den Fall mit, als jeder andere Kollege. Es lag aber auch ein Risiko darin, sie so schnell wieder in die Recherchen einzubeziehen. Eine Überreaktion musste Thal auf jeden Fall verhindern.

Noch vom Krankenhaus rief er seinen Sohn an. Er brauchte einen Außenstehenden, mit dem er über den Fall reden konnte. Außerdem hatte er die Idee, Nora Lotz mit Bettinas Schilderung zu konfrontieren. Sie hatte vermutlich das profundeste Wissen über O.L.O.. Thal konnte sich nicht helfen, aber er hatte das Gefühl, dass Wagners Kenntnisse hauptsächlich von ihr stammten. Der alte Brummbär wurde bei ihr jedenfalls ziemlich weich. Tobias freute sich hörbar über den Anruf seines Vaters. Sie verabredeten sich eine Stunde später in Thals Wohnung. Thal nahm sich ein Taxi, um Zeit zu sparen. Als er die Wohnung betrat, streichelte er dem kleinen Jadebuddha auf dem Sideboard im

Flur über den Bauch, ein bisschen Glück konnte nichts schaden bei dieser Ermittlung. Sie drehten sich im Kreis und die Gefahr wuchs von Stunde zu Stunde. Wenn sie nicht bald eine Spur entdeckten, wäre der Tod eines weiteren Menschen besiegelt, da war sich Thal sicher. Ein Blick auf das Außenthermometer zeigte einundzwanzig Grad – viel für diese fortgeschrittene Stunde an einem Spätsommertag und auf jeden Fall genug, um noch auf der Dachterrasse zu sitzen. Er stellte je eine Flasche Weiß- und Rotwein sowie reichlich Mineralwasser bereit, entzündete die Kerzen in den Windlichtern und legte Decken zurecht für den Fall, dass es kühler werden sollte.

Eine halbe Stunde später stand Nora Lotz an der Brüstung und schaute auf den beleuchteten Münsterturm. »Was für ein zauberhafter Ort. Warum hast du mir davon noch nie erzählt, Tobias?«

Thal kannte die Antwort und beeilte sich, das Gespräch auf die Mordserie und den O.L.O zu bringen, eine Diskussion über den Vater-Sohn-Konflikt musste jetzt wirklich nicht sein.

»Ich möchte dich noch etwas über diesen Ordo Lux Obscura fragen, Nora.«

Die Freundin seines Sohnes setzte sich auf das breite Sofa, legte die Schuhe ab und zog die Beine hoch. »Darf ich? Nach einem langen Tag in der Redaktion tut das gut.«

Thal nickte zustimmend.

»Was möchtest du wissen, Alexander?«

»Weißt du etwas über die Rituale bei ihren Treffen?«

»Nicht viel, wie das eben bei solchen Geheimbünden ist. Die Mitglieder werden zu absolutem Stillschweigen verpflichtet, so viel steht fest.«

Thal gefiel, dass Nora sich in kurzer Zeit von der lockeren Plauderei der Ankunft in eine konzentrierte Gesprächssituation versetzte. Über ihrer Nasenwurzel zeigte eine kleine Falte an, dass sie intensiv nachdachte. Thal spürte, dass sie nicht wusste, wie viel sie von ihren Informationen preisgeben konnte. Als Journalistin durfte sie ihre Informanten nicht nennen und außerdem hoffte sie vermutlich immer noch auf eine große Geschichte.

»Wir stehen hier vor einem Problem, Nora. Möglicherweise sucht unser Mörder gerade sein drittes Opfer aus. Vielleicht ist er auch schon einen Schritt weiter und lauert ihm in dieser Minute auf.«

Thals Worte zeigten Wirkung. Nora setzte sich aufrecht hin, schaute kurz Tobias an, der kaum merklich nickte.

»Meine Informanten haben alle von einer Gnostischen Messe gesprochen. Darüber gibt es Literatur, nicht viel, aber immerhin.«

Nora berichtete von kultischen Handlungen, die stark an christliche Rituale angelegt waren. Es gab so etwas wie ein Abendmahl. Um die Frage, woraus die Hostie gebacken werde, machten alle aus unerfindlichen Gründen ein großes Geheimnis.

»Solange nicht wieder jemand auf die Idee kommt, es würde das Fleisch kleiner Kinder verarbeitet wie bei mittelalterlichen Judenpogromen ...«, warf Thomas ein.

»Das wohl nicht, aber diese Hostie, so sie denn überhaupt existiert, wird oft in Beziehung zu sexuellen Handlungen gebracht.«

Wenn Noras Informanten die Wahrheit sagten, waren die Messen des O.L.O. eher so etwas wie Orgien, wobei sie auch da recht vage blieben. Auf jeden Fall kam der fleischlichen Vereinigung der Ordensmitglieder eine große Bedeutung zu.

»Und warum haben wir dann nur Männer auf unserer Liste?«

Nora lehnte sich zurück. »Das ist eine der vielen offenen Fragen. Jetzt weißt du auch, warum ich bisher noch nichts über diese Gruppe veröffentlicht habe. Uns fehlen noch viel zu viele Bausteine, um ein klares Bild zu haben.«

Thal spürte die Müdigkeit in sich aufsteigen und spielte mit dem Gedanken, ausnahmsweise noch einen sechsten Espresso zu trinken. Er blickte auf die Uhr. Fünf vor zwölf. Der Schlafmangel der letzten Tage machte sich bemerkbar. Nora sprach noch immer von Sexualmagie und ihrer Bedeutung für die obskuren Bewegungen vor allem des neunzehnten Jahrhunderts. Wenn er sie richtig verstand, hatten einige dieser Gruppen durchaus einen emanzipatorischen Hintergrund, aber das war ihm im Moment egal. Er musste die beiden nach Hause schicken und ins Bett gehen. Sein Handy klingelte. Auf dem Display leuchtete die Nummer des Kriminaldauerdienstes.

»Thal? Gut, dass du noch wach bist.«

Er stand auf und noch während ihm der Kollege einige Details durchgab, stieg er die Treppe in die Wohnung hinunter und schaltete die Espressomaschine an. Der nächste Kaffee würde der erste eines langen Tages werden.

## Samstag, ein Uhr fünfundvierzig

Dichter Nebel dämpfte das ansonsten gleißende Licht der Scheinwerfer, mit denen die Kriminaltechniker den Ort erhellten, dazwischen immer wieder ein Blitz aus einer ihrer Kameras. Grendel stand gebeugt im Eingang der SpaBaKo. Der Prachtbau der Bank schien fast nur aus Glas zu bestehen, allerdings verdunkeltem. Wenn man durch die Architektur Transparenz dokumentieren wollte, war das gründlich in die Hose gegangen. Thal stand etwa zwanzig Meter von Grendel entfernt. Er hatte nicht verhindern können, dass Tobias und Nora ihn begleiteten. Wann bot sich Journalisten schon einmal die Gelegenheit, gemeinsam mit dem ermittelnden Kriminalkommissar an einem Tatort zu erscheinen. Er sah sich um. Die Beiden standen direkt am rot-weißen Absperrband, neben ihnen nur drei Schaulustige, um diese Zeit war die Stadt zum Glück wie ausgestorben. Thal stieg ein säuerlicher Geruch in die Nase. Er blickte nach unten. Direkt vor ihm lag Erbrochenes. »Da hat sich der Zeuge übergeben, der den Toten gefunden hat.« Der Uniformierte neben ihm deutete auf einen jungen Mann, der kreidebleich an einer Steinbrüstung hockte, die bei schönem Sommerwetter gerne von feierwütigen Jugendlichen als Bar genutzt wurde. Thal war froh, als Frank Auer mit seinem Fahrrad vorfuhr.

»Was ist das denn hier für eine verdammte Scheiße?«

»Kümmere du dich um den Zeugen.«

Thal ging auf Grendel zu, der ihn anscheinend in seinem Rücken gespürt hatte und sich umdrehte.

»Und?« fragte Thal.

Grendel nickte. »Alles wie gehabt. Abgehackter Arm, deutlich sichtbare Wunde vom Abbinden am Oberarm.«

»Haben wir einen Namen?«

Grendel gab einem seiner Mitarbeiter ein Zeichen, der ihm daraufhin eine Plastiktüte reichte. Thal erkannte eine hellblaue Karte in Scheckkartenformat.

»Damit hätten wir dann alle Seeanrainerstaaten bedacht.« Grendel drehte die Karte.

»Max Rhomberg aus Bregenz, gerade einundvierzig Jahre alt geworden.«

»Verdammt!« Thal drehte sich um und ging schnellen Schrittes zur Absperrung.

»In was für ein Rattenloch hast du da reingestoßen, Nora?«

Die Freundin seines Sohnes sah in entgeistert an.

»Der Tote da vorne ist der dritte von einer Liste der O.L.O.-Mitglieder, der grausam verstümmelt und anschließend ermordet wurde. Ich weiß nicht, wo der Kollege Wagner die Liste her hat, aber wenn ich mir überlege, wie er um dich herumscharwenzelt ...«

»Ja, ich habe ihm die Namen genannt. Ich dachte ich helfe euch damit.«

Thal merkte, dass er zu weit gegangen war.

»Hast du auch. Kannst du dir denn einen Reim darauf machen, was hier passiert?«

»Vielleicht will jemand verhindern, dass Ordensleute über ihre Erlebnisse plaudern.«

Nora hatte also auch keine andere Idee. Aber eins stand fest: Wenn hier jemand systematisch die Liste von möglichen Informanten abarbeitete, waren die übrigen drei in

Gefahr. Am sichersten wäre Mark Lahm, der es sich an einem thailändischen Strand gut gehen ließ. Blieben Gruber und dieser Jo Passek, der an der nobelsten Adresse von Konstanz lebte. Thal konnte sich nicht helfen, aber Gruber sah er, wenn überhaupt, eher als Täter, denn als Opfer. Sie sollten sich auf Passek konzentrieren, er konnte das nächste Opfer sein. Und das würde es geben, das war sicher. Warum sonst sollte der Täter Max Rhomberg gefoltert haben?

»Thal.«

Grendel hielt eine CD-Hülle in die Höhe. Auch das noch, dachte Thal. Sein Magen würde diese Bilder im Moment kaum ertragen, zum Glück musste das Video ohnehin erst noch in die Kriminaltechnik. Am liebsten hätte er Bettina angerufen, aber die schlief hoffentlich ruhig in ihrem Krankenbett. Er ging zu Auer und fragte ihn nach der Observation von Passek. Dort gab es nichts Neues, der Mann war noch nicht aufgetaucht. Hoffentlich war das kein schlechtes Omen.

Nachdem er sich mit Grendel wegen des Abtransports der Leiche in die Rechtsmedizin verständigt hatte, ging er zu Fuß die kurze Strecke zum Präsidium. Die nächtlich ausgestorbene Stadt beruhigte ihn. Er sollte mal wieder in die Einsamkeit gehen, ein paar Wochen auf dem Land verbringen. Die Hektik der letzten Monate hatte ihm arg zugesetzt. Er schaffte es einfach nicht, zu sich selbst zu finden. Oder benutzte er seinen Beruf nur als Ausrede? Früher war es ihm doch auch gelungen, im Alltag Oasen der Ruhe zu finden, in der Meditation zum Beispiel oder wenn er mit dem

Boot auf den See hinaus fuhr. Wann war er zum letzten Mal gesegelt? Mehr als ein Mal war er in diesem Sommer, der nun zu Ende ging, nicht draußen gewesen. Er verlor sich mehr und mehr und das schlimmste dabei war, dass er es meistens nicht einmal bemerkte. Er brauchte einen längeren Urlaub, nicht nur ein paar Tage in einer europäischen Großstadt. Obwohl, Edinburgh hatte ihm gutgetan, auch wenn es ein Fehler war, mit Karin Beck zu verreisen. Es war zwar gut, einen Menschen neben sich zu wissen, nur sah sie in ihm mehr als einen Reisebegleiter. Sie hatte ihn vom ersten Moment an fasziniert, auch wenn sie am Anfang nur eine Zeugin in einem komplizierten Mordfall gewesen war. Sie hatten sich ein paar Mal in Zürich und am Bodensee getroffen und Karin hatte ihm von ihrem Plan erzählt, mit dem Segelboot um die Welt zu reisen. Wer weiß, wenn sie erst in ein paar Monaten aufgebrochen wäre, vielleicht hätte er alles hingeworfen und sie begleitet. Als sie die Kurzreise nach Schottland vorgeschlagen hatte, war Thal begeistert darauf eingegangen. Gleich am ersten Abend saßen sie in einem wunderschönen, alten Pub. Sie verstanden sich prächtig und Thal nahm Karins auffordernde Blicke war. Aber dann sprachen sie von der Zukunft und er spürte deutlich, wie sehr sie sich ihn als Mann an ihrer Seite wünschte.

Er betrat das Präsidium und das fahle Licht der Neonleuchten auf dem Gang verscheuchte seine Gedanken. Er durfte sich jetzt nicht ablenken lassen. Ein Mensch war in höchster Gefahr. Sein Leben hing auch davon ab, dass Thal und seine Leute keinen Fehler machten. Als er das Büro betrat, schloss er für einen Moment die Augen. Er musste sich fokussieren. Langsam rollte er die Isomatte vor dem Edelstahlgestell aus, auf dem sein großer Glasschreibtisch ruhte. Eine halbe Stunde Achtsamkeit würde ihn klarer sehen lassen.

## Samstag, sieben Uhr fünfzig

Thal stand an der Kaffeebar seines Büros und füllte den frisch gemahlenen Kaffee in den Siebträger seiner sündhaft teuren Maschine.

»Mach mir bitte auch einen Espresso. Das Gebräu im Krankenhaus ist ungenießbar.«

Thal zuckte zusammen. Er war so auf seine Tätigkeit fokussiert, dass er Bettina nicht bemerkt hatte. Sie musste trotz der frühen Stunde bereits zu Hause in Dettingen gewesen sein, denn sie trug einen Bleistiftrock aus einem Stoff, der wie Metall glitzerte. Die gelbe Bluse stach unter der schwarzen Lederjacke deutlich hervor und Thal vermutete, sie wollte damit über ihr trotz Schminke und kräftigem Lippenstift blasses Gesicht hinwegtäuschen.

»Du gehörst ins Bett und nicht ins Büro.«

Bettina winkte ab und nahm sich eine Tasse vom Tassenwärmer der Maschine.

»Mir geht es gut. Erzähl mir lieber etwas über den Fall, ich kenne nur die Fakten aus den Nachrichten und die sind mehr als dürftig.«

Thal überlegte einen Moment, ob er darauf bestehen sollte, dass Bettina sich im Krankenstand befand, ließ aber davon ab. Wenn sie der Ansicht war, dass sie die Ereignisse besser verarbeiten würde, wenn sie sich ihnen stellte, konnte er ihr das nicht verdenken. Während der Kaffee langsam in die Tassen floss, erzählte er ihr die wichtigsten Fakten. Danach tranken sie schweigend das starke Gebräu.

»Wagner und Auer sind in Bregenz und versuchen mit den dortigen Kollegen, möglichst viel über Rhomberg zu erfahren.«

»Habt ihr euch das Video schon angesehen?«

Thal schüttelte den Kopf und sah, dass Bettina erschrak.

»Du musst dir das heute nicht antun.«

»Danke, das ist lieb von dir. Aber ich bin fit, glaub mir.«

Thals Handy klingelte. Steininger war am Apparat, er hatte von dem dritten Mord in den Nachrichten gehört. »Können wir euch irgendwie helfen?«

Thal antwortete spontan: »Jeder erfahrene Ermittler, den du uns zur Verfügung stellen kannst, wäre willkommen.«

Steininger schien nicht zu bemerken, dass Thal hoffte, eine ganz bestimmte Person in sein Team zu bekommen, denn er antwortete gelassen und sachlich.

»Madlaina Veicht könnte euch am ehesten helfen. Sie hat nach der Trennung ihrer Eltern – da war sie fünf, glaube ich – bei ihrem Vater in den USA gelebt. Damals nannte sie sich übrigens Madeline Fight, was fast besser zur ihr passt, findest du nicht?« Steiningers Lachen klang fast wie ein Wiehern. Als Thal darauf nicht reagierte, fuhr er fort. »Wie dem auch sei, auf jeden Fall wurde sie dort Polizistin und hat später eine Ausbildung zur Fallanalytikerin an der FBI-Akademie in Quantico absolviert.«

»Warum zum Teufel, ist sie dann zurück in die Schweiz gekommen?«, fragte Thal.

»Vor zwei Jahren wurde ihre Mutter ein Pflegefall und weil sich sonst niemand um die alte Dame kümmern konnte, brach sie die Zelte in den Staaten ab.«

Thal wartete, ob Steininger noch mehr erzählen wollte und sagte, als der Schweizer erwartungsvoll schwieg: »So einen professionellen Blick auf die Situation können wir auf jeden Fall gut gebrauchen.«

Steininger überlegte einen kurzen Moment. »Das ist etwas ungewöhnlich, eigentlich bräuchte ich eine offizielle Anfrage.«

»Du weißt genau, dass so etwas Tage dauert.«

Thal hörte, wie Steininger laut ausatmete. »Also gut. Ich rufe sie gleich an, in einer Stunde ist sie bei euch.«

## Samstag, neun Uhr zehn

Antonin Ott musste schreckliche Qualen gelitten haben. Fabris Anblick war schon nichts für schwache Nerven gewesen, bei seinem zweiten Opfer hatte der Mörder noch schonungsloser gefoltert. Im Besprechungsraum herrschte entsetztes Schweigen, als das Video, das sie bei Rhombergs Leiche gefunden hatten, auf der großen Leinwand zu sehen war. Ott war von Anfang an klar gewesen, dass er sterben würde. Der Täter hatte, wie schon beim ersten Mal, seine Stimme verstellt. Er sprach in einem hohen Falsett, das sich wie die Parodie eines Eunuchen anhörte – besser gesagt, wie die eines Menschen, der so sprach, wie man sich das bei einem Kastraten gemeinhin vorstellte. Schon sein erster Satz ließ die Temperatur im Raum um einige Grad sinken.

»Du hast hoffentlich dein Testament gemacht, denn du wirst den morgigen Tag nicht erleben.«

Ott schluchzte auf.

»Heulen nützt dir nichts. Du und deines Gleichen, ihr habt mir alles genommen. Meine Frau, meine Kinder, meinen Besitz. Nichts ist mir geblieben.«

Ott versuchte sich mit schwacher Stimme zu rechtfertigen. »Ich habe nichts damit zu tun.«

»Still!« Die Fistelstimme des Täters wurde zu einem Zischen.

»Deine Rechtfertigungen interessieren mich nicht. Ich weiß, was ich weiß und das ist Begründung genug, euch alle zur Verantwortung zu ziehen. Ich kenne eure Gesichter, habe eure Fratzen gesehen in der ekelhaftesten Ekstase. Nur die Namen fehlen mir. Einen, wenigstens einen, wirst du mir heute nennen.«

Die Qualität des Videos war besser als bei der ersten Tat. Der Täter lernte dazu, was Thal noch mehr beunruhigte. Auch sein Umgang mit der Aderpresse schien routinierter. Am Schluss bekam er, was er wollte. Ott war schon zu schwach, um laut zu sprechen und er musste mehrmals ansetzten. »Jo ..., Jo ...«, lallte er mehr als er sprach.

»Reiß dich zusammen«, zischte der Täter.

»Passek«, presste Ott heraus. »Johannes Passek aus Konstanz.«

»Na bitte«, triumphierte die Eunuchenstimme. »Du kennst noch mehr!«

»Lahm fällt mir noch ein.«

»Ist der aus Österreich?«

Ott fand gerade noch die Kraft, mit dem Kopf zu schütteln.

»Ich brauche noch einen Österreicher, hörst du? Ein Deutscher, ein Schweizer, ein Österreicher ... und dann geht es wieder von vorne los. Es sei denn ...«

»Rhomberg, der ist aus Bregenz.« Ott atmete flach und sein Gesicht war verzerrt. »Glaube ich«, hauchte er seinem letzten Satz hinterher.

»Dann hätten wir das Trio beisammen.«

Der Täter öffnete die Aderpresse und das Blut schoss aus dem Armstumpf. »Fahr zur Hölle!«. Diesmal war die Stimme deutlich tiefer. Der Mann hatte sich aber sofort wieder im Griff. Er zoomte auf Antonin Otts Gesicht, dass trotz Todeskampf einen entspannten Eindruck machte. Er hatte mit dem Leben abgeschlossen. Aus dem Off quäkte jetzt deutlich übersteuert die Stimme des Mörders.

»Ihr Polizisten, die ihr dieses Video anschaut: Tut endlich euren Job. Legt diesem Gesindel das Handwerk und macht öffentlich, was sie anderen antun. Sonst werde ich jeden Tag einen von ihnen töten. Jeden Tag, denkt daran.«

Das Bild verschwand abrupt. Thal hatte für einen Moment eine Art Déjà-vu. Es war noch kein Jahr her, dass ihm dieser verrückte Student Fotos seiner Opfer geschickt hatte. Jetzt waren es Videos, was die Sache noch furchtbarer machte. Gerade hatten sie dem Tod eines Menschen beigewohnt. Thal schaute in die Augen der anderen und sah Leere, aber auch Entschlossenheit. Stephanie Bohlmann, obwohl die Jüngste und Unerfahrenste, fasste sich als Erste.

»Habt Ihr erkennen können, wo das Video gedreht wurde?« Sie schaute in die Runde und als niemand etwas sagte, gab sie selbst die Antwort. »Auf keinen Fall am Tatort, das sah überhaupt nicht nach einer Aufnahme im Freien aus, alles wirkte ausgeleuchtet wie in einem Zimmer.«

Sie sprach viel schneller als gewöhnlich, als wolle sie den Schock der Bilder durch Geschäftigkeit überwinden. Aber sie hatte recht, der Tatort war nicht der Fundort, eine Erkenntnis, die sie allerdings im Moment überhaupt nicht weiter brachte.

Madlaina Veicht trank mit einem saugenden Geräusch den letzten Rest Cola aus einem Halbliter-Pappbecher und warf ihn zielsicher in den Papierkorb.

»Wir sollten uns darauf konzentrieren, was der Täter von sich preisgibt. Spul das Video noch einmal zurück, Alex.«

Thal startete es von vorne, bis Madlaina Stopp rief. »Habt ihr das gehört? *Ihr habt mir alles genommen. Meine Frau, meine Kinder, meinen Besitz. Nichts ist mir geblieben.* Das hört sich für mich nach einem Rachefeldzug an.«

»Aber für was will er sich rächen?« Bettina tippte sich mit dem Kugelschreiber gegen die Lippen. »Es könnte sein, dass seine Frau ihn verlassen und die Kinder mitgenommen hat.«

Thal nickte zustimmend. Die Frage war, was er mit dem Verlust seines Besitzes meinte.

Bettina kam ihm zuvor. »Diese Sekten wollen doch immer an das Geld ihrer Anhänger. Vielleicht hat man ihn gezwungen, alles zu verkaufen.«

Thal wollte den Gedanken weiterspinnen, als die Tür geöffnet wurde. Ein uniformierter Kollege steckte den Kopf herein.

»Herr Hauptkommissar, Sie hatten darum gebeten, informiert zu werden, wenn sich bei der Observation der Wohnung des Johannes Passek etwas tut.«

Thal sprang auf. »Ja und?«

»Der Mann ist vor ein paar Minuten nach Hause gekommen.«

## Samstag, elf Uhr dreißig

»Nun mal langsam!« Passek hob beide Hände abwehrend in die Höhe. »Ich komme gerade von einer einwöchigen Reise zurück und werde hier von einer Horde Polizisten erwartet ...«

»Von zwei Polizisten, um genau zu sein.« Bettina war schon jetzt von diesem Typen genervt. Er war ein Schönling, eine Kategorie von Männern, die sie auf der untersten Stufe dieser Spezies einsortierte. Selbst jetzt baggerte er sie an und bleckte ständig die Zähne, damit sie seine strahlend weißen Beißerchen bewundern konnte. Thal blieb sachlich und erklärte ihm, dass sie zu seinem Schutz hier wären. »Sie stehen mit fünf anderen Männern auf einer Liste von Mitgliedern des sogenannten Ordo Lux Obscura. Drei der genannten wurden in den letzten Tagen auf grausame Art ermordet.«

Schau an, dachte Bettina, jetzt ist es vorbei mit seiner Selbstsicherheit. Passeks Lächeln fiel in sich zusammen. Von einer Sekunde auf die andere war seine Körperspannung auf null gesunken und er setzte sich auf das weiße Ledersofa. Wer hier wohl sauber macht, fragte sich Bettina. Das Zimmer wirkte klinisch rein, kein Staubkorn auf Boden oder Glastisch, kein herumliegendes Buch. Als wohnte hier niemand.

»Wo haben Sie sich denn in den letzten Tagen aufgehalten, Herr Passek?«

Für einen Moment schien es, als wollte er die Frage empört zurückweisen, besann sich dann aber eines anderen. »Ich war in New York. Privat.«

»Allein?«, fragte Bettina.

Da war es wieder, das Strahlemann-Lächeln.

»Ich wüsste nicht, was Sie das angeht.« Er griff in die Innentasche seines Jacketts. »Hier haben Sie mein Ticket. Das sollte genügen, um meine Abwesenheit von dieser Spießerstadt zu belegen.«

»Keine Sorge«, mischte sich Thal ein. »Wir verdächtigen Sie in keiner Weise. Ich habe es Ihnen doch schon gesagt, wir glauben, dass Sie in Gefahr sind. Vielleicht sogar in sehr großer Gefahr.«

Und zack, war das Lächeln wieder ausgeknipst. Der Mann war ein Chamäleon. Thal griff in seine Jackentasche und holte die DVD hervor.

»Gibt es hier einen Player?«

Passek nahm die silberne Scheibe und schlenderte zum Fernsehgerät. »Ich hoffe, es ist ein spannender Krimi.«

Kaum flimmerten die ersten Bilder über den riesigen Flachbildschirm, sie wirkten hier noch plastischer als auf der Leinwand im Büro, hatte er seine Selbstsicherheit endgültig verloren.

»Ich kenne diesen Mann. Verdammt, was passiert da mit ihm?«

Er starrte auf den Bildschirm.

»Was für eine Scheiße zeigen Sie mir hier?«

Das Video hatte sich so in Bettinas Hirn eingebrannt, dass sie genau wusste, wann der Zeitpunkt war, die Spannung zu steigern.

»Jetzt hören Sie genau zu, Herr Passek!«

Die Stimme des Täters wirkte durch das edle Soundsystem viel klarer und eindringlicher.

*»Nenn mir andere Namen. Wenigstens einen«,* fistelte er.

»Passek. Johannes Passek aus Konstanz.«

Thal stoppte das Video.

»Glauben Sie uns jetzt, dass Ihr Leben bedroht ist?«

Bettina beobachtete Passeks Reaktion. Sie hatte damit gerechnet, dass er aufspringen und wie ein Tiger im Käfig herumrennen würde. Stattdessen blieb er sitzen, den Oberkörper leicht nach vorne gebeugt. Gleich beginnt er zu heulen, dachte Bettina, doch bevor die erste Träne rollte, fing sich der Mann wieder.

»Können Sie mich schützen?«

»Vielleicht«, sagte Thal.

Passek nickte wie in Zeitlupe mit dem Kopf.

Bettina, die bisher mitten im Raum gestanden hatte, nahm in einem der breiten Ledersessel platz.

»Sie kannten also den Mann auf dem Video?«

»Ja natürlich.«

Und die Namen Sven Fabri und Max Rhomberg, sagen Ihnen die auch etwas?

»Auch dic kenne ich.«

»Woher?«, setzte Thal nach. Es nervte ihn zusehends, dass sie Passek alle Informationen aus der Nase ziehen mussten.

»Vom Orden.«

»Mann, wir haben nicht ewig Zeit. Der Täter spricht davon, dass er die Opfer in Ekstase gesehen hat. Was meint er damit.«

Passek brauchte ein paar Sekunden, vermutlich rang er mit sich, wie viel er über den O.L.O. preisgeben sollte. Schließlich siegte die Angst und die Gewissheit, dass ihn am Ende nur die Polizei schützen konnte. Der Orden sei eine Art Geheimbund. Es gehe letztendlich darum, in jedem Menschen die individuellen Fähigkeiten freizusetzen.

»Wissen Sie, dass wir nur etwa zehn Prozent unseres geistigen Potenzials abrufen?«

Bettina wollte zunächst einwerfen, das möge für Männer wie ihn vielleicht gelten, unterließ es aber. Endlich sprach er, da sollte man ihn besser nicht stoppen.

Einmal in der Woche träfen sie sich, die Teilnehmerzahl schwanke sehr, mal seien es nur zehn Ordensleute, mal dreißig oder vierzig. Was während dieser Zeit passiere sei geheim.

»Auf Verrat, steht der Tod«, presste er hervor.

»Wer sagt das?«, wollte Thal wissen.

Passek zuckte mit den Schultern. »Bei der Initiation schwört man, absolutes Stillschweigen über alle Praktiken des Ordens zu bewahren. Wer das Gelübde bricht, ist dem Tod geweiht.«

Bettina wusste, dass sie vermutlich auf Granit biss, dennoch musste sie die Frage stellen.

»Kommt es bei den Messen zu sexuellen Handlungen?«

Passek atmete tief ein.

»Sie werden von mir kein Sterbenswörtchen darüber hören. Sie haben doch mit eigenen Augen gesehen, was Verrätern passiert.«

»Sie meinen, Fabri, Ott und Rhomberg mussten sterben, weil sie Geheimnisses Ihres merkwürdigen Ordens verraten haben?«

Bettina erkannte die Spannung in Thals Stimme. Vielleicht bekämen sie jetzt Klarheit über das Tatmotiv.

»Natürlich, warum denn sonst? Alle drei waren aktive Mitglieder des O.L.O.. Außerdem gab es in der letzten Zeit Gerüchte über eine undichte Stelle. Der Presse waren Informationen zugespielt worden, zumindest ermittelte so eine Zeitungstusse. Solche Art von Öffentlichkeit mochte der Bischof gar nicht.«

Passek krampfte die Hände zusammen und presste die Lippen aufeinander.

»Wer ist der Bischof?«

Er schloss die Augen und senkte den Kopf.

Bettina hakte nach. »Wir wissen, dass Gruber der Bischof ist, sie brauchen also hier gar keinen Verrat zu begehen. Hat er die Regel aufgestellt, nach der Verräter mit dem Tod bestraft werden?«

»Was glauben Sie eigentlich, mit wem sie es beim Orden zu tun haben?« Passek zischte die Worte hervor. »Das sind keine esoterischen Spinner, die bei Vollmond über die Wiese hüpfen. Hier geht es um mächtige Männer und die ...«

Er brach ab und verschränkte die Arme vor der Brust.

Bettina spürte, dass sie das Thema wechseln musste.

»Sie haben die Stimme des Mörders gehört, haben Sie eine Ahnung, wer das sein könnte.«

»So verzerrt wie sie ist? Wen soll man da schon erkennen?«

Passek hatte recht, dachte Bettina. Sie hatte sich selbst schon gefragt, ob es sich um Gruber handeln könnte und kannte die Antwort nicht.

Thal ging zum Fernseher und nahm die DVD aus dem Abspielgerät.

»Sie sollten die Wohnung zu Ihrer eigenen Sicherheit nicht verlassen, Herr Passek. Wir werden zwar veranlassen, dass hin und wieder ein Streifenwagen vorbeifährt, für Personenschutz haben wir leider zu wenige Mitarbeiter.«

»Sind sie wahnsinnig, Mann? Da draußen läuft ein Verrückter Amok, vermutlich stehe ich als nächster auf seiner Abschussliste und sie knallen mir hier vor den Kopf, dass Sie mich nicht schützen können.«

Thal zuckte mit den Schultern. »So ist die Lage der öffentlichen Finanzen nun mal. Aber wird schon schiefgehen.«

Als sie das Haus verlassen hatten und Richtung Rheinbrücke gingen, schlug Bettina Thal freundschaftlich auf den Arm.

»Was sollte denn das? Der Mann wird doch selbstverständlich rund um die Uhr observiert, oder?«

»Natürlich«, antwortete Thal und blickte sich nach dem Zivilfahrzeug um, in dem zwei Kollegen saßen. »Es schadet aber nicht, wenn er Angst hat. Eventuell löst das doch noch seine Zunge.«

Thal kramte sein Handy aus der Hosentasche und rief Stephanie Bohlmann an. Sie sollte Gruber zur Vernehmung ins Präsidium bringen. Nach Passeks Aussage mussten sie ihn langsam etwas härter rannehmen.

## Samstag, zwölf Uhr fünfzig

»Gruber scheint spurlos verschwunden.« Stephanie Bohlmann klang gehetzt. »Seinen Hausangestellten hat er gesagt, dass er für eine Woche verreist. Der Major Domus meinte, das sei äußerst ungewöhnlich, normalerweise plane er sehr langfristig.«

»Was wissen wir eigentlich von ihm? Irgendwie kommt er mir vor wie ein Phantom.« Auf Thals Frage trat Stille ein. Tatsächlich hatten sie sich mit Gruber nur wenig beschäftigt, dabei schien er einer der Hauptakteure zu sein. Wieder war es Stephanie Bohlmann, die ihn überraschte.

»Ich habe da mal ein Dossier über ihn angelegt.«

Aus der grauen Maus des Kommissariats wurde mehr und mehr eine treibende Kraft. Wenn sie sich jetzt auch bei der Kleidung noch ein bisschen an Bettina Berg orientieren würde, aber zu Thals Bedauern trug sie immer noch die Kripouniform aus Jeans und – je nach Jahreszeit – T- oder Sweatshirt. Thal nahm die schmale Akte über Gruber zur Hand. Sieh an, er hatte eine Lehre bei der Spar- und Baubank Konstanz absolviert. Insgesamt sechs Jahre blieb er dort und avancierte zum Leiter der Immobilienabteilung. Danach ging er ins Ausland zu einer Immobilienfirma in den USA, wo er schnell zum stellvertretenden Direktor aufstieg. Privat lief es bei ihm allerdings überhaupt nicht rund. Eine erste, bereits mit neunzehn eingegangene Ehe scheiterte nach wenigen Jahren, seine zweite Frau verließ ihn vor zwei Jahren und lebte mit den beiden Söhnen, zu denen er anscheinend keinen Kontakt hatte, in den USA. Über seine momentane Tätigkeit war nicht viel bekannt. Offiziell arbeitete er als unabhängiger Finanzberater. Dabei musste er prächtig verdienen, schließlich hatte er sich erst vor kurzem die pompöse Villa direkt am See bauen lassen.

»Gute Arbeit, Stephanie«, lobte Thal.

Wagner warf die Aktenmappe auf den Tisch. »Die uns allerdings keinen Schritt weiter bringt.«

Thal warf dem Kollegen einen tadelnden Blick zu.

»Das sehe ich nicht so«. Madlaina senkte den Kopf und schaute über die auf der Nasenspitze sitzenden Lesebrille, die Thal das erste Mal bei ihr bemerkte, in die Runde. »Wir haben uns bisher stark auf diesen Geheimorden konzentriert – vielleicht war das ein Fehler.«

Alle Anwesenden schauten sie an und schwiegen. Thal spürte, wie sich in diesen Sekunden das gesamte Team fokussierte. Er hatte häufiger erlebt, dass einer von ihnen etwas sagte, was alle schon einmal gedacht, aber noch nicht zur Sprache gebracht hatten. Die Ermittlung nahm dadurch nicht selten eine völlig neue Richtung und oft war das der Grundstein, für einen späteren Fahndungserfolg. Madlaina war mit den Riten der deutschen Kollegen nicht vertraut und schien auf ein Signal zu warten, ihren Gedanken ausführen zu dürfen. Thal nickte ihr aufmunternd zu. Sie nahm die Brille ab und begann im Raum auf- und abzugehen, während sie redete.

»Während ihr unterwegs wart, habe ich mir das Video noch einmal genau angesehen. Und zwar sagt er an einer Stelle ...« – sie trat an den Tisch und schaute auf ein Blatt voller Notizen – »*Ich kenne eure Gesichter, habe eure Fratzen gesehen in der ekelhaftesten Ekstase*. Diesen Satz könnte man so interpretieren, dass er seine Opfer bei den merkwürdigen Sexualpraktiken beobachtet hat, die anscheinend zu den Riten des Ordens gehören und von denen Bettina erzählt hat.«

Sie hob den Blick und vergewisserte sich, dass die anderen ihr zuhörten, nahm die Fernbedienung vom Tisch und startete das Video. Über den Beamer sah man Otts gequälte Gestalt überlebensgroß auf der Leinwand, während der Mörder im Off sagte:

»Ihr habt mir alles genommen. Meine Frau, meine Kinder, meinen Besitz. Nichts ist mir geblieben.«

Madlaina stoppte das Video. »Das hört sich nicht an, als meine er das im übertragenen Sinn. Hier spricht er meines Erachtens von der Realität. Frau, Kinder, Besitz ... er hat es ganz real verloren.«

Thal war fasziniert von ihrer Art, einen einzigen Satz aufgrund der Sprachmelodie zu analysieren. Er musste ihr recht geben. Allerdings hatte er mit Wagners Gegenargumentation gerechnet und die kam prompt.

»Jetzt hört aber mal auf. Der Typ kann sich eine Villa auf dem letzten Seegrundstück in Wallhausen leisten, von Verarmung kann da keine Rede sein.«

Während Thal seine Leute normalerweise wild drauflos spekulieren ließ, griff er diesmal ein. »Das muss nichts heißen, Klaus. Wir sollten Grubers Besitzverhältnisse auf jeden Fall genau durchleuchten. Kümmerst du dich darum?«

Wagner brummte Zustimmung und Thal gratulierte sich zu diesem Schachzug. Er hatte den Brummelkopp aus dem Spiel genommen. Madlaina erkannte das auch sofort und wagte sich noch einen Schritt weiter aus der Deckung.

»Ich glaube, dass wir uns viel zu sehr auf diesen O.L.O. konzentriert haben. Wir sind bisher davon ausgegangen, dass es sich bei dem Täter um jemanden aus dem Umfeld dieses merkwürdigen Ordens handelt. Diese Hypothese hat ja auch einiges für sich und wir müssen sie auch nicht aufgeben. Wir sollten nur nicht vergessen, dass alle Opfer auch für Lichter und Schwarz gearbeitet haben.«

Thal erkannte, worauf die Schweizer Kollegin hinauswollte. Natürlich gab es immer noch genug Hinweise, dass jemand den Verrat von Ritualen und spirituellen Praktiken dieses Geheimbundes rächen oder verhindern wollte. Andererseits konnte der Mörder aber genauso gut aus dem Umfeld von Lichter und Schwarz stammen. Als habe Madlaina seine Gedanken gelesen, fuhr sie fort:

»Möglich wäre es auch, dass der Täter ein Konkurrent der Immobilienfirma ist oder ein durch unlautere Geschäfte Geschädigter. Mir jedenfalls kommt Lichter und Schwarz mindestens so obskur vor wie der O.L.O.«

»Das stimmt allerdings!« Frank Auer, der bisher schweigend am Tisch gesessen und an der Trinkflasche genuckelt hatte, die er seit einigen Wochen ständig mit sich herumschleppte, öffnete eine prall gefüllte Mappe und entnahm ihr Prospekte verschiedener Formate. »Lichter und Schwarz haben Objekte in ganz Europa, teilweise sogar in Übersee angeboten. Ich habe euch hier eine kleine Auswahl ihrer Prospekte mitgebracht, die wir in Rhombergs Büro gefunden haben.«

Er reichte die Broschüren herum. Thal fiel sofort auf, wie edel sie gestaltet waren. Das Papier war teuer und fühlte sich angenehm an. Der Druck war perfekt und die Texte trafen genau den richtigen Ton. Man hatte beim Lesen nicht das Gefühl, dass hier etwas wie Sauerbier angepriesen wurde, sondern man sollte sich glücklich schätzen, ein solches Angebot überhaupt präsentiert zu bekommen. Es handelte sich fast immer um Bauprojekte am Meer oder an Seen. Preise wurden nicht genannt.

»Wir hatten natürlich nicht genug Zeit, alle Angebote zu überprüfen, aber bei vier Offerten konnten wir nachhaken. Sie stellen sich als genauso windig heraus, wie das Objekt in Kroatien. Wie hießt es noch mal, Alexander?«

»GradNaMore - Stadt am Meer.«

Auer nickte. »Ich will euch nicht mit Einzelheiten langweilen, die findet ihr in zwei, drei Stunden ausführlich in meinem Bericht. In allen Fällen handelte es sich um Objekte, die entweder noch in einem frühen Planungsstadium waren oder deren Realisierung von den Verantwortlichen vor Ort als völlig unrealistisch eingeschätzt wurde. Von einem Baubeginn waren alle Unternehmungen jedenfalls noch Jahre entfernt.«

»Das liest sich in den Prospekten allerdings völlig anders«, warf Stephanie Bohlmann ein.

»Gut bemerkt, werte Kollegin«, antwortete Auer und neigte lächelnd den Kopf wie zu einer Verbeugung.

»In den Broschüren von Lichter und Schwarz ist immer von *Planungsendstadium* oder *Baubeginn in wenigen Monaten* die Rede.«

Thal legte die Hochglanzbroschüre, in der er geblättert hatte, auf den Tisch. »Könnte es sein, dass wir es mit einem groß angelegten Betrug zu tun haben?«

»Wenn Ihr mich fragt ...«, Auer machte eine bedeutungsschwere Pause und ließ seinen Blick von einem zum anderen schweifen, »handelt es sich um genau das.«

## Samstag, vierzehn Uhr zwanzig

In Grendels Büro herrschte die übliche Unordnung. Auf allen Tischen lag Werkzeug in verschiedenen Stadien der Auflösung. Der Kriminaltechniker galt im Präsidium als fanatischer Bastler, der nichts wegwarf, sondern stets versuchte, selbst aussichtslose Fälle noch zu reparieren. In der ihm eigenen Ruhe räumte er zwei Stühle für Berg und Thal frei.

»Das Obduktionsprotokoll habt ihr schon gelesen, oder?«

Berg und Thal nickten nahezu synchron. Restle hatte auf vielen Seiten bestätigt, was sie bereits geahnt hatten. Auch Rhomberg war wie zuvor Fabri und Ott verblutet. Auch bei ihm gab es die von der Aderpresse herrührenden Strangulationsmale am Oberarm. Der Rechtsmediziner war sich zudem fast sicher, dass für die auch diesmal stümperhaft durchgeführte Amputation das gleiche Instrument, vermutlich ein Beil, verwendet worden war.

»Das bringt uns auch nicht weiter, oder?«, fragte Grendel ohne eine Antwort zu erwarten. »Da sind die Laborergebnisse schon spannender. Die zwei Schleimspuren auf den Holzklötzen in der Scheune sind tatsächlich Sperma.«

Bettina atmete hörbar aus.

»Menschliches Ejakulat«, ergänzte Grendel.

»Kann man feststellen, wie es dort hingekommen ist?«

»Du meinst, ob es durch Masturbation vergossen wurde oder bei einem Geschlechtsverkehr sozusagen daneben ging?«

Thal nickte einmal kurz. Grendels Weitschweifigkeit nervte ihn. Er ließ sich auch jetzt viel Zeit mit der Antwort.

»Nein, das kann ich dir mit Sicherheit nicht beantworten. Beides wäre möglich. Dafür wissen wir etwas anderes ganz genau. Die Hostie, wobei man besser von einer Oblate sprechen sollte, bestand zum allergrößten Teil aus Mehl und Wasser.«

Bettina, die entspannt auf ihrem Stuhl gesessen hatte, machte Anstalten aufzustehen.

»Moment, das Wichtigste kommt noch.«

Thal warf einen Blick zur Zimmerdecke, als suche er dort Hilfe.

»Das Labor konnte eindeutig Spuren von menschlichem Sperma nachweisen.«

Thal senkte den Kopf ruckartig und Bettina zuckte zusammen.

Grendel genoss die ungeteilte Aufmerksamkeit der beiden. »Das ist noch nicht alles.« Wieder eine Pause, diesmal wandte Thal den Blick aber nicht ab. »Neben der Samenflüssigkeit fand sich eine geringe, aber doch ohne Zweifel nachweisbare Menge von Vaginalsekret.«

Berg und Thal saßen bewegungslos und schweigend auf ihren Stühlen. Die Szene wirkte wie eingefroren. Grendel wartete einige Sekunden, ehe er fortfuhr. »Ihr fragt euch sicher, wie dieses so nützliche, natürliche Gleitmittel dorthin gelangte. Dafür gibt es viele Erklärungen, die ihr als aufgeklärte Erwachsene euch auch selber ausdenken könnt.«

Bettina stand auf und Thal glaubte für einen Moment, sie würde den Rechtsmediziner umarmen. Sie riss sich aber zusammen und hauchte nur ein kaum wahrnehmbares »Danke«, das Grendel mit einem »gerne« beantwortete.

Auf dem Flur hakte sich Bettina bei Thal ein, der leicht zusammenzuckte, was sie – und darüber war er froh –

nicht bemerkte. »Was bin ich glücklich, dass ich diese schwarze Messe nicht nur geträumt habe.«

Thal überlegte, ob er einwenden sollte, dass die Laborergebnisse keinen Beweis lieferten, dass es während des Rituals tatsächlich zu einer derartigen Orgie gekommen war, entschloss sich aber, zu schweigen. Bettina selbst relativierte ihren vorhergehenden Satz, ohne dass es ihre Erleichterung schmälerte. »Mag ja sein, dass die eine oder andere Perversion nur in meiner von Drogen beeinflussten Fantasie stattfand, aber so ganz ohne war das nicht.«

Sie drückte kurz Thals Arm, der ihre Hand tätschelte.

»Wir sollten die Ergebnisse nutzen, um Passek unter Druck zu setzten. Gelübde hin oder her, der Mann ist uns noch die eine oder andere Antwort schuldig.«

## Samstag, sechzehn Uhr vierzig

»Jetzt reicht es aber mit ihrem Getue!«

Bettina sprang auf und schrie Passek an, der zwar kurz zusammenzuckte, sofort aber wieder seine steinerne Miene aufsetzte. Sie sah, dass Thal anerkennend die Augenbrauen hob. Es war nicht ihre Art, so aus der Haut zu fahren, aber der Typ brachte sie zur Weißglut. »Was glauben Sie eigentlich, was wir hier machen? Wir versuchen nicht nur, einen dreifachen Mörder zu fassen, wir wollen vor allem verhindern, dass er noch weitere Menschen von seiner Liste tötet. Und auf dieser Liste stehen Sie an erster Stelle. Aber wenn sie meinen, weiterhin den sturen Bock spielen zu können, bitte ...« Sie öffnete die Tür zum Flur. »Sie können gehen. Sie sind ein freier Mann. Aber erwarten Sie nicht, dass wir auch nur einen Finger für Ihre Sicherheit krumm machen.«

Ihre Tirade zeigte Wirkung. Passek war deutlich verunsichert. »Sie wissen doch schon alles. Zählen Sie doch einfach eins und eins zusammen.«

Thal schlug mit der flachen Hand auf den Tisch. Passek zuckte zusammen. »Also gut, fangen wir noch mal bei Ihnen an. Ott hat dem Täter ihren Namen zugeraunt. Warum?«

»Warum, warum?« Passek hatte seine Arroganz noch nicht vollständig verloren. »Sie wissen doch genau, dass ich Ordensbruder bin, was soll die Frage also?«

»Und Sie arbeiten für Lichter und Schwarz.«

»Was nicht ehrenrührig ist.«

Passek saß immer noch auf dem hohen Ross. Bettina entschloss sich, einen ersten Giftpfeil abzuschießen.

»Wie hoch war ihre monatliche Provision?«

»Was geht sie das an?«

Die barsche Antwort signalisierte einen Treffer und Bettina legte nach.

»Liege ich mit zwanzigtausend Euro richtig?«

Er lächelte süffisant, also hatte sie zu niedrig gegriffen.

»Dreißigtausend?«

Sie wartete die Antwort nicht ab, sondern erhöhte den Druck.

»Die drei Toten bekamen ebenfalls eine exorbitant hohe Provision. Wie ist das möglich? Eine Immobilienfirma, selbst wenn es ihr sehr gut geht, kann doch nicht an eine Handvoll oder mehr Mitarbeiter derart hohe Gewinnbeteiligungen ausschütten.«

Passek zog die Schultern hoch. »So ungewöhnlich ist das nicht. Ein Viertel der Vertragssumme ist bei solchen Geschäften durchaus eine branchenübliche Prämie. Allerdings wird die Auszahlung in der Regel über Jahre gestreckt und erfolgt nicht direkt nach Vertragsabschluss, wie es bei Lichter und Schwarz üblich war.«

»Und keiner der Vertriebsmitarbeiter kommt dabei ins Grübeln?«

»Lichter und Schwarz ist eben eine ungewöhnliche Firma. Sie hatten einen eigenen Weg gefunden.«

Als Berg und Thal ihn fragend ansahen, begann er ohne weitere Aufforderung zu erklären. Das Entscheidende sei die Mitarbeitermotivation, man müsse ihnen ständig Feuer unter dem Hintern machen und sie bei der Stange halten. Geld spiele da natürlich eine wichtige Rolle, aber manchmal reiche das eben nicht.

»Und dann?« fragte Berg, als Passek eine Pause einlegte.

»Wie hieß es früher so schön? Sex and Drugs and Rock 'n' Roll. Die Musik kann man auswechseln, Weiber und Drogen hingegen … .«

Als sich die Polizisten fragend ansahen, schien Passek überrascht.

»Ich dachte, diese Zusammenhänge sind ihnen klar, so wie sie gefragt haben.«

Thal schlug seine rechte Faust in die linke Hand.

»Verdammt noch mal. Wie kann man Lux Obscura übersetzen?«

Als Bettina eine Sekunde schwieg, nahm er die Antwort vorweg.

»Das schwarze Licht. Lichter und Schwarz und der O.L.O. sind ein und dasselbe.«

»Jetzt haben Sie's!« Passek lachte auf.

Thal brauchte nur kurz, um den Faden wieder aufzunehmen. Sie durften diese Vernehmung jetzt nicht in eine heitere Gesprächsrunde abgleiten lassen.

»Gehen wir das ganze Stück für Stück durch. Bei dem Orden geht es also in erster Linie um Sex, richtig?«

»Nicht nur, aber er spielt eine wichtige Rolle.«

»Wobei?« Bettina übernahm erneut die Befragung. Sie würde Passek keinerlei Ausweichmanöver mehr gestatten. Solange sie Gruber nicht auftreiben konnten, war er ihr wichtigster Zeuge.

»Nun ja, der Orden war für einige tatsächlich eine spirituelle Idee. Was im Tempel passiert, basiert auf alten Schriften, das haben wir uns nicht ausgedacht.«

»Wer ist wir?«

»In erster Linie Gruber. Er ist der Boss. Nach ihm kommt lange nichts ...«

»Und dann kommen Sie«, warf Thal ein, dem dieser Gedanke spontan gekommen war.

»So könnte man es sagen« bestätigte Passek.

Gut gemacht, Alexander, dachte Bettina. Jetzt kam es darauf an, den Mann nicht mehr aus der Zange zu lassen. Er hatte den ersten Schritt gemacht und zu reden begonnen, meistens sprudelte es aus solchen Leuten über kurz oder lang heraus. Er machte sich viel zu gerne wichtig, um sein Wissen für sich zu behalten.

»Bleiben wir bei der Rolle, die der Sex in der Gruppe spielte.«

»Er hielt sie bei der Stange.« Passek grinste. Er freute sich über dieses Wortspiel, weshalb es ihn verwirrte, dass die Polizisten nicht einmal mit einem Lächeln reagierten, wo er schallendes Gelächter erwartet hatte. Bettina wusste, dass sie ihn geknackt hatten. Jetzt würde er sich erst recht aufplustern, würde ihnen ihre Unwissenheit vorhalten. Tatsächlich begann er schon mit dem nächsten Satz damit. »Haben Sie sich nie gefragt, warum die Mitarbeiter von Lichter und Schwarz allesamt so unscheinbare Männchen sind?« Er schaute Bettina herausfordernd an, die den Mund leicht verzog und nickte. »Na ja«, fuhr Passek fort »Ausnahmen bestätigen die Regel.«

Was für ein eitler Fatzke, dachte Bettina. Sie mussten gar nichts mehr tun, er würde ihnen alles erzählen. In den nächsten Minuten dozierte Passek über die grandiose Idee, nur Männer als Mitarbeiter von Lichter und Schwarz zu akquirieren, die von der Natur nicht besonders gut bedacht waren. Die meisten waren alleinstehend oder lebten in sexuell unbefriedigenden Beziehungen. Bettina musste an Judith Fabri denken, deren Interesse an ihrem Gatten gen null tendierte. Männer wie er waren in den Händen von begabten Manipulateuren wie Gruber leicht formbares Wachs. Um sie zu bedingungslosem Gehorsam zu bewegen gab es zwei Möglichkeiten: Man bot ihnen Geld oder Sex. Am wirkungsvollsten war eine Kombination von beidem.

»Sie wollen uns allen Ernstes sagen, die Rituale des Ordo Lux Obscura waren nichts anderes, als kühl kalkuliert eingesetzter Sex, um Männer abhängig und willfährig zu machen?«

»Sex war das wichtigste Mittel, richtig.«

»Und wie brachten sie die Frauen dazu, mitzuspielen?«

»Mit Geld.«

»Sie meinen ... ?«

Passek wartete Bettinas Frage nicht ab.

»Was glauben Sie denn? Natürlich waren es Prostituierte, die meisten aus dem Osten. Gruber hatte da irgendeine Quelle aufgetan. Die Mädchen wurden ständig ausgewechselt, jede Woche saßen andere im Tempel und warteten auf uns. Was meinen Sie, wie viele Männer können einer aufregenden Frau widerstehen, wenn sie sich nackt oder allenfalls mit ein paar Strapsen bekleidet auf ihren Schoß setzt.?«

Bettina warf einen kurzen Blick zu Thal, der keine Regung zeigte. Passek war so in Fahrt, dass er weitersprach.

»Gruber setzt den Sex ganz gezielt ein. Die meisten der Akquisiteure von Lichter und Schwarz sind in irgendeiner Weise gestört. Viele sind verklemmt, haben Probleme mit Frauen. Plötzlich sind sie die großen Helden, haben ein Mal in der Woche Sex mit aufregenden Frauen, können ihre Fantasien voll ausleben. Sie werden abhängig und ...« – er machte eine Pause, in der er Berg und Thal mit aufgerissenen Augen ansah – »sie werden erpressbar.«

»Das heißt ...«, setzte Bettina an und kam erneut nicht dazu, den Satz zu vollenden. Passek stand auf, ging zu Thals Schreibtisch und deutete auf die Computertastatur.

»Darf ich?«

Thal war überrascht, stand aber auf und ließ Passek Platz nehmen, der sofort begann, auf das Keyboard einzuhämmern. Was Sekunden später auf dem Bildschirm erschien, sah auf den ersten Blick aus wie eine gut gemachte Porno Seite. Die Fotos zeigten eine oder mehrere Orgien, teils in Totale, teils auf einzelne Menschen fokussiert. Kein Detail wurde ausgelassen. Bettina beugte sich vor und starrte auf den Bildschirm. Ein Lächeln zog sich über ihr Gesicht. Drogen hin oder her, sie hatte nicht geträumt. Alles, was sie gesehen hatte, war real gewesen. Am liebsten hätte sie Passek umarmt, weil er ihr diese Gewissheit geschenkt hatte.

»Wollen Sie uns erzählen, diese Internetseite ist öffentlich zugänglich?«, fragte Thal, der von Bettinas fast heiterer Entrücktheit ablenken wollte.

»Natürlich nicht. Aber jeder bekommt einen Zugang, sobald er in den Orden eingeführt wurde und jeder wusste, dass es nur weniger Klicks bedarf, um die Fotos in die Öffentlichkeit zu bringen.«

Bettina spürte, wie das Blut aus ihrem Gesicht verschwand. Gab es auch Bilder von ihr? Am liebsten hätte sie das sofort überprüft, aber die Anwesenheit der beiden Männer hielt sie davon ab. Stattdessen schob sie Passek einen Zettel hin. »Wir brauchen den Namen der Internetseite und das Passwort.«

Während er die Daten aufschrieb sagte er fast beiläufig.

»Bei all dem Sex sollten sie die Macht der obskuren Riten nicht unterschätzen. Auch mit diesem sogenannten Geheimwissen kann man Menschen in Ketten legen.«

Bettina war froh, auf ein anderes Thema zu sprechen zu kommen und von den Fotos abzulenken.

»Was hat es eigentlich mit dieser Hostie auf sich? Gibt es da so eine Art Abendmahl?«

Passek lachte laut auf.

»Das war Grubers Lieblingsritus. Wobei das Spannende diese Oblate selbst ist. Sie wird auf eine sehr spezielle Weise erzeugt.«

Er lehnte sich grinsend im Schreibtischsessel zurück. Berg und Thal wussten inzwischen, dass er von alleine erzählen würde. Tatsächlich dauerte es keine fünf Sekunden, bis er die Herstellung der Hostie detailliert zu schildern begann. Als er an der entscheidenden Stelle angekommen war, rannte Bettina Berg würgend aus dem Büro und übergab sich noch im Flur.

## Samstag, achtzehn Uhr dreißig

»Geht's wieder?«

Bettina nickte, ihr blasses Gesicht sagte aber etwas anderes. Thal hatte die Befragung Passeks abgebrochen, als er Bettinas Reaktion sah. Es war einfach zu viel für sie gewesen. Erst die Bilder aus der Scheune und dann die Sache mit der Hostie. Passek hatte sich daran geweidet, in allen Details zu schildern, wie Gruber mit einer ausgewählten Frau Sex hatte und anschließend sein eigenes Ejakulat oral aus der Vulva saugte. Thal wusste, was in Bettina vorging. War sie für dieses Ritual vorgesehen? Hatte es vielleicht sogar stattgefunden?

Sie saßen auf einer Bank direkt am Seeufer. Bettina starrte in die Ferne.

»Immer sind es die Frauen, die für die Machtspiele der Männer herhalten müssen.«

Thal schwieg.

Sie deutete auf einen Pfosten im Wasser, auf dem eine Kugel aus Drahtgeflecht befestigt war.

»Weißt du, was das ist?«

Thal schüttelte schweigend den Kopf.

»Der Frauenpfahl ist ein Denkmal, besser gesagt ein Mahnmal für die Verbrechen an Frauen. Vor über fünfhundert Jahren rammte man an dieser Stelle einen Pfahl ins Wasser. Ein einfacher Diebstahl reichte, um hier in einen Sack eingenäht ertränkt zu werden - vorausgesetzt man war eine Frau natürlich.«

Thal verstand Bettinas Sarkasmus, auch sie war zum wehrlosen Opfer geworden. Sie sollte nicht allein sein heute Nacht, wenn die Gespenster der Erinnerung sie besuchen würden.

»Wir sollten den Fall noch mal in aller Ruhe durchgehen, Bettina.«

Er schaute demonstrativ auf die Uhr.

»Es ist schon spät. Weißt du was? Ich melde uns jetzt im Präsidium ab und wir gehen zu mir nach Hause. Grendel hat mit Sicherheit längst rausgefunden, wie wir an Administratorrechte für die interne O.L.O.-Internetseite kommen. Sollten da Fotos sein … .«

»Gut«, sagte Bettina kurz angebunden und stand auf. »Weißt du was ich habe?«

Thal hob fragend die Augenbrauen.

»Hunger. Ich habe furchtbaren Hunger.«

Thal lachte. »Das Problem ist schnell gelöst. Don Antonio oder Don Alessandro?«

»Deine Kochkünste reichen für heute völlig aus«, neckte ihn Bettina.

## Sonntag, acht Uhr dreißig

»Guten Morgen!« Thal schlurfte in die Küche und schaltete die Espressomaschine an. Bettina hob schweigend die Hand zum Gruß. Er sah, dass die Müdigkeit selbst diese kleine Bewegung zur Anstrengung werden ließ. Erst um halb vier hatte er ihr das Bett im Gästezimmer gerichtet. Fünf Stunden Schlaf mochten für einen Studenten ausreichend sein, Thal fühlte sich wie gerädert. Sie hatten den größten Teil der Nacht damit zugebracht, die inzwischen vom Netz genommene Internetseite des O.L.O. nach Fotos von Bettina zu durchsuchen. Zum Glück hatten sie keine gefunden, was allerdings nicht hieß, dass es überhaupt keine gab, denn möglicherweise war der unbekannte Administrator der Seite nur noch nicht dazu gekommen, sie hochzuladen. Endgültige Gewissheit würden sie vermutlich nie erlangen, in digitalen Zeiten waren Fotografien nur noch winzige Staubkörner im Datenuniversum, die jederzeit auftauchen konnten. Trotzdem war Bettina erleichtert, auch wenn sie der Anblick der Bilder mitnahm. Immer wieder hatten sie versucht, eine Struktur in den Fall zu bringen. Für Thal stand fest, dass die beiden Spuren - also O.L.O. sowie Lichter und Schwarz - zu einer einzigen zusammengefasst werden konnten. Der Orden war ein Instrument der Immobilienfirma, nicht mehr, aber auch nicht weniger. Die Motive des Mörders kannten sie immer noch nicht hundertprozentig, aber Thal glaubte nicht mehr daran, dass Verräter aus dem Geheimbund mundtot gemacht werden sollten. Da mochte es einen geben, vielleicht auch zwei. Aber sie hatten bereits drei Tote und mussten befürchten, in Kürze den vierten aufzufinden. Das war überhaupt ihr größtes Problem. Sie hatten keine Zeit. Der Mann tötete im Abstand von maximal achtundvierzig Stunden und es gab keinen Grund anzunehmen, dass er davon abweichen würde.

Thal brachte Bettina einen Doppio und ging dann nach unten zum Briefkasten. Seit ein paar Wochen produzierte das Lokalblättchen eine Sonntagszeitung. Aufgemacht wie ein Boulevardblatt sollte es den ökonomischen Niedergang des Verlags aufhalten. Der Mordfall wäre der ideale Aufhänger, und tatsächlich, er hatte sich nicht getäuscht. Schon auf dem Weg nach oben überflog er den Artikel.

»Manchmal könnte ich die Journaille kreuzweise!« Er warf das Blatt vor Bettina auf den Tisch und tippte auf die schreiende Überschrift. »Mord in der Sex-Sekte.« Das sah nicht nach Tobias aus und doch war sein Sohn gemeinsam mit Nora Lotz als Urheber genannt. Seit wann gab er sich für solchen Boulevardjournalismus her? Bettina vertiefte sich in den Bericht und Thal blickte ihr über die Schulter, um mitzulesen. Der reißerische Ton zog sich durch den ganzen Artikel. Die Kernbehauptung war, dass drei Mitglieder eines religiösen Geheimbundes ermordet worden seien. Vermutlich handelte es sich dabei um Männer, die aussteigen und über die grausamen, sexuellen Riten auspacken wollten. Ausführlich spekulierten Tobias Thal und Nora Lotz über Orgien und Prostituierte, die »zu Dutzenden den Männern des Ordens zur Verfügung standen«. Manches stimmte mit Passeks Aussage überein, manches war der Fantasie der beiden entsprungen.

Bettina setzte sich auf und sah Thal an.

»Du weißt, was das bedeutet?«

Ja, er wusste es. Wenn sie recht hatten, dass es dem Täter nicht nur um persönliche Rache ging, sondern dass er seine Opfer auch öffentlich an den Pranger stellen wollte, musste ihn dieser Artikel hart treffen. Im schlimmsten Fall triebe es ihn zu eiligerem Handeln.

»Wir brauchen einen Plan, wie wir möglichst viele der potenziellen Opfer schützen können.«

»Und den brauchen wir schnell«, sagte Bettina und stand auf. Thal hatte bereits das Handy am Ohr. »Guten Morgen, Stephanie. Trommel alle zusammen, wir haben einen Notfall.«

## Sonntag, acht Uhr fünfzig

Er zerriss die Zeitung in kleine Fetzen, warf sie auf den Boden und trampelte darauf herum. Diese Idioten! Sie hatten nichts, aber auch gar nichts begriffen und dabei hatte er ihnen jetzt schon drei Hinweise gegeben. Sie waren nicht in der Lage, die einfachsten Schlüsse zu ziehen. Er war sicher, dass diese ekelhaften Zeitungsmenschen ihre Informationen direkt von der Polizei bekamen. Schließlich war der Oberschreiberling der Sohn des Oberpolizisten. Und die Freundin des Schreiberlings hockte ständig mit einem aus dem Bullentross zusammen. Das war doch kein Zufall. Dieser Polizist Thal und seine ganze Bagage tappten genauso im Dunkeln. Er musste seine Strategie überdenken. So durfte es nicht weitergehen, sie verstanden das Spiel nicht. Wahrscheinlich konnte er ihnen noch drei weitere Leichen vor die Tür legen und sie glaubten immer noch, es ginge um diese Sektenspinner. Als ob sich dafür der Aufwand lohnte. Die Wahrheit musste ans Licht, das war sein Auftrag, dafür war sie gestorben und dafür würde am Ende auch er gehen. Aber noch war es nicht soweit. Noch hatte er Zeit. Er würde sie nutzen. Die Welt würde die Wahrheit erfahren. Er hatte einen Plan.

## Sonntag, neun Uhr fünfundfünfzig

Schober war eine harte Nuss.

»Wie stellen Sie sich das vor, Thal? Meinen Sie, ich könnte mal eben zwanzig oder mehr Beamte abstellen, um zwei Dutzend Männer zu beschützen, von denen wir nicht einmal wissen, ob sie überhaupt gefährdet sind? Geschweige denn von wem. Und dann auch noch grenzüberschreitend! Das ist ausgeschlossen.«

Im KK 1 waren nach Thals Vortrag über Passeks Vernehmung und die daraus zu ziehenden Schlüsse bis auf Wagner alle überzeugt, die Vertriebsmitarbeiter von Lichter und Schwarz seien die Zielpersonen des Täters. Der alte Brummbär verwies mangels anderer Indizien auf sein Gefühl: »Wenn ihr mich fragt, sollten wir Gruber als Hauptverdächtigen ansehen. Ich glaube einfach nicht, dass jemand spurlos verschwindet und nichts mit der Sache zu tun hat.«

»Er könnte aber genauso Opfer sein«, konterte Bettina.

»Ach was«, winkte Wagner ab. »Der Täter legt die Toten jedes Mal auf einen Präsentierteller, damit wir sie möglichst schnell finden. Warum sollte er ausgerechnet bei Gruber eine Ausnahme machen?«

Wagner war mit seiner Meinung im Team isoliert und musste zähneknirschend akzeptieren, zum Schutz von Lichter-und-Schwarz-Mitarbeitern eingesetzt zu werden. Aber natürlich waren sie viel zu wenige, um alle potenziell Gefährdeten zu bewachen. Sie brauchten die Unterstützung der uniformierten Kollegen und die gab es nur, wenn Thal den Kriminaldirektor überzeugen konnte. Als erstes nahm er Schober bei der Frage der grenzüberschreitenden Zusammenarbeit den Wind aus den Segeln. »Wir werden eine

Koordinationsbeamtin aus der Schweiz bei uns haben.« Er hatte bereits mit Steininger in St. Gallen telefoniert, der Madlaina Veicht zumindest für die nächsten vier oder fünf Tage abstellte. Als sich Schober trotzdem noch nicht bewegte, zog Thal einen Trumpf, der immer stach. »Wir sollten vor allem die Außenwirkung im Blick behalten, Herr Kriminaldirektor. Stellen Sie sich vor, wie die Politik, allen voran der Oberbürgermeister, reagieren wird, wenn sich herausstellt, dass Mitarbeiter eines bedeutenden Immobilienunternehmens in unserer Stadt einem Wahnsinnigen schutzlos ausgeliefert sind.«

Nichts trieb Schober so an, wie die Angst, in der Öffentlichkeit kritisiert zu werden. Thal konnte geradezu zusehen, wie er krampfhaft einen Weg suchte, ein Observationsteam zu bewilligen, ohne das Gesicht zu verlieren.

»Nun gut«, sagte er schließlich. »Sie bekommen zwölf Leute. Und nur für drei Tage.«

Das war zwar weniger, als Thal erhofft hatte, aber besser als nichts.

Auf dem Weg zum Besprechungsraum, wo das Team dabei war, die Einsatzpläne zu koordinieren, lief er Madlaina Veicht über den Weg. Statt des kurzen Rocks trug sie heute eine Hose und Thal musste sich ein leichtes Bedauern über diese Kleiderwahl eingestehen.

»Du siehst nicht gerade frisch aus, Alex.«

»Danke für das Kompliment«, brummte er. Sein Handy klingelte und auf dem Display erschien seine eigene Telefonnummer. Was für eine Tag war heute? Sonntag. Seine Zugehfrau hatte sich wegen der vielen anderen Putzstellen, die sie inzwischen hatte, angewöhnt, am Wochenende zu ihm zu kommen. Bei ihm gäbe es so wenig zu tun, das sei genau das richtige für einen eigentlich freien Tag. Angerufen hatte sie ihn allerdings noch nie.

»Guten Morgen, Tamara. Was gibt es so Dringendes?«

»Wasser. Kommen aus Wand. Viel Wasser. Ich nicht wissen, wo abstellen.«

»So ein Mist«, fluchte Thal, senkte aber sofort die Stimme, um die völlig aufgelöste Tamara Koloschek nicht noch mehr aufzuregen. »Ich komme. Bin in fünf Minuten da.«

Madlaina sah ihn fragend aus großen Augen an.

»Bei mir im Haus ist wohl ein Wasserrohr geplatzt, ich muss mich rasch darum kümmern. Geh du zu den anderen und sag ihnen, dass wir zwölf Uniformierte bekommen. Bettina weiß, was zu tun ist.«

## Sonntag, elf Uhr fünfzehn

»Er geht nicht dran. Weder ans Festnetztelefon in der Wohnung noch an sein Handy.« Bettina legte den Telefonhörer aus der Hand. Es sah Thal überhaupt nicht ähnlich, sich in einer derart wichtigen Phase der Ermittlungen nicht zu melden. Andererseits war ein Wasserrohrbruch auch keine Kleinigkeit, da konnte man schon mal kopflos werden. Die Observationsteams hatten sie inzwischen eingeteilt, alle waren entweder bereits auf ihren Posten oder auf dem Weg dorthin. Madlaina hatte ganze Arbeit geleistet und die Bewachung der Schweizer Mitarbeiter von Lichter und Schwarz durch eidgenössische Polizeibeamte erreicht. Anscheinend funktionierte so etwas im Nachbarland unbürokratischer als auf dieser Seite der Grenze.

»Weißt du, was mich verrückt macht, Bettina?« Madlaina holte einen Schminkspiegel aus der Tasche und zog ihren Lippenstift nach. »Dass wir noch immer keine tragfähige Hypothese über den Täter haben.«

Bettina musste ihr recht geben. Sie tappten im Prinzip völlig im Dunkeln, auch wenn die Wahrscheinlichkeit, dass sich jemand an den Verkäufern von betrügerischen Immobilienfonds rächen wollte, recht groß war. Das Problem war der kaum einzugrenzende Kreis von Verdächtigen. Außerdem kannten sie nur wenige Kunden von Lichter und Schwarz. Vermutlich könnte ihnen Gruber diese Informationen liefern, aber der war noch immer wie vom Erdboden verschluckt.

»Weißt du noch, was der Täter im zweiten Video gesagt hat?« Die Schweizerin kontrollierte den korrekten Sitz ihrer Frisur, soweit man bei ihr davon überhaupt sprechen konnte. »Sie hätten ihm alles genommen. Seine Familie ...

und wo weiter. Wir haben das so interpretiert, dass er ein Vermögen verloren hat und seine Frau ihm weggelaufen ist. Was wäre, wenn das aber viel konkreter ist?«

Der Gedanke war Bettina auch schon gekommen, aber jetzt, wo Madlaina es aussprach, konkretisierte er sich plötzlich. »Du meinst, seine Familie könnte tot sein?«

»Ja, aber nicht einfach gestorben. Ich denke eher an eine Familientragödie. Selbstmord vielleicht. Wenn wir nur wüssten, wo sich das abgespielt hat.«

Bettina war sich sicher, dass der Täter am Bodensee lebte. Warum sonst sollte er die Leichen hier ablegen: Auf dem See, auf der Grenze, vor der SpaBaKo. Da gab es kein Muster, zumindest erkannte sie keins. Trotzdem: der Täter kam von hier.

Madlaina schaute aus dem Fenster und sagte mehr zu sich selbst als zu ihrer deutschen Kollegin: »Es müsste doch etwas in der Zeitung gestanden haben.«

Sie hatte recht. Bettina ging zum Computer und befragte Google. Alle Suchbegriffe, die ihr einfielen, brachten zwar Ergebnisse, aber keinen Hinweis auf eine familiäre Tragödie am Bodensee. Am ehesten würden die Lokalredakteure etwas wissen, vielleicht konnte Tobias eine Rundmail an seine Kollegen schicken. Madlaina war von diesem Vorschlag begeistert. »Am besten gehen wir gleich selbst in die Redaktion, sonst schiebt das dein Ex womöglich auf die lange Bank.«

Bettina zuckte bei Madlainas flapsiger Bemerkung zusammen, stimmte aber zu. Sie hatten keine Zeit, wer weiß, wann der Täter wieder zuschlagen würde.

## Sonntag, elf Uhr dreißig

Was für eine bigotte Stadt. Wie vielen Kirchgängern war er bei seinem Gang durch die sonntäglich ruhigen Straßen begegnet? Ein paar Dutzend, mehr nicht. Aber an Weihnachten waren die Messen dann voll. Ihm konnte es egal sein, er würde kein Christfest mehr erleben. Er schaute auf sein Smartphone. Rückständig war Konstanz auch noch, es gab kaum offene Internetzugänge. Die Cafés hüteten ihre W-LANs wie Augäpfel. Nur Gäste sollten in den Genuss dieses Angebots kommen. Schmarotzer mussten draußen bleiben. Aber da! Der Balken, der die Netzstärke anzeigte, wanderte immerhin bis zum zweiten Strich. Und der Netzzugang war ungesichert! Es gab noch altruistische Wirtsleute in dieser Stadt. Er kicherte in sich hinein. Mit ein paar schnellen Bewegungen über den Bildschirm öffnete er sein E-Mailprogramm. Den Text hatte er bereits geschrieben. Er berührte den Button mit der Aufschrift »Senden«. Ein kleines Briefchen flog über den Bildschirm. Die E-Mail war wegen ihres Anhangs recht groß und so dauerte es eine halbe Minute, bis die erlösenden Worte erschienen. »Nachricht gesendet.« Jetzt würde alles gut.

## Sonntag, elf Uhr fünfunddreißig

Tobias zierte sich zunächst, schließlich hatten die Kollegen oft vertrauliche Informationen. Gerade bei so einem Familiendrama, wenn es denn eines gegeben hatte, schützte man in vielen Fällen die Betroffenen, in dem man nicht berichtete. Dieses Vertrauen durfte er jetzt nicht aufs Spiel setzen.

Nora Lotz kam ins Büro und setzte sich demonstrativ auf Tobias' Schreibtisch, der ihr kurz über den Rücken streichelte. Es war eine Demonstration der Zweisamkeit, die Bettina als demütigend empfunden hätte, wäre der Druck, der auf ihr und dem ganzen Team lastete, nicht so groß gewesen.

»Euch ist anscheinend gar nicht klar, dass ihr mit eurem Artikel die Lage dramatisch verschärft habt. Wir wissen nicht, wer der Täter ist und in welcher psychischen Verfassung er sich befindet. Der Bericht hat auf jeden Fall den Druck auf ihn erhöht und das kann zu nicht kalkulierbaren Reaktionen führen.«

»Das ist nicht unser Problem«, erwiderte Nora Lotz kalt. »Wir berichten über das, was wir wissen. Im Übrigen: Ohne meine Rechercheergebnisse zum O.L.O. würdet ihr vollständig im Dunklen tappen.«

Madlaina mischte sich ein und Bettina war ihr dankbar, auf den Boden der Professionalität zurückgeholt zu werden. Sie durfte sich von Nora Lotz nicht provozieren lassen. Madlainas gelassen vorgetragener Vorschlag gab ihr die Zeit zum Durchatmen.

»Schreibt doch eine Rundmail an die Lokalredaktionen rund um den See. Dann können deine Kolleginnen und Kollegen immer noch entscheiden, ob und was sie uns mitteilen. Im Übrigen geht es hier ja nicht darum, vertrauliche Informationen zu veröffentlichen, sonder um die Aufklärung von drei Mordfällen.«

»Bis jetzt drei ...«, ergänzte Bettina.

Für einen Moment herrschte Schweigen, ehe Nora aufstand. »Ich schicke die Mail. Das ist besser, als wenn du es machst, Tobias. Ich bin die Neue und mir würde ein Fehler eher verziehen.«

Bettina verstand das Signal. Nora war jetzt diejenige, die sich um Tobias kümmerte. Sie schluckte ihre Wut und ihren Frust herunter. Es war Zeit, dass sie die Situation akzeptierte, wie sie war.

Ein Piepton signalisierte den Eingang einer E-Mail. Tobias schaute Nora nach, während er die Nachricht öffnete. Als er den Kopf zum Bildschirm drehte, veränderte sich seine Gesichtsfarbe innerhalb von Sekunden. Er öffnete den Mund nur einige Zentimeter. Sein Stöhnen ließ Bettinas Blut gefrieren.

## Sonntag, zwölf Uhr zwanzig

Es musste ihm gelingen, die Karussellfahrt in seinem Kopf zu stoppen. Er versuchte, sich zu erinnern, wie er in der Phase exzessiven Trinkens nach Leahs Tod morgens den Schwindel besiegt hatte. Richtig, er musste einen Punkt fixieren. Gar nicht so einfach in der Dunkelheit. Gegenüber gab es einen helleren Fleck an der Wand. Vermutlich war hinter ihm ein nicht hundertprozentig abgedunkeltes Fenster oder zumindest eine kleine Öffnung in der Wand, vielleicht auch ein Türschloss, durch das ein winziger Lichtstrahl auf eben jenen Punkt fiel. Er konzentrierte sich auf diesen leicht schimmernden Fleck. Tatsächlich nahm der Taumel in seinem Kopf ab. Seine Pupillen weiteten sich und nach und nach konnte er Konturen unterschieden. Der Lichtpunkt befand sich auf einer Struktur, die aussah wie Holz. Eine alte Planke vielleicht? Was war nur mit seinem Kopf los? Woher kam der Schmerz? Und warum fiel es ihm so schwer, etwas zu sehen. Licht gab es genug, stellte er fest. Da war nicht nur ein kleines Loch, da brannte eine helle Lampe über ihm. Doch die Wand gegenüber war dunkel, während alles andere in gleißendes Licht getaucht war. Er bewegte den Kopf nach rechts und ein stechender Schmerz schoss in seine Schläfen. Er wollte die Hand an den Kopf führen, aber er konnte es nicht. Vorsichtig lenkte er den Blick nach unten. Seine Unterarme waren mit Stahlbändern an die Lehnen eines Stuhls gefesselt und so fixiert, dass er nicht einen Millimeter Spielraum hatte. Er hob den Kopf und erneut überfiel ihn der Schmerz und löschte das Licht. Es war nicht dunkel im Raum, sondern sein Hirn spielte ihm einen Streich. Er hatte einen Schlag bekommen. Aber wo? Was war passiert? Er erinnerte sich an das Präsidium. Er hatte mit Madlaina gesprochen. Er wollte ihren Namen rufen, aber es kam nur ein Krächzen aus seinem Mund. Dabei bemerkte er einen ekligen Geschmack. Er tastet mit der Zunge in seinem Mund herum. Stoff. Er war gefesselt und geknebelt. Wo war er? Wie war er hier hergekommen? Wasser. Da war etwas mit Wasser. Aber was? Die Dunkelheit wich einem diffusen Licht. Er durfte den Kopf nicht zu schnell bewegen, wollte er etwas sehen. Schnelle Bewegungen knipsten das Licht in seinem Hirn aus. Also langsam. Er hob den Kopf, so weit es ging. Über ihm sah er einen weißen, eckigen Kasten, aus dem ein Kabel nach unten hing. Er folgte der Schnur. Es war ein Stromkabel. Eingesteckt. Was auch immer das über ihm war, es wurde mit Strom versorgt.

Er musste sich erinnern. Das ging am besten mit geschlossenen Augen. Er lehnte den Kopf vorsichtig nach hinten. Der Schmerz war erträglich. Wasser in der Wohnung, das war es. Er hatte einen Wasserrohrbruch. Er war nach Hause gerannt, denn sie hatten keine Zeit. Warum nicht? Egal. Er hatte nie Zeit. Also war er gerannt. Ins Haus, die Treppen hinauf, in die Wohnung. Er hatte sie gerufen. Wen? Madlaina? Bettina? Nein, die waren im Präsidium. Tamara! Er atmete tief durch vor Erleichterung. Die Erinnerung war nicht weg, sie war nur weggesperrt in einen entfernteren Winkel seines Gehirns. Aber er hatte sie gefunden. Als er in die Wohnung gekommen war, hatte er Tamaras Namen gerufen. Sie war in der Küche gewesen. Er hatte ihre Panik gehört, die Tür aufgerissen.

Er verlor die Erinnerung. Alles schwarz. Langsam führte er den Kopf nach unten. Es kam ihm wie eine halbe Stunde vor, bis er die Lider äußerst vorsichtig öffnete. Er sah die Wand gegenüber und auf ihr das Stück Holz. Der helle

Fleck kam nicht vom einfallenden Licht, sondern war ein Farbspritzer. Das Holz war länglich wie eine Keule, die schräg an die Wand gehängt war. Er führte die Augen nach oben und wie in Zeitlupe kam das Ende des Holzstücks in sein Blickfeld. Eisen. Es war keine Keule. Es war ein Beil. Dreckig war es. Nein, nicht dreckig. Blutverschmiert.

## Sonntag, dreizehn Uhr zehn

Schober saß kreidebleich an der Spitze des Konferenztisches und trommelte mit einem Bleistift auf seinen Handrücken. Bettina hatte ihn noch nie so schockiert gesehen. Auf der Leinwand das Standbild von Thal, gefesselt an einen Stuhl mit hoher Rückenlehne.

»Lass es noch mal laufen«, bat Grendel. Als Stephanie das Video auf dem Notebook startete, stöhnte der Kriminaldirektor auf. »Muss das sein?«

»Ja verdammt!« Bettina bedauerte ihre viel zu laute Stimme und sagte wesentlich leiser. »Jedes Detail kann wichtig sein. Wenn es sein muss, schauen wir uns dieses Video noch hundert Mal an.«

»Schon gut«, flüsterte Schober.

Der Film dauerte eine Minute und sieben Sekunden. Die Kamera stand vermutlich auf einem Stativ, zumindest war das Bild absolut ruhig. Thal saß in einem Stahlsessel, auf der Sitzfläche ein dickes Kissen mit Lederbezug. Der Stuhl wirkte fast wie ein Thron, allerdings ohne Verzierungen, sondern in schlichter, fast strenger Formensprache. Die Lehne überragte Thals Kopf um zehn Zentimeter. Seine Arme und Beine waren mit glatt polierten Stahlbändern mit Spannschloss fixiert.

»Stopp!« Auer stand auf und ging an die Leinwand. »Das sind Bandschellen, wie man sie zur Befestigung von Rohren benötigt.«

»Ja und?« brummte Wagner, als sähe er gerade einen spannenden Krimi und wäre ungehalten wegen der Unterbrechung.

»So etwas hat doch nicht jeder im Haus«, verteidigte sich Auer.

»Nicht jeder, aber alle Heimwerker. Bei mir finden sich davon einige in der Werkzeugkiste.«

Auer schlich geknickt auf seinen Platz zurück.

»Ich finde den Stuhl bemerkenswert«, sagte Stephanie Bohlmann, bevor sie den Film erneut startete. »Schaut euch den genauer an.« Nach zehn Sekunden stoppte sie wieder. »Das ist doch kein herkömmlicher Sessel, den man in irgendeinem Möbelgeschäft kaufen kann.«

»Da wäre ich mir nicht so sicher. Heutzutage werden doch die unbequemsten Sitzmöbel als letzter Designerschrei verkauft.« Wieder zerstörte Wagner den winzigen Hoffnungsschimmer eines Ermittlungsansatzes. Stephanie Bohlmann ließ sich davon aber nicht beeindrucken. »Ihr könnt sagen, was ihr wollt, aber von diesem Stuhl gibt es, wenn überhaupt, nur wenige Exemplare.«

Bettina wunderte sich über die Bestimmtheit, mit der die Kollegin diese Vermutung äußerte. Aber sie hatte recht, sie mussten jeder Idee nachgehen, so viele waren es nicht. Sie wandte sich an Auer: »Frank, du druckst dir ein Standfoto aus, auf dem man den Sessel gut sehen kann und klapperst die besseren Möbelgeschäfte der Stadt ab. Vielleicht finden wir ja heraus, wo das Stück verkauft wurde.«

»Gute Idee!« Schobers Stimme klang fester. »Wenn wir Glück haben, erinnert sich der Verkäufer bei so einem Stück daran, wer es erworben hat.«

»Es ist Sonntag! Schon vergessen?« Wagners Einwurf ließ die Hoffnung einer Spur zerplatzen. Sie konnten die Verkäufer erst morgen befragen.

»Moment!« Auer sprang auf und holte das unsägliche Sonntagsblatt aus dem Papierkorb. Er blätterte auf die zweite Seite und hielt sie triumphierend in die Höhe. Die Überschrift über einen ganzseitigen Artikel lautete: »Droht

Konstanz am heutigen Verkaufssonntag ein Verkehrskollaps?«

Ein kollektives Aufatmen war zu hören. Madlaina, die bisher schweigend in der Runde gesessen hatte, kam ohne Umschweife zur Sache zurück.

»Aber mach Alexanders Gesicht auf dem Foto unkenntlich.«

Stephanie ließ das Video weiterlaufen. Nach etwa zehn Sekunden wackelte die Kamera, ehe sie abrupt nach oben geschwenkt wurde. Über Thals Kopf hing eine selbst gebaute Digitalanzeige. Die Ziffern liefen rückwärts. »18:23:11 ... 18:23:10 ... 18:23:09 ...«

»Eindeutig ein Countdown«. Bettina erschauerte, weil Wagner die schreckliche Tatsache so ruhig und sachlich aussprach. Aber er hatte recht. Wenn sie Alexander retten wollten, mussten sie ihren Verstand benutzen, nicht ihre Gefühle.

»Fragt sich nur, was in gut achtzehn Stunden passieren wird«, sagte sie mehr zu sich selbst, als zu den anderen.

»Was gibt es da zu fragen«, antwortete Wagner. Alle wussten, dass er auch damit recht hatte. Trotzdem schwiegen sie entsetzt. »Im Übrigen: Die Uhr mit dem Countdown wurde ja schon vor einiger Zeit aufgenommen. Wir haben also weniger Zeit.«

Grendel räusperte sich. »Den Aufnahmezeitpunkt werden wir versuchen über die Datei herauszubekommen, darüber sollten wir jetzt nicht rätseln. Habt ihr irgendeine Idee, was das für ein Raum sein könnte?«

Stephanie ließ den Film ein Stück zurücklaufen.

»Ich tippe auf einen Kellerraum. Seht euch das Rohr an, so etwas hat man nicht in einer Wohnung.«

Links vom Stuhl, auf dem Thal wehrlos saß, war ein Teil eines plastikummantelten Rohres zu sehen.

»Ein Wasserrohr«, ergänzte Grendel.

»Na, dann ist das ja alles kein Problem mehr. Wie viele Keller gibt es in der Stadt?«

»Halt den Mund, Klaus!« Bettina sprang auf und blickte Wagner mit funkelnden Augen an. »Wir versuchen hier Indizien zusammenzutragen, um den Raum zu finden, in dem Alexander Thal, unser Kollege und Freund, jawohl, unser Freund, gefangen gehalten wird. Wir haben nur ein paar Stunden Zeit, ihn zu befreien. Wenn es uns nicht gelingt, wird er sterben. Oder hast du da irgendwelche Zweifel?«

Wagner senkte den Blick.

»Gut«, sagte Bettina. »Dann ist das geklärt.«

## Sonntag, vierzehn Uhr fünfzehn

Der Geruch machte sie fertig. Bettina atmete so flach es ging, um möglichst wenig von diesem typischen Krankenhausduft aufzunehmen. Am liebsten hätte sie einen der Kollegen geschickt, aber Wagner und Auer machten sich nach der Besprechung sofort auf, die Möbelgeschäfte abzuklappern und Stephanie sollte Nora Lotz und Tobias Thal bei der Recherche im Zeitungsarchiv zur Seite stehen. Zum Glück war Madlaina bei ihr und sie musste den Besuch bei Tamara Koloschek nicht allein hinter sich bringen. Thals Putzfrau hatte einen Verband um den Kopf, der aussah wie in einer schlechten Filmkomödie. Sie lag in einem Einzelzimmer und schlief, als die beiden Polizistinnen eintraten. Als Bettina sie vorsichtig am Oberarm berührte, schreckte sie hoch und stöhnte vor Schmerzen. Madlaina stellte sich vor und erkundigte sich nach ihrem Befinden. Sie löste einen Wortschwall in gebrochenem Deutsch aus, der aber immerhin so konkret und präzise war, dass sie den Tathergang rekonstruieren konnten. Es hatte an ihrer Tür geklingelt. Als sie durch den Spion sah, was sie immer tat, schließlich wusste man ja nie, wer einen überfiel, stand der Besucher mit dem Rücken zu ihr. Sie öffnete die Tür einen Spaltbreit. Als sie sah, dass der Unbekannte eine Skimaske über dem Kopf trug, war es zu spät. Er drückte die Tür auf und sie zu Boden. Dabei schlug sie hart mit dem Kopf auf und wurde ohnmächtig. Als sie wieder zu sich kam, lag sie in der Küche, Arme und Beine gefesselt. Der Eindringling zwang sie mit dem Küchenmesser an ihrem Hals - ja, sie hatte Todesangst -, Thal anzurufen und ihm das Märchen vom Wasserrohrbruch zu erzählen. Als Thal die Tür aufschloss und nach ihr rief, drückte ihr der Mann das Messer erneut an die Gurgel und zwang sie den Hauptkommissar zu rufen. Danach wusste sie nichts mehr, denn der Verbrecher presste ihr ein ekelhaft riechendes Tuch auf Mund und Nase. Als sie aufwachte, war sie allein und rief die Polizei. Sie konnte den Mann nicht beschreiben. Er war schwarz gekleidet und groß.

Als sich die automatische Eingangstür der Klinik hinter ihnen schloss und sie im Freien standen, atmete Madlaina tief durch. »Puh, die Frau redet ohne Punkt und Komma.«

»Stimmt«, pflichtete Bettina bei und beschleunigte ihre Schritte in Richtung Parkhaus, »nur sagt sie dabei nichts.«

Madlaina brauchte eine Sekunde, um das Wortspiel zu verstehen. »Du hast recht. Aber immerhin wissen wir jetzt, dass es sich um einen Einzeltäter handelt und dass er ein großer Mann ist.«

»Schon da wäre ich vorsichtig. Die Koloschek würde niemals zugeben, dass sie von einem schmächtigen Mann mit zwergenhafter Gestalt zu Boden gerungen wurde. Unter einem Hünen tut sie es nicht.«

Madlaina lachte laut auf und Bettina war froh, dass sie wenigstens für einen kurzen Moment die bedrückende Situation beiseiteschieben konnten. Sie schaute auf die Uhr. Über eine Stunde waren seit ihrer Abfahrt vom Präsidium vergangen. Wie viele Stunden blieben ihnen noch?

## Sonntag, fünfzehn Uhr fünfundzwanzig

»Zeitverschwendung war das, nichts anderes.«

Wagner knüllte die Papiertüte zusammen, der er gerade ein Brötchen entnommen hatte, aus dem eine Frikadelle herausquoll. Bettina spürte Übelkeit aufsteigen, als er in die Semmel biss und mit vollem Mund hinzufügte: »Den blöden Sessel kennt kein Mensch.«

»Ganz so war es nicht, Klaus«. Frank Auer pumpte eine Tasse Kaffee aus der auf dem Tisch stehenden Drei-Liter-Thermoskanne. »Der Inhaber von Möbel Katz war sich absolut sicher, dass dieser Stuhl in keinem Programm eines namhaften Herstellers zu finden ist. Er meinte, es müsste sich um ein Unikat handeln. Vielleicht baut jemand so etwas als Hobby oder es handelt sich um eine Examensarbeit.«

»Na super! Da haben wir den Typen ja schon fast identifiziert«, sagte Wagner mit vollem Mund.

Bettina stand kurz davor, erneut aus der Haut zu fahren, aber Madlaina legte ihr die Hand auf den Arm. »Ich bin Franks Meinung. Es ist nur ein Puzzlestück, aber es kann uns noch einmal helfen.«

Sie beugte sich über die Tastatur ihres Notebooks und verkabelte es mit dem Beamer. Auf der Leinwand erschien eine Stundenanzeige, die im Sekundentakt rückwärts lief. »Grendel hat mich angerufen. Das Video enthält einen Zeitstempel. So konnte ich rekonstruieren, wann der Countdown bei Null ankommen wird. Das ist in genau vierzehn Stunden, achtundzwanzig Minuten und dreiundvierzig Sekunden so weit. Oder anders ausgedrückt: Morgen früh um sechs Uhr.«

Alle starrten auf die riesige Digitalanzeige, deren Sekunden unaufhörlich rückwärts zählten. Als niemand etwas sagte, glaubte Madlaina sich verteidigen zu müssen. »Ich dachte, es wäre eine gute Idee, wenn wir Thals Countdown immer vor Augen haben. Es mahnt uns, keine Zeit zu verlieren.«

Obwohl es im Raum absolut ruhig blieb, glaubte Bettina ein kollektives Aufstöhnen zu hören. Der Klingelton ihres Handys zerriss die Stille. »Hallo Bettina.« Sie hielt den Atem an, als sie Tobias' Stimme hörte. »Wir haben eine Forderung, ich schicke sie dir in dein E-Mail-Postfach.«

Ohne ein Wort zu sagen, rannte Bettina aus dem Besprechungsraum in ihr Büro und ließ sich auf den Schreibtischstuhl fallen. Die Nachricht war schon eingegangen.

»Für Tobias Thal.

Dass Ihr Vater in meiner Gewalt ist, haben Sie gesehen. Wie lange er noch zu leben hat, wissen Sie ebenfalls. Sie können Ihn retten.

Enttarnen Sie Lichter und Schwarz als das, was es ist.

Berichten Sie über die Betrügereien und die Opfer.

Nennen Sie Jakob Gruber einen Verbrecher.

Wenn in der morgigen Ausgabe des Südkurier kein Artikel mit der Überschrift »Lichter und Schwarz - größtes Betrugsunternehmen am Bodensee« steht, stirbt Ihr Vater auf die gleiche Weise wie Rhomberg. Aber sehen Sie selbst!«

Bettina starrte auf den Bildschirm. Die Absenderadresse lautete mors@email.de.

»Unser Mann ist klassisch gebildet.« Bettina erschrak. Sie hatte nicht mitbekommen, dass die anderen den Raum betreten hatten und hinter ihr standen. Alle hatten die Mail gelesen. Stephanie sah Wagner fragend an. »Was meinst du mit klassisch gebildet, Klaus?«

»Den Absender. Mors ist der römische Gott des Todes.«

Bettina stand auf. Sie fühlte sich dem, was der Film zeigen würde, nicht gewachsen. »Grendel muss sich das ansehen. So schnell wie möglich. Woher wurde die E-Mail geschickt? Gibt es auf dem Video irgendetwas, das uns weiterbringt? Er muss doch irgendwann mal einen Fehler machen.«

»Der Tod macht keine Fehler«, brummte Wagner.

»Da irrst du dich, Klaus.« Wieder kam Madlaina mit einem sachlichen Einwand einem Wutausbruch Bettinas zuvor. »Wir kennen jetzt sein Motiv. Er will sich an Lichter und Schwarz rächen. Das heißt im Umkehrschluss, dass diese Firma, und in erster Linie Jakob Gruber, der Schlüssel zum Täter sind.«

Als Wagner Luft zu einer Entgegnung holte, schaute Madlaina ihn derart streng an, dass er seinen Einwand, dies nütze nichts, solange Gruber spurlos verschwunden sei, herunterschluckte.

Bettinas Handy klingelte erneut, auf dem Display dieselbe Nummer. »Ich habe es gesehen, Tobias.«

»Schlimm, nicht?« Es war nicht Thals Sohn, sondern Nora Lotz. »Aber vielleicht haben wir da was.«

Ohne jede Erklärung abzuwarten, schrie Bettina atemlos in den Hörer: »Ich bin in zehn Minuten bei euch.«

## Sonntag, fünfzehn Uhr fünfzig

Thal hustete. Er hatte ihm den Knebel aus dem Mund genommen, das pelzige Gefühl war aber geblieben.

»Trink!«

Er führte einen Strohhalm in Thals Mund, der gierig das abgestandene Wasser aufsaugte. Als mit gurgelndem Geräusch nur noch Luft durch das Trinkrohr kam, nahm er mit hektischer Bewegung die Flasche weg und stopfte den Knebel erneut in den Mund. Thal würgte.

»Weißt du was?«

Thal wunderte sich über die Stimme des Mannes. In den Videos war sie grotesk verzerrt, in Wirklichkeit sprach er sanft und ruhig.

»Nein, du weißt es nicht«, sagte er und lachte. »Aber ich werde es dir erzählen. Stück für Stück. Du musst mir wenigstens zuhören.« Wieder lachte er. »Die anderen hat es nicht interessiert, sie winkten jedes Mal ab, wenn ich auf die Wahrheit zu sprechen kam. Die hat es ohnehin schwer, in diesen Zeiten. Die Wahrheit ist nicht gefragt. Sie wollten alle glauben, dass ich ein Versager bin, der sein ganzes Vermögen durchgebracht hat.«

Er trat einen Schritt zurück und stellte die Trinkflasche auf den Boden. Dann dreht er sich um. Thal sah sein Gesicht und wusste, dass sein Schicksal besiegelt war.

»Wir sollten am Anfang beginnen und nicht am Ende. Du sollst die ganze Geschichte hören. Wir haben Zeit. Noch haben wir Zeit.«

## Sonntag, siebzehn Uhr dreißig

»Sprich lauter, Hartmut, ich kann dich kaum verstehen«, schrie Bettina in ihr Handy.

Der Motor des Wasserschutzpolizeibootes heulte auf, als sie den Konstanzer Trichter verließen und vorbei am Strandbad Horn in den Überlinger See fuhren. Nachdem Bettina Kriminaldirektor Schober über Noras Vermutung informiert hatte, stellte er sofort den Kontakt zu den Überlinger Kollegen her und organisierte das WaPo-Schiff. Auf herkömmlichem Weg wären sie zu lange unterwegs gewesen.

Obwohl Grendel betont gelassen klingen wollte, spürte Bettina, wie schwer es dem Techniker fiel, über das jüngste Video des Täters zu sprechen.

»Ehrlich gesagt«, begann er seinen Bericht, »habe ich lange kein ekligeres Splatterfilmchen gesehen als das.«

Bettina ahnte, dass er in Wirklichkeit noch nie auch nur annähernd etwas vergleichbar Grausames hatte ansehen müssen.

Das Video begann früher als die beiden anderen und zeigte auch die Amputation des Unterarms von Max Rhomberg. »Er hat ihm die Hand ... «, Grendel stockte einen Moment nach dem richtigen Wort suchend, »abgehackt wie ein Schlachter. Mit einem alten Beil übrigens, wie man es auch zum Holzhacken verwendet.« Grendel wartete nochmals einige Sekunden und erst als Bettina nichts fragte, berichtete er weiter. Beruhigend sei, dass die Opfer allem Anschein nach nichts gespürt hätten. Die von Restle beschriebene Betäubung schien gut funktioniert zu haben, Rhomberg habe nicht einen Ton von sich gegeben, das Entsetzen in seinem Blick, als der Täter den Arm mit drei Schlägen abhackte, werde er allerdings nie vergessen. Bettina schloss die Augen und konzentrierte sich darauf, den aufsteigenden Würgereiz zu unterdrücken.

»Der Film war dieses Mal übrigens bearbeitet. Es gibt zwei Schnitte. Einen nach der Amputation und den anderen, nachdem Rhomberg ein paar Namen von Mitarbeitern von Lichter und Schwarz genannt hatte. Der mittlere Teil entspricht weitgehend dem, was wir schon von den anderen beiden Videoaufnahmen kennen.«

»Und der letzte Teil?«

Grendel brauchte einige Sekunden, bis er antwortete. »Der Typ hat die Kamera die ganze Zeit draufgehalten, während Rhomberg verblutete.«

Bettina schwieg.

»Der Mann ist gefährlich, Bettina. Pass auf dich auf.«

Grendel legte auf und erst jetzt fiel Bettina ein, dass sie ihn hätte fragen müssen, ob der Täter selbst im Bild gewesen war und ob er irgendwelche Merkmale erkannt hatte, die ihnen halfen. Sollte sie ihn noch einmal anrufen? Nein, Grendel war Profi und Jahrzehnte im Geschäft. Er hätte so einen entscheidenden Hinweis auf jeden Fall erwähnt. Bettina winkte Stephanie Bohlmann heran, die mit einem Kollegen aus Überlingen telefonierte. Lieber hätte sie einen Mann an ihrer Seite gehabt, aber Wagner konnte sie im Moment nicht ertragen und Auer kümmerte sich mit Madlaina Veicht darum, Kunden von Lichter und Schwarz zu ermitteln.

Stephanie steckte ihr Handy in die Tasche. »Die Kollegen haben so viel Informationen zusammengetragen wie möglich, ein klares Bild ergibt sich aber noch nicht. Es geht um einen gewissen Heiko Pries. Seine Frau Silke nahm sich vor drei Monaten das Leben. Vermutlich wurde sie nicht damit fertig, dass ihr bis dahin florierender Schlossereibetrieb vor dem Bankrott stand. Es gibt Gerüchte, Pries habe sein Geld mit Spekulationen verzockt.«

»Und diesen Mann suchen wir jetzt auf?«

Stephanie schüttelte den Kopf. »Heiko Pries ist seit einer Woche spurlos verschwunden. Wir fahren jetzt zu seiner Mutter, die sich auch um seinen Sohn kümmert.«

»In fünf Minuten sind wir da«, rief der Kapitän des WaPo-Schiffes den beiden Kriminalpolizistinnen zu.

Bettina schaute auf die Uhr und rechnete. Zwölf Stunden. Nicht mehr. Sie zog das Handy aus der Tasche und wählte Tobias' Nummer.

»Hast du den Artikel fertig?«

»Welchen Artikel.«

Bettina musste zwei kräftige Atemzüge nehmen, um nicht los zu brüllen.

»Den Bericht, der morgen in eurer beschissenen Zeitung stehen wird und mit dem du deinem Vater das Leben rettest.«

Tobias schwieg, Bettina hörte nur seinen Atem.

»Ich werde tun, was ich kann. Aber so einfach wird das nicht. Wir haben keine Fakten in der Hand, mit denen sich die Anschuldigungen gegen Lichter und Schwarz oder gegen Gruber untermauern ließen. Es wird nicht einfach ... .«

Bettina spürte, wie Tobias mit sich rang. Er würde alles tun, um seinen Vater zu retten, davon war sie überzeugt. Gleichzeitig spürte sie seine Angst. Er bezweifelte, dass es ihm gelingen würde.

»Was ist los Tobias? Schreib einfach diesen verdammten Artikel.«

»Natürlich. Aber der Rest liegt nicht mehr in meiner Hand.«

Bettina brauchte eine Minute, um zu verstehen, was er meinte. Er hatte recht, denn selbst wenn er den geforderten Bericht schrieb, konnte die Veröffentlichung immer noch verhindert werden. Das bedeutete: Alexander Thals Leben hing davon ab, ob sie den Täter fanden.

Bettina Berg beugte sich über die Reling und übergab sich.

## Sonntag, siebzehn Uhr vierzig

Thals Augen brannten. Sein Hals war schon wieder trocken. Wenn er wenigstens den ekeligen Knebel aus seinem Mund nehmen würde. Er versuchte, es ihm zu sagen, aber der Mann verstand ihn nicht. Vielleicht wollte er auch einfach nicht.

Thal musste mit ihm reden. Der Mann sprach pausenlos, meistens unzusammenhängendes Zeug. Er rächte sich, das war klar. Ihm war unrecht geschehen. Wirklich? Oder meinte er das nur? Thal wusste es nicht.

Beim Versuch, den Knebel aus dem Mund zu spucken, bekam er einen Hustenanfall. Er würgte. Der Mann redete unbeeindruckt weiter. Er war auf einem Kreuzzug und niemand würde ihn stoppen. Schon gar nicht Thal. Er konnte nichts tun. Nur warten. Wie lange? Er wusste es nicht. Er war müde. Sollte er einfach schlafen? Würde der Mann das zulassen?

Thal schloss die Augen.

## Sonntag, achtzehn Uhr zehn

Die bedrückende Stimmung im Haus stand in einem unbarmherzigen Kontrast zu der zur Schau gestellten Bürgerlichkeit. So stellte man sich das Heim einer glücklichen Familie vor - nur war das Glück vor Monaten ausgezogen. Helga Pries hatte Bettina Berg und Stephanie Bohlmann an der Tür empfangen und ins Wohnzimmer geführt. Alles stand an seinem Platz, als käme gleich der Fotograf einer Zeitschrift für schöneres Wohnen. Kein Staubkorn auf dem Boden, kein Krümel eines soeben genossenen Schokoladenplätzchens auf dem Tisch. Über der Lehne des Lesesessels lag akkurat zusammengefaltet eine Kaschmirdecke. Hier wollten Menschen eine Normalität dokumentieren, die ihnen abhandengekommen war, wie ein Blick auf die fettigen und unfrisierten Haare von Heiko Pries' Mutter zeigte. »Nehmen Sie doch Platz, bitte.«

Mit einer fahrigen Bewegung deutete sie auf das Sofa. »Möchten Sie einen Kaffee?«

Bettina schüttelte den Kopf. »Vielen Dank, aber wir haben nicht viel Zeit, Frau Pries.«

Stephanie setzte sich mit kerzengeradem Rücken auf die Kante des Sofas. »Sie haben unseren Kollegen von dem schrecklichen Unglück erzählt.«

Helga Pries schaute starr auf einen Punkt etwa einen Meter vor ihren Füßen.

»Unglück. Ja. Sie hat es einfach nicht verwinden können, die Silke.«

Bettina wusste, dass es klug gewesen wäre, die Trauernde langsam einen Gesprächsfaden aufnehmen zu lassen, aber der Zeitdruck ließ sie ungeduldig fragen: «Was konnte sie nicht ertragen?«

Die Frau zog die Schultern hoch und ließ sie im nächsten Moment wieder fallen, als wäre diese Bewegung über ihre Kraft gegangen. Vor einem halben Jahr war sie vermutlich noch schön gewesen, hatte die Zeit in der Mitte ihres Lebens genossen. Jetzt wünschte sie sich dem Ende entgegen und nur die Sorge um Sohn und Enkel hielt sie davon ab, der Schwiegertochter zu folgen. »Wenn man alles verliert, was man sich in vielen Jahren aufgebaut hat, kann einen das aus der Bahn werfen. Es ist nicht leicht, wenn man weiß, dass einem am Ende nichts bleiben wird.«

Sie ließ einen resignierten Blick durch den Raum schweifen, der an keinem Gegenstand hängen blieb, als könnte sich sonst ihr Herz daran verfangen.

Bettina rutschte ungeduldig auf dem Sofa nach vorne. Stephanie legte ihr für eine Sekunde die Hand aufs Knie, so wie man einen ungestümen Hund beruhigt. Sie hat recht, dachte Bettina. Sie mussten der Frau Zeit geben, sonst würden sie gar nichts erfahren.

»Der Heiko ist ein guter Junge. Fleißig, strebsam. Er wollte immer vorankommen. Das ist doch gut, oder?«

Helga Pries schaute kurz auf, ihre Augen sahen aber an den beiden Polizistinnen vorbei. Fürchtete sie, bei einem direkten Blickkontakt der Realität ins Auge sehen zu müssen? Sie begann mit dem Kopf zu nicken. Langsam und nur wenige Millimeter bewegte sie ihn auf und nieder. »Wenn man etwas erreichen will und Träume hat, ist man bereit, viel zu riskieren. Heiko ist kein Spieler, nicht dass Sie mich falsch verstehen, aber in der heutigen Zeit einen Handwerksbetrieb aufzubauen ist ein riskantes Unternehmen. Der Erfolg gab ihm recht, die Schlosserei lief gut, die Auftragsbücher waren voll, er konnte sich dieses Haus bauen.«

Noch immer nickte sie mit dem Kopf, es schien, als sei sie in einer anderen Welt. Bettinas Handy signalisierte den Eingang einer SMS, aber sie ignorierte es.

»Was ist genau passiert, Frau Pries? Hat Ihr Sohn sein Vermögen verspielt?«

»Wenn er doch nur ins Kasino gegangen wäre! Da hätte er wenigstens eine Chance gehabt. Aber bei diesen Zockern!«

»Wen meinen Sie damit?«, fragte Stephanie und Bettina hörte aus dem leichten Zittern ihrer Stimme, dass sie sich beherrschte, um möglichst gelassen zu wirken.

»Ich kenne keine Namen. Aber eines Tages erzählte Heiko, dass er jemanden getroffen habe, der mit Grundstücken und Häusern handelte. Steinreich sei der Mann und wer für ihn arbeite, bekäme ein Stück vom Kuchen ab.«

Als hätte dieses Wort sie an etwas erinnert, hob Helga Pries den Kopf.

»Was bin ich nur für eine Gastgeberin, ich habe Ihnen ja gar nichts angeboten.«

»Danke Frau Pries, wie wir schon gesagt haben ...«

»Ach ja, sie haben es eilig. Der Heiko hatte es plötzlich auch immer eilig. Und seine Pläne wurden immer größer. Ein Haus direkt am See, als wäre dieses hier nicht gut genug und davor ein Ferrari, als würde der BMW nicht reichen. Auf einmal war alles, was er hatte, nichts mehr wert. Verstehen Sie, was ich meine?«

Die Gier trieb ihn an, dachte Bettina. Habgier war ihr im Beruf bestimmt schon ein Dutzend Mal begegnet, sie wusste, wie mächtig dieser Drang war. Sie fragte Helga Pries, ob sie wisse, welche Anlagen ihr Sohn genau getätigt habe, aber die schüttelte den Kopf.

»Aber irgendwann war alles Geld verloren?«, fragte Stephanie.

»Nicht nur das Geld. Auch die Ehre.«

Bettina bemerkte eine Bewegung. In der Tür stand ein zehnjähriger Junge, in der Hand den Plastikschraubenzieher eines Technikbaukastens. »Guten Tag! Willst du nicht zu uns kommen?«

Der Junge drehte sich um, blieb aber, den anderen den Rücken zuwendend, im Türrahmen stehen.

»Das ist Yannik. Er hat seine Mutter gefunden. Seitdem spricht er nicht mehr.« Helga Pries wandte sich dem Jungen zu und ihr Gesicht hellte sich für eine Sekunde auf.

»Geh in dein Zimmer, Yannik. Ich komme gleich und schaue mir an, was du gebaut hast.«

Der Junge ging mit schlürfenden Schritten wie ein alter Mann davon.

»Er sitzt den ganzen Tag auf dem Boden und baut. Kräne, Bagger, Maschinen, die etwas greifen und transportieren. Die Psychologin sagt, damit kompensiert er seine Unfähigkeit, zu begreifen. Vielleicht wird er es nie verarbeiten, die eigene Mutter erhängt im Badezimmer gefunden zu haben, blau im Gesicht und mit weit aufgerissenen Augen.«

Bettina schaute auf die Uhr. Es blieben weniger als elf Stunden.

»Wann haben Sie Ihren Sohn zuletzt gesehen, Frau Pries?«

»Seit zehn Tagen ist er nicht mehr hier gewesen. Auch er kann mit der Schande nicht leben. Am Ende werde nur ich übrig sein. Ich und der Kleine.«

»Sie meinen ...?«

Helga Pries nickte. »Lebte er noch, würde er anrufen. Er könnte Yannik niemals leiden lassen. Nachdem Silke uns verlassen hatte, kümmerte er sich rührend um den Kleinen. Aber irgendwann ... .« Sie schluckte und wischte sich mit der Hand eine Träne aus dem Augenwinkel. »Seine Kraft reichte nicht.«

Helga Pries blieb schweigend und mit zu Boden gerichtetem Blick sitzen, als die Konstanzer Polizistinnen den Raum und das Haus verließen. Langsam gingen sie durch den Vorgarten zur Straße, wo ein uniformierter Überlinger Kollege in seinem Wagen auf sie wartete. Bettina zog das Handy aus der Tasche und las die SMS.

»Gruber ist aufgetaucht. Frank Auer und Madlaina Veicht sind auf dem Weg zu ihm.«

»Meinst du nicht, wir sollten bei diesem Gespräch dabei sein?«, fragte Stephanie Bohlmann. »Diese plötzlich auftauchenden Wünsche nach einem Haus am See oder einem teuren Sportwagen. Als hätte Pries sich Gruber zum Vorbild genommen.«

Bettina dachte genau das Gleiche. »Komm, wir fahren zum Hafen. Mit der WaPo sind wir in zehn Minuten in Wallhausen.«

## Sonntag, neunzehn Uhr dreißig

»Na, gut geschlafen?«

Hämisch grinste ihn der Mann mit schief gelegtem Kopf an. Thal klimperte mit den Augen, um den Schlaf zu vertreiben. Wie lange war er weggedämmert? Er hatte keine Ahnung, fühlte sich aber nicht erfrischt. Höchstens ein paar Minuten, dachte er. Oder doch eine halbe Stunde?

Der Mann trat einen Schritt zurück. Wie groß er war. Ein Hüne. Er schaute Thal direkt ins Gesicht und sagte, diesmal eher mitleidend:

»Du solltest das lassen, denn du bist dem endgültigen Schlaf näher als du denkst.«

Der Mann trat einen Schritt zur Seite. An der Wand hing der weiße Kasten, der zuvor über Thals Kopf angebracht gewesen war. Es war eine Uhr. Nein, keine Uhr, sondern eine rückwärtslaufende Digitalanzeige. Darunter ein Tisch, auf dem verschiedene Utensilien lagen, die Thal zuvor nicht gesehen hatte. Er erkannte die Aderpresse aus den Videos. Daneben zwei große, antiquiert aussehende Spritzen mit langen Nadeln. Und das Beil. Der Mann hatte es von der Wand genommen, ohne das Blut abzuwischen. Übelkeit stieg in Thal auf. Jetzt nur nicht kotzen mit dem Knebel im Mund. Er konzentrierte sich auf den Kasten. Ja, die Zahlen liefen tatsächlich rückwärts. Er brauchte fünf Sekunden, bis er begriff. Es war der Countdown seines Lebens. Ihm blieben noch zehn Stunden, zwanzig Minuten und fünf Sekunden. Vier – drei – zwei – ...

## Sonntag, zwanzig Uhr zehn

»Auf dass mein Haus voll werde!« Mit großer Geste begrüßte Gruber Bettina Berg und Stephanie Bohlmann. »Je später der Abend, desto reizender die Gäste.« Bettina musste sich beherrschen, nicht aufbrausend zu reagieren. Madlaina Veicht und Frank Auer saßen auf dem ausladenden Designersofa. Auer war die Begeisterung für das Haus vom Gesicht abzulesen. Er konnte den Blick kaum von den bis zum Boden reichenden Fenstern und der Aussicht auf den See wenden. Gruber ging zum Barschrank, nahm zwei Gläser und schenkte Mineralwasser ein. »Ich würde Ihnen ja gerne etwas anderes anbieten, aber ...« Mit entschuldigender Geste wies er auf die beiden anderen, die ebenfalls Wassergläser vor sich stehen hatten. Madlaina Veicht bemerkte, dass Bettina kurz davor stand zu explodieren und wollte das Gespräch an sich reißen. »Wir haben Herrn Gruber über die Ermittlungen und die aktuelle Situation bereits in Kenntnis gesetzt und ihn gefragt, wo er sich in den vergangenen Tagen aufgehalten hat, aber er meinte, das ginge uns nichts an.« Gruber nahm einen Schluck aus einem schweren Becherglas - Bettina tippte auf Whiskey - und sagte, sich dabei die Lippen leckend. »Womit ich völlig recht habe. Aber du sollst es natürlich wissen, Bettina. Ich hatte geschäftlich in Berlin zu tun. Nichts aufregendes, aber hin und wieder muss man sich mit dem einen oder anderen Kunden treffen.«

Gruber sprach derart gelangweilt, dass Bettina ihm gerne eine Ohrfeige verpasst hätte. Auer und Veicht hatten ihm mit Sicherheit erzählt, dass Thal von einem Wahnsinnigen gefangen halten wurde, der bereits drei Menschen auf seinem Rachefeldzug gegen Lichter und Schwarz oder den O.L.O., oder beide, ermordet hatte. Seine herablassende Art war eine bewusste Provokation und er setzte sogar noch einen drauf. »Wie geht es dir? Hast du deinen kleinen Ausflug in die Welt der Mysterien gut überstanden?«

»Gibt es Zeugen für Ihre Reise?«, fragte Auer und nahm damit Bettina die Gelegenheit, Gruber zurecht zu weisen und sich das Duzen zu verbieten.

»Selbstverständlich, aber auch hier sehe ich keine Veranlassung, Ihnen die betreffenden Menschen zu nennen.«

Bettina hätte sich gerne intensiv mit Gruber auseinandergesetzt und ihm gezeigt, dass auch ihm Grenzen gesetzt waren, aber dafür war keine Zeit. Sie mussten zur Sache kommen. »Sagt Ihnen der Name Heiko Pries etwas?«

Gruber lächelte sie schleimig an. »Nein, aber du sagst mir sicher, wer das ist.« Diesmal griff Madlaina Veicht ein und sagte in aggressivem Ton: »Einer Ihrer Kunden, die sie mit ihren betrügerischen Anlagen in den Ruin getrieben haben.«

Gruber stellte das Glas krachend auf den Tisch. »Stopp!« Er stand auf und ging auf Auer und Veicht zu. »Ein solches Wort in der Öffentlichkeit und sie können am nächsten Tag Ihren Schreibtisch räumen. Meine Geschäfte und die von Lichter und Schwarz sind über jeden Zweifel erhaben.«

»Aha, deshalb hat Heiko Pries auch sein gesamtes Vermögen verloren«, sagte Stephanie Bohlmann sichtlich unbeeindruckt. Bettina musste lächeln, weil die Kollegin aufgestanden war, um mit Gruber auf Augenhöhe zu sein. Sie ließ sich tatsächlich nichts mehr gefallen. Der Immobilienmakler giftete zurück. »Wie ich schon sagte, kenne ich diesen Pries nicht. Aber eins müssen Sie wissen: Unsere Renditen sind schwindelerregend hoch. Was glauben Sie, warum? Meinen Sie, wir zahlen zwanzig Prozent Zinsen, weil wir unser Geld auf ein Sparbuch legen? Jeder weiß, dass bei so hohen Profiten Risiken unvermeidlich sind. Wer die nicht eingehen kann, weil ihm das Kapital im Rücken fehlt ...« Er machte eine wegwerfende Handbewegung.

Bettina verschlug diese bodenlose Arroganz fast die Sprache. Der Mann ging über Leichen, das stand fest. Ihn interessierte weder das Schicksal von Heiko Pries noch das von Alexander Thal. Trotzdem musste sie noch einen Satz loswerden. »Seien Sie sich nicht zu sicher, Herr Gruber. Da draußen läuft jemand herum, der Sie im Visier hat. An Ihrer Stelle würde ich die Villa stets gut verschließen und mich drei Mal umsehen, wenn ich auf die Straße trete.«

»Ach Mädchen«, antwortete Gruber und Bettina wäre ihm wegen dieser Anrede am liebsten an die Gurgel gesprungen, »du machst mir keine Angst. Und wenn, würde ich nicht auf euren Verein vertrauen. Ihr könnt ja nicht mal euren Chef schützen, was sollte ich da von euch erwarten?«

Stephanie Bohlmann fasste Bettina mit einem fast schmerzhaft festen Griff am Ellenbogen und zischte in Richtung Gruber: »Halten Sie sich zu unserer Verfügung.« Danach führte sie die Kollegin zur Tür.

Als sie das Grundstück verlassen hatten und zum Wagen gingen, das WaPo-Boot hatten sie zurück geschickt, mit dem Auto waren sie schneller im Präsidium, schüttelte Bettina Stephanies Griff ab. Sie bedauerte diese herrische Geste sofort und entschuldigte sich mit einem Blick, den die Kollegin mit einem Lächeln quittierte. Sie musste sich aber Luft machen und fluchte: »Was ist das für ein Arschloch! Führt uns hier wie kleine Schulkinder vor. Ich wette, dass er Pries kennt.«

Madlaina Veicht trat an sie heran und legte ihr den Arm um die Schultern. »Das bringt uns aber nicht weiter, Bettina. Außerdem wissen wir nicht, ob Pries überhaupt etwas mit den Morden zu tun hat. Bevor wir dafür keine eindeutigen Indizien haben, dürfen wir uns nicht nur auf ihn konzentrieren.«

Bettina wusste, dass Madlaina recht hatte. Für Ermittlungen in verschiedene Richtungen fehlte ihnen aber die Zeit. Wenn sie Thal retten wollten, mussten sie sich für eine Spur entscheiden. Es war wie bei einem Spiel. Sie mussten mögliche Verdächtige einer Art Plausibilitätsprüfung unterziehen. Die entscheidende Frage lautete: Gab es genug nachvollziehbare Gründe, dass Pries als Täter in Frage kam? Lautete die Antwort Nein, standen sie praktisch am Anfang. Bettina wagte nicht daran zu denken, atmete mehrmals tief durch, um sich zu beruhigen und sagte mehr zu sich selbst: »Ich glaube der Mutter, dass ihr Sohn zu einem Selbstmord neigte. Aber trotzdem könnte es sein, dass seine Trauer und sein Selbstmitleid in Hass umgekippt ist und er sich jetzt auf einem Rachefeldzug befindet.«

Madlaina dachte einen Moment nach, ehe sie antwortete. »Ich denke, dass es ihm mehr um die Öffentlichkeit geht, als darum, die Verantwortlichen zu töten. Die Morde sind nur Mittel zum Zweck. Deshalb auch die Folter. Und je mehr er tötet, desto größer die Aufmerksamkeit der Medien.«

Frank Auer saß bereits im Auto und bedeutete den anderen, sich zu beeilen. Bettina winkte ab. Ihr war ein Gedanke gekommen, dem sie nachgehen musste, indem sie ihn aussprach. »Der Mörder foltert seine Opfer, um an die Namen weitere Mitarbeiter von Lichter und Schwarz zu kommen. Er kennt sie also nicht. Das heißt, er war keiner von denen, sondern ein Kunde.«

Stephanie Bohlmann trat mit dem rechten Fuß heftig auf. »Verdammt, du hast recht. Sein erstes Opfer muss er allerdings gekannt haben.«

»Klar«, spann Bettina den Faden weiter und ihre Stimme klang fester und optimistischer als zuvor. »Er kannte Sven Fabri, weil der ihm die Immobilienfonds verkauft hat.«

Bettina drehte sich um und ging schnellen Schrittes zum Auto. Sie mussten sich noch einmal intensiv um Fabri kümmern. Der Name des Täters musste sich in seinen Geschäftsunterlagen finden. Und sie wettete darauf, dass Heiko Preis auf Sven Fabris Kundenliste stand.

## Sonntag, einundzwanzig Uhr fünfzig

Thal hustete. Endlich hatte er ihm den Knebel wieder entfernt. »Bitte, geben Sie mir etwas Wasser.« Er krächzte mehr, als er sprach. Der Mann nahm die Flasche mit dem Trinkhalm und hielt sie ihm vor den Mund. Thal trank gierig. Kurz bevor die Flasche wieder leer war, schoss ihm ein Gedanke in den Kopf. Was er in sich einfüllte, musste irgendwann auch heraus. Er schaute an sich herunter. Seine Hose war durchnässt. Jetzt roch er es auch. Er ekelte sich. Dem Mann schien der Gestank nichts auszumachen. Er trat zurück und machte sich an den Gerätschaften auf dem Tisch zu schaffen.

»Was hat es eigentlich für einen Sinn, wenn Sie mich foltern, bevor sie mich töten?«

Die Frage war ihm spontan eingefallen. Vielleicht hätte er sie besser nicht stellen sollen, der Mann aber reagierte gelassen.

»Gute Frage, aber ich töte ja nicht um des Tötens willen. Jeder Tod diente einem Zweck.«

»Das weiß ich«, sagte Thal und überlegte, in welche Richtung er die Unterhaltung mit dem Täter treiben sollte. Auf einen Zeitgewinn durfte er nicht hoffen, die Uhr tickte unaufhaltsam rückwärts. Bestand die Hoffnung, dass er den Mann von der Sinnlosigkeit eines weiteren Mordes überzeugte? Nein, daran glaubte Thal nicht. Die Unterhaltung war nichts als Zeitvertreib. Damit ihm nicht langweilig wurde bis zum Tod, dachte Thal und hätte fast gelacht.

»Es gibt kleine und große Ziele, müssen Sie wissen.« Der Täter hatte sich die Aderpresse um den Arm gelegt und spielte mit dem Knebel. »Fabri, Ott und Rhomberg mussten sterben, damit ich an die Namen der anderen Verbrecher kam.«

»Warum glauben Sie, dass sie kriminell waren?«, fragte Thal.

»Ich glaube es nicht, ich weiß es. Sie haben Menschenleben auf dem Gewissen. Schicksale, wenn Sie verstehen, was ich meine. Da ist immer nur von großen finanziellen Verlusten die Rede. In Wirklichkeit haben sie mit ihren Betrügereien Existenzen vernichtet. Und das meine ich wörtlich.«

Thal wollte erst widersprechen, unterließ es aber.

»Wissen Sie, was mein größter Vorteil war?«, fragte der Mann und Thal schwieg.

»Ich durfte foltern. Bedauern Sie nicht manchmal, dass Ihnen dieses Instrument verwehrt ist? Es ist so praktisch und bringt einen schnell ans Ziel.«

»Ich bedauere es nicht, ich bin froh, dass es mir verboten ist, Menschen zu martern, um an Informationen zu kommen.«

»Auch dann, wenn Sie dadurch Leben retten könnten?«

»Auch dann.« Thal nickte vorsichtig mit dem Kopf, noch immer bereiteten ihm schnelle Bewegungen Schmerzen. »Meine Frage haben Sie aber immer noch nicht beantwortet?«

Der Mann sah ihn fragend an.

»Warum wollen Sie mich foltern? Ich kann Ihnen keine Informationen liefern.«

»Dein Tod ist ein Fanal. Die Bilder von deinem geschundenen Körper können sie nicht mehr verheimlichen. Endlich werden sie nicht mehr verschweigen können, wer der wirklich Schuldige ist.«

Der Mann drehte sich um und legte die Aderpresse auf den Tisch. Anschließend setzte er sich auf den Boden, stützte den Kopf in die Hände und starrte auf den Countdown. Noch sieben Stunden und fünfzig Minuten.

## Sonntag, dreiundzwanzig Uhr fünfundfünzig

»Das ist nicht dein Ernst.«

Stille am anderen Ende der Leitung. Bettina konnte es nicht glauben, doch Tobias setzte hinzu: »Ich kann nichts mehr tun. Ihr müsst es allein schaffen.«

Erneutes Schweigen.

»Bitte.«

Bettina hörte das Flehen in seiner Stimme. Gab es wirklich keine Möglichkeit mehr? Tobias erklärte ihr, was passiert war. Er hatte den Artikel geschrieben, aber aus der Chefetage des Verlags kam ein klares Nein. Ein derartiges Vorgehen widerspreche allen journalistischen Grundsätzen, der sich die Zeitung verpflichtet sehe. Als Tobias sich nicht geschlagen geben wollte, als er insistierte, dass man doch nicht das Leben eines Menschen auf dem Altar der reinen Lehre vom unabhängigen Journalismus opfern dürfe, dass es sich quasi um eine Notlüge handele, die man in einer der nächsten Ausgaben aufklären könne und für die jeder Leser Verständnis hätte, erntete er nur betretenes Schweigen. Und als Gundlach, der Chef der Anzeigenabteilung ihn anrief, wusste er, dass er endgültig verloren hatte. Die Spar- und Baubank Konstanz hatte von der Sache Wind bekommen und sich direkt an die Herausgeber gewandt. Ein derartiger Artikel schade der gesamten Finanzbranche. Der Direktor Maximilian Böhning höchstpersönlich hatte sich eingemischt. Seine Botschaft war eindeutig. Wenn sich das Blatt auf die Seite der linken Kritikaster der Finanzinstitute - und dazu gehörten auch private Unternehmen wie Lichter und Schwarz - schlagen wolle, bitte sehr. In diesem Fall müssten sie aber auch mit den Konsequenzen leben und das hieß: mit dem Verlust der SpaBaKo als einem der größten Werbekunden.

Am liebsten hätte Bettina sofort aufgelegt, aber sie spürte seine Verzweiflung, als kröche sie leibhaftig durch die Leitung.

»Wir tun, was wir können, Tobias.«

»Ich weiß.«

Bettina beendete das Gespräch und sah auf den Countdownzähler auf der Leinwand. Noch fünf Stunden und dreiundvierzig Minuten. Ein Wimpernschlag. Die Zeit zerrann ihnen zwischen den Fingern. Es kam nur noch auf sie an. Sie blickte sich um. Alle Augen waren auf sie gerichtet.

»Der Artikel erscheint nicht in der Zeitung.«

»Scheiße«, brachte es Auer auf den Punkt.

»Ich wette, da steckt Gruber dahinter«, meinte Wagner. Vermutlich hatte er recht, dachte Bettina. Möglicherweise hatte Gruber Böhning in der Hand. Wenn der Bankdirektor Mitglied des Ordens war, gab es genug kompromittierendes Material. Aber was spielte das schon für eine Rolle? Jetzt gab es nur noch eine Chance: Sie mussten den Ort finden, wo Thal gefangen gehalten wurde.

»Lasst uns ein bisschen herumspinnen. Wo kann unser Mann Alexander eingesperrt haben?«

»Es kann nicht allzu weit entfernt von der Wohnung sein«, sagte Stephanie Bohlmann. Schließlich war Thal verletzt.«

»Und wenn er ihn mit dem Auto abtransportiert hat, als er noch ohnmächtig war?« Wagner spielte wieder den Advocatus Diaboli, der jeden positiven Ansatz zerstörte.

Bettina bezweifelte, dass der Täter ein Auto an Thals Haus herangefahren hatte. Die Gasse war eng, er konnte dort nirgendwo parken. »Der Mann hätte das Risiko eingehen müssen, Thal allein in der Wohnung zu lassen, während er das Auto holte. Anschließend musste er ihn nach unten tragen und im Auto verstauen. Dabei bestand ständig die Gefahr, gesehen zu werden.«

Sie diskutierten noch eine Weile hin und her, waren sich am Ende aber einig, dass Thals Verlies nicht weit von seiner Wohnung entfernt lag. Letztendlich hatte sie das auch nicht weitergebracht, sondern nur dreißig Minuten Zeit gekostet. Blieben fünf Stunden und dreizehn Minuten.

»Haben wir noch andere Verdächtige außer Pries?« Bettina wippte mit dem rechten Fuß schnell auf und nieder. Als sie Stephanie Bohlmanns Blick auf ihr Knie sah, stoppte sie die Bewegung. Frank Auer griff nach einer Aktenmappe auf dem Tisch.

»Im Prinzip kommen viele Kunden von Lichter und Schwarz infrage. Es gibt einige, die inzwischen begriffen haben, dass sie betrogen worden sind. Sie schließen sich sogar schon zu einer Selbsthilfegruppe zusammen und wollen gegen die Machenschaften der Immobilienfirma vorgehen.«

»Du meinst also, es war alles ein Schwindel?« fragte Bettina, die ihre Hand auf ihr rechtes Bein gelegt hatte, um die nervösen Zuckungen unter Kontrolle zu bekommen.

»Ob alles Beschiss war, weiß ich nicht. Ein großer Teil beruhte aber auf Betrug.«

Aus den Aussagen verschiedener Anleger formte sich ein Bild. Die Investoren mussten einen großen Betrag aufbringen. Lichter und Schwarz nahm keine Einlagen unter dreihunderttausend Euro an, versprach dafür aber eine Rendite von zwanzig Prozent, also sechzigtausend Euro im Jahr.

»Und die zahlten sie dann natürlich nicht«, warf Bettina ein.

»Doch, doch«, antwortete Auer und schlug die Aktenmappe zu. Die wurde brav ausbezahlt, natürlich stets verbunden mit der Aufforderung, noch höhere Summen anzulegen. Ab fünfhunderttausend Euro stiege die Rendite auf fünfundzwanzig Prozent.«

»Gingen die Anleger darauf ein?«, wollte Stephanie Bohlmann wissen.

»Nicht alle, aber bei den meisten siegte die Gier.«

»Das sieht schwer nach einem Schneeballgeschäft aus«, warf Wagner ein.

»Wie meinst du das?« Bettina hatte zwar eine dunkle Ahnung, wollte es aber genau wissen.

»Ganz einfach: Ich verspreche jemandem zwanzig Prozent Jahresrendite, wenn er mir dreihunderttausend Euro gibt. Nach einem Jahr biete ich ihm fünfundzwanzig Prozent, wenn er auf fünfhunderttausend Euro erhöht. Geht er nicht darauf ein, kann ich ihm die zwanzig Prozent durchaus auszahlen, es ist ja genug Kapital vorhanden.«

»Was Klaus sagen will«, mischte sich Auer ein, der sichtlich verärgert war, weil ihm der Kollege die Schau gestohlen hatte: »Es muss die ausgelobten Immobilienobjekte gar nicht geben und trotzdem funktioniert das System eine Weile, weil es sich aus sich selbst heraus ernährt. Das gilt natürlich nur so lange, wie ständig neue Anleger gewonnen werden. Außerdem hatte Lichter und Schwarz noch ein Ass im Ärmel. In den Verträgen stand - zwar verklausuliert aber dennoch eindeutig - ein Passus, nach dem ein Totalverlust der Einlage möglich war. Wenn also jemand zu lautstark sein Geld zurückforderte, konnte man ihn auch über die Wupper gehen lassen.«

»So wie Pries«, sagte Bettina mehr zu sich selbst als in die Runde.

»Über den wir allerdings keine Unterlagen bei Fabri gefunden haben«, sagte Wagner.

»Was allerdings nichts heißt«, erwiderte Auer sichtlich genervt von den negativen Bemerkungen des Kollegen. »Auf jeden Fall war Pries Kunde bei der SpaBaKo und die hat ihm letztlich das Genick gebrochen.«

Alle Augen richteten sich fragend auf Auer. »Als die Firma von Pries in kleinere Turbulenzen geriet und er kein finanzielles Polster mehr hatte, weil er alles verfügbare Geld in die Fonds von Lichter und Schwarz gesteckt hatte, weigerte sich die SpaBaKo, die Zinszahlungen für die auf dem Haus liegende Hypothek auszusetzen. Außerdem kündigten sie ihm die Kreditlinie für sein Unternehmen, was für so einen kleinen Laden tödlich ist.«

»Deshalb will Böhning die Veröffentlichung über Lichter und Schwarz mit allen Mitteln verhindern. Er steckt selbst bis zum Hals in der Scheiße.« Bettinas Stimme war mit jedem Wort lauter geworden. Alle schwiegen verlegen. Die Stille wurde durch den Klingelton ihres Handys zerrissen.

»Nora, was gibt's?«, fragte sie hart.

»Wir haben eine Idee, aber dafür brauchen wir eure Unterstützung.«

Bettina schloss die Augen. »Wir sind in zehn Minuten da.«

## Montag, ein Uhr zehn

Thal fiel es immer schwerer, nicht auf den Countdown zu schauen. Vier Stunden und fünfzig Minuten. Der Mann hatte sich auf den Boden gelegt und schlief. Vielleicht würde er die Stunde Null verschlafen. Thal hätte fast gelacht. Oder sollte er ihn wecken, um mit ihm zu verhandeln. Aber worüber? Könnte er ihm einreden, dass er noch eine Chance hätte? Was sollte das sein? Er hatte drei Morde begangen. Jedes Gericht würde ihn lebenslang ins Gefängnis stecken. Das würde der Mann sogar akzeptieren. Sein Ziel aber würde er nicht erreichen, wenn er jetzt aufgab. Dann war er nur der Verrückte Dreifachmörder. Der Mann war klug, er wusste das. Seine einzige Chance bestand darin, dass Thals Leute keine Ruhe geben würden, wenn ihr Chef ermordet worden war. Sie würden die Wahrheit ans Licht bringen. Darauf musste der Mann vertrauen. Vermutlich hatte er sogar recht. Bettina würde Himmel und Hölle in Bewegung setzten, um die Hintergründe der Tat zu ermitteln. Und die anderen stünden ihr zur Seite. Alle. Auch Madlaina.

Thal schloss die Augen und zwang sich zur Ruhe. Er saß hier gefesselt auf dem Schafott. Es war verrückt, aber genauso wie der Täter auf die Frauen und Männer des Kriminalkommissariats eins hoffte, waren sie auch Thals letzte Chance. Sie mussten ihn finden. Er öffnete die Augen. Sie hatten noch vier Stunden und neununddreißig Minuten.

## Montag, drei Uhr vierzig

Bettina blickte in Tobias Thals leere Augen. Dunkle Ringe verstärkten den Eindruck eines angeschlagenen Mannes. Er wusste, dass er versagt hatte. Als die Chefetage beschlossen hatte, den Artikel nicht zu veröffentlichen, blieb ihm nur noch die Hoffnung, dass Bettina und ihr Team seinen Vater retten würden. Er konnte nur zuarbeiten. Es war Nora, die noch Energie genug hatte, einen Plan zu entwerfen. Sie mussten ausgraben und sichten, was jemals über den Selbstmord von Silke Pries speziell und ihre Familie allgemein recherchiert worden war - unabhängig, ob es letztlich für einen Bericht verwendet wurde oder nicht. Dazu brauchten sie so viele Leute wie möglich, denn in der Nacht waren die Redaktionen rund um den See gar nicht oder nur mit einem Mitarbeiter besetzt. Wenn es klappen sollte, mussten die Kripoleute sie unterstützen. Tobias selbst war nach Überlingen gefahren und hatte die Kollegen befragt, die vom Tag des Selbstmordes an die Familie begleiteten. Es gab seitenweise Aufzeichnungen über Gespräche mit Heiko Pries und seiner Mutter, aber keine Hinweise auf Thals Gefängnis. Enttäuscht kehrte er nach Konstanz zurück und saß Bettina gegenüber, die in der Redaktion geblieben war und den Einsatz koordinierte. Auch die anderen hatten noch nichts gefunden. Die Hoffnung schwand von Minute zu Minute.

Auf dem Computerbildschirm erschien zum x-ten Mal in dieser Nacht das E-Mail-Symbol. Tobias klickte es an. Die Nachricht stammte von Nora. Sie hatte Kontakt zu den Journalisten vom regionalen Fernsehsender aufgenommen, die nach der Familientragödie einen kurzen Bericht gesendet hatten. Eine umfangreiche Dokumentation, in der Heiko Pries auch über seine Finanzprobleme sprechen wollte, war in Planung. Es gab bereits mehr als zwei Stunden Material. Nora hatte sich die Sequenzen im Friedrichshafener Studio angesehen.

»Seht euch den Filmausschnitt im Anhang an. Und dann denkt nach!«

Hektisch öffnete Tobias den E-Mail-Anhang und startete das Video. Heiko Pries saß im Wohnzimmer seines Hauses, in dem auch Bettina vor wenigen Stunden mit seiner Mutter gesprochen hatte. Er wirkte müde, fahrig und unkonzentriert. Sein Blick schweifte immer wieder ab. Seine Hände tanzten unruhig auf seinen Oberschenkeln. Der fragende Journalist hinter der Kamera versuchte, das Gespräch mit Alltagsthemen in Gang zu bringen. Pries ging kaum darauf ein, blieb einsilbig, als der Reporter nach seiner Arbeit fragte. Nur ein Mal blitzte es in seinen Augen.

»Haben Sie ein Hobby, Herr Pries?«

Seine Hände legten sich flach und ruhig auf die Oberschenkel.

»Ja, das kann man sagen. Mehr als ein Hobby, eher eine Leidenschaft. Ich spiele Schlagzeug.«

»In einem Orchester, einer Band?«

»Einer Band. Rockmusik. Nichts eigenes, nur Coverversionen.«

Die Aufzeichnung brach abrupt ab. Bettina schaute Tobias ratlos an, der ihr aufmunternd zunickte.

»Das ist doch ein Hinweis.«

»Worauf?«, fragte Bettina und blickte auf ihre Armbanduhr. Noch zwei Stunden und fünf Minuten. Höchstens. Das Telefon läutete. Es war Nora und Tobias aktivierte den Lautsprecher.

»Ihr habt Pries gehört. Wir wissen jetzt, dass er Mitglied einer Rockband war. Ich habe gerade mit seiner Mutter telefoniert. Zu Hause durfte er nicht üben, sie hatte häufig Migräneanfälle und konnte keinen Lärm vertragen. Die Band hatte einen Probenkeller.«

»Wo?«, fragte Bettina atemlos.

»In Konstanz«, antwortete Nora. »Mehr weiß die Mutter leider auch nicht.«

Bettina ließ den Kopf sinken. Es war wie verhext. Immer, wenn sie das Gefühl hatte, einen Schritt vorwärtszukommen, tat sich ein neues Problem auf. Wie zum Teufel sollten sie herausfinden, in welchem Konstanzer Kellerraum oder welcher Garage eine unbedeutende Coverband, deren Namen sie nicht kannten und von der sie nur wussten, dass der Schlagzeuger Heiko Pries hieß, probte. Das würde Stunden brauchen, wenn es ihnen überhaupt gelang. Trotz der Verzweiflung arbeitete Bettinas Hirn auf Hochtouren und während sie eine Träne aus dem rechten Auge wischte und dabei so tat, als habe sie einen Fremdkörper entfernt, entstand eine Idee. Sie kannte keine Musiker, außer .... Wie hieß die Band, die auf Grubers Hauseinweihungsparty gespielt hatte? Halblaut murmelte sie »Jürgen Weidele ...« Tobias ergänzte: »und Friends. Aber die sind es nicht, die kenne ich. Großartige Band, viel zu gut für einen Hobbytrommler wie Pries.«

»Das meine ich nicht«, sagte Bettina. »Aber wenn wir herausfinden wollen, wo die Band, in der ein gewisser Heiko Pries am Schlagzeug sitzt, ihren Probenraum hat, sind Musiker unsere einzige Chance. Die kennen sich doch untereinander.«

Tobias Thal griff seine über der Stuhllehne hängende Jacke. »Komm mit, ich habe da eine Idee.«

## Montag, vier Uhr fünfunddreißig

»Du hast Glück, dass du erst als vierter an der Reihe bist.«

Der Mann stopfte Thal wieder den Knebel in den Mund und zog zwei Spritzen auf. Thal fand, dass er das äußerst fachmännisch machte. In einer anderen Situation hätte er sich bei ihm gut aufgehoben gefühlt.

»Bei den ersten Beiden wusste ich noch nicht, wie lange vorher man das Betäubungsmittel spritzen muss. Bei Fabri hatte die Wirkung schon nachgelassen und bei Ott noch gar nicht richtig eingesetzt.«

Er drückte den Kolben so lange nach oben, bis ein Spritzer Flüssigkeit aus der Nadel kam. Zufrieden klopfte er auf den Zylinder. »Anderthalb Stunden sind genau richtig.« Er schaute auf den Zähler. »Dann wollen wir mal.«

Er legte die Aderpresse um Thals rechten Oberarm und drehte den Knebel so fest er konnte. Der Schmerz schoss in Thals Schulter, aber er biss auf die Zähne. »Das ist gleich vorbei«, sagte der Mann fürsorglich. Er setzte die Nadel knapp unterhalb des Schlüsselbeins an und stach sie ins Fleisch. Langsam drückte er die Flüssigkeit aus der Spritze. Thal spürte, dass seine Schulter warm wurde. Der Mann nahm die zweite Injektionsspritze und setzte sie wenige Zentimeter entfernt. Diesmal spürte Thal den Einstich kaum. Die Betäubung begann zu wirken. Er schaute auf die Uhr. Noch eine Stunde und zweiundzwanzig Minuten.

## Montag, fünf Uhr siebzehn

»Tut mir leid, Peter, aber es ist wichtig.«

Der Bassist, der im sonstigen Leben als Metzger in der besten Konstanzer Fleisch- und Delikatessenhandlung arbeitete, schaute sie aus halb geöffneten, verschlafenen Augen an. Wenn es nicht sein Freund Tobias gewesen wäre, der um diese unchristliche Zeit Sturm läutete, hätte er erst gar nicht aufgemacht.

»Kennen Sie Heiko Pries?«, fragte Bettina hastig. Ihr stand der Sinn nicht nach Small Talk. Sie hatten keine Stunde mehr, Thal lebend zu finden.

»Wie heißt der Mann?« Der Bassist beugte sich nach vorne. Wie bei vielen Musikern hatte sein Gehör unter dem Trommelfeuer von Rock-, Jazz- und Latinrythmen gelitten.

»Heiko Pries. Er spielt Schlagzeug in einer Coverband, die einen Probenraum mitten in der Konstanzer Altstadt haben muss. Nicht allzu weit von der Niederburg entfernt.«

»Heiko Pries ... .« Er murmelte den Namen vor sich hin und zuckte dabei mit den Schultern. »Sagt mir nichts, aber Probenräume in der Altstadt gibt es nicht viele. Selbst die Mietpreise von Kellerlöchern kann man sich in dieser Stadt kaum noch leisten.«

Bloß jetzt keine Diskussion über die ausufernden Kosten eines Lebens am Bodensee, dachte Bettina. »Aber es gibt eine solche Band?«

Er nickte bedächtig mit dem Kopf.

»Ich meine, dass *Elsas Boyfriends* in der Rheingasse proben. Keine Ahnung, womit sie das verdient haben, ihre Musik ist nämlich eher bescheiden, aber ...«

»Genauer weißt du das nicht?«, fragte Tobias. »Die Hausnummer zum Beispiel?«

Der verschlafene Mann schüttelte den Kopf.

»Vielen Dank, Sie haben uns trotzdem sehr geholfen«, rief Bettina dem Musiker und Metzger über die Schulter zu und rannte in Richtung Niederburg. Der Blick auf die Uhr ließ ihr fast das Blut in den Adern gefrieren. Noch vierzig Minuten.

## Montag, fünf Uhr dreißig

Sein rechter Arm war taub. Ihm war kotzübel. Der Mann nahm ihm den Knebel aus dem Mund und zwang ihn, etwas zu trinken. Das Zeug schmeckte eigenartig, ein bisschen bitter, auch salzig. Nicht schlecht eigentlich. Eigenartig, aber nicht ungenießbar. Er spürte seinen Puls am Hals. Sein Herz schlug langsam. Bald würde es stehen bleiben. Er schaute auf den Zähler. Ihm blieben keine dreißig Minuten mehr. Sie schafften es nicht. Dabei hatte er so auf Bettina gehofft. Vergeblich. Schade.

## Montag, fünf Uhr dreiundfünfzig

Clara Hämmerle begriff den Ernst der Lage sofort. Bettina hatte recht gehabt. Wenn überhaupt jemand wusste, wo sich in der Rheingasse der Probenraum einer Rockband befand, dann die Wirtin des Weinwinkel. Es hatte geschlagene fünf Minuten gedauert, bis sie dem Dauerläuten an ihrer Wohnungstür nachgegeben hatte und Bettina sie, ohne Begrüßung oder weitere Erklärung, fragen konnte, ob sie wisse, wo Elsas Boyfriends probten.

»Sind das diese verrückten Hobbymusiker, die glauben, die Musikwelt habe auf sie gewartet?«

Bettina stand nicht der Sinn nach Scherzen und Clara las die Angst in ihrem Gesicht.

»Ja, ja, die üben in einem Gewölbekeller in der Rheingasse. Das muss in dem Haus mit dem Tattoostudio sein. Wie heißt es noch gleich?«

Bettina und Tobias warteten die Antwort nicht ab. Sie zog ihr Handy aus der Tasche und rief Stephanie Bohlmann an, die sie noch auf dem Weg zum Bassisten instruiert hatte, ein Einsatzkommando anzufordern. Die Männer standen bereit.

»Rheingasse. Tattoo-Studio Nadelstich. Schnell!« Bettina brüllte atemlos ins Handy. Sie rannte die Straße hinunter, steckte das Telefon ein und zog ihre Waffe aus dem Holster. Wie lange noch? Fünf Minuten? Höchstens! Vielleicht auch nur noch drei.

## Montag, sechs Uhr

Thal war in einer heiteren Stimmung. Es wird ja auch nicht jedem geschenkt, seinem eigenen Tod so lebendig beiwohnen zu dürfen. Pries kontrollierte die Aderpresse auf korrekten Sitz. Thal spürte nichts. Er konnte die Hand nicht mehr bewegen, so sehr er auch versuchte, eine Faust zu formen. Aber was sollte das auch? Er könnte sie ihm ohnehin nicht ins Gesicht schlagen. Pries nahm das Beil vom Tisch. Warum machte er sich bloß die Mühe, ihn zu betäuben? Er schaute nach vorne. Ach so! Die Kamera war aufgebaut. Er würde auch seinen Tod für die Nachwelt festhalten. Bettina würde zusehen müssen, wie er elendig verreckte. Keine schöne Vorstellung. Und Madlaina würde es auch sehen. Madlaina ... Er lächelte, als er an sie dachte.

Ein ohrenbetäubender Knall zerriss die Stille. Die Tür flog auf. Ein heller Blitz blendete ihn. Noch ein Knall. Mehrere. Thal überlegte, was die Mehrzahl von Knall war? Knaller? Nein, das war etwas anderes. Knalle? Egal. Dumpf waren sie. Oder wurde er langsam taub? Irgendjemand machte sich an seinem Kopf zu schaffen, drückte ihn nach unten. Was sollte das? Wollte der Mann ihn jetzt köpfen? Aber warum betäubte er dann seinen Arm? Das gab doch alles keinen Sinn. Knalle? Knaller? Er wusste es wirklich nicht. Er schloss die Augen. Er war zu müde, um die Antwort zu finden. Jemand schlug gegen seine Wangen. »Alexander! Nicht einschlafen, Alexander. Wir müssen hier raus!«

Er hob den Kopf. Eine Hand wedelte vor seinen Augen. Er konnte nicht erkennen, wer es war. Aber zartgliedrig war sie. Eine Frauenhand. Das gefiel ihm. Er sollte sie fragen. Vielleicht wusste sie die Antwort.

## Fünf Tage später

Die *RockPraxis* in St. Gallen war gesteckt voll. Die *Olsenbande* war so etwas wie der Local Hero der hiesigen Rockmusikszene. Außerdem hatten sie sich im letzten Jahr rar gemacht und nur wenige Konzerte gespielt. Thal schaute fasziniert auf die Bühne. Madlaina bearbeitete konzentriert und mit geschlossenen Augen ihre Gitarre. Sie entlockte dem Instrument wunderbare Riffs, die ihn an die besten Jahre der Stones erinnerten. Ihr Stimme klang wie eine Mischung aus Janis Joplin und Marianne Faithful - mit einem Wort: Sie haute ihn um. Bettina stand neben ihm und sah ihn amüsiert an. Das Stück war zu Ende und Madlaina kündigte die Pause an. Unter tosendem Applaus stieg sie von der Bühne und trat an den Stehtisch, um den sich das gesamte KK 1 gruppiert hatte. Thal hatte sie eingeladen und orderte eine neue Runde Getränke. Madlaina wünschte sich einen Tequila. Passt, dachte Thal. »Wie geht es deinem Kopf?« fragte sie und deutete auf das Pflaster an seiner Schläfe. »Das ist kein Problem, der Arm will noch nicht so richtig.« Noch immer spürte er ein Kribbeln im Unterarm, aber der Arzt machte ihm Hoffnung, dass sich in ein paar Tagen das normale Gefühl wieder einstellen würde. Die Kellnerin brachte die Getränke und Thal hob sein Glas mit Whisky. »Mit links, aber von Herzen. Prost und Danke! Ohne euch stünde ich hier nicht.«

»Das war echt knapp«, sagte Bettina. »Pries hatte schon das Beil in der Hand. Zum Glück hatten wir das SEK dabei, die Jungs haben ihn ruck zuck zu Boden gerissen und entwaffnet.« Sie trank einen Schluck Weißwein. »Du warst allerdings völlig weggetreten. Hast mich aus glasigen Augen angesehen und nicht erkannt. Was hast du da eigentlich immer gefaselt, du hättest da noch eine Frage ... ?«

Thal zuckte mit den Schultern, was einen leichten Schmerz in seinen Hals jagte.

Madlaina hatte ihr Glas geleert und hob es über den Kopf zum Zeichen, dass die Bedienung ihr ein neues bringen sollte. »Woher hatte der Typ eigentlich die medizinischen Kenntnisse, so eine Betäubung durchzuführen?

»Er hatte vor seiner Ausbildung zum Schlosser als Anästhesiepfleger gearbeitet«, antwortete Stephanie Bohlmann. »Als er eine Allergie gegen Desinfektionsmittel bekam, musste er den Beruf an den Nagel hängen.«

Thal schwenkte die Eiswürfel in seinem Glas. »Auf jeden Fall versteht er mehr von der Schlosserei als von der Krankenpflege. Der Metallstuhl war sein Meisterstück, das Ding war gar nicht unbequem. Sollte ich vielleicht kaufen und in meine Wohnung stellen.« Er lachte und Madlaina zeigte ihm einen Vogel.

»Apropos«, sagte Auer, die Geste aufnehmend, »der Staatsanwalt hat heute Nachmittag angerufen. Der Gerichtsbeschluss ist ergangen und Pries bleibt in der Psychiatrie.«

»So wie es aussieht, wird er dort für den Rest seines Lebens hocken«, brummte Wagner, dem sowohl das Lokal wie die Musik und die Musiker suspekt waren. »Er ist nach seiner Verhaftung völlig durchgedreht. In seiner Tasche hatte er genug Gift, um die halbe Stadt unter die Erde zu bringen. Angeblich wollte er sich damit aber nur selbst umbringen, nachdem er den Chef um die Ecke gebracht hatte.«

»Weißt du, was mich bei der Sache am meisten aufregt?«, fragte Madlaina. Sie schaute provozierend in die

Runde. »Ich finde es zum heulen, dass wir Gruber und Böhning nicht mal wegen irgendeines kleinen Vergehens drankriegen.«

Thal nickte bedächtig mit dem Kopf. Madlaina stürzte den Tequila herunter, legte ihm die Hand auf den Arm und deutete auf die Bühne, auf der sich die anderen Musiker schon bereit machten. »Dann wollen wir mal wieder.«

»Mit welchem Stück fangt ihr an?«

»Lass dich überraschen.«

Thal sah ihr zu, wie sie mit bewundernswerter Leichtigkeit auf das Podest kletterte. Er hob sein Glas und prostete in die Runde. »Sagt mal, weiß jemand von euch, was die Mehrzahl von Knall ist?«

Stephanie Bohlmann lachte laut auf. »Du fragst Sachen. Keine Ahnung.«

Auf der Bühne hängte sich Madlaina die Gitarre um. Schon nach den ersten Akkorden erkannte Thal das Stück. »The ballad of Lucy Jordan«. Er wippte mit dem Kopf im Rhythmus. Bettina stieg auf die Zehenspitzen und rief ihm ins Ohr: »Eins steht fest. Sie ist ein Knaller, oder?«

Alexander Thal schloss die Augen.

**Liebe Leserinnen und Leser,**

zum Schluss möchte ich mich bei Ihnen bedanken, dass Sie diesen Roman gelesen haben. Denn nur für Sie schreiben wir Autoren ja unsere Bücher. Wir wünschen uns, dass die von uns erfundenen Geschichten und Figuren in Ihrer Fantasie zu neuem Leben erwachen.
Deshalb freuen ich mich auch über jede Leserzuschrift. Schreiben Sie mir, ob Ihnen „Bankers Tod Fall" oder einer meiner anderen Romane gefallen hat. Meine E-Mail-Adresse lautet:
belabolten@email.de
Leseproben aus „Leahs Vermächtnis" und „Sünders Fall", den ersten beiden Berg und Thal Krimis, sowie aus meinen zeithistorischen Kriminalromanen rund um den Ermittler Axel Daut finden Sie im Anschluss.

In diesem Zusammenhang habe ich noch eine Bitte. Als verlagsunabhängiger Autor muss ich mich auch um das Marketing für meine Bücher selbst kümmern. Deshalb bin ich auf die Unterstützung meiner Leser angewiesen. Sie helfen mir sehr, wenn Sie meine Bücher bei Amazon bewerten, über sie sprechen und sie weiterempfehlen. Twittern Sie über das Buch, erwähnen Sie es auf Facebook, Google+ oder anderen Plattformen.

Übrigens: Ich belohne meine treuen Leserinnen und Leser bei jeder Neuerscheinung, denn Sie können das E-Book für einige Tage zu einem äußerst günstigen Sonderpreis erwerben. Besuchen Sie meine Internetseite
http://belabolten.wordpress.com/

und abonnieren Sie dort meinen Newsletter, dann erfahren Sie rechtzeitig von diesen Aktionen.

Herzlichst

Ihr Béla Bolten

## Mehr von Béla Bolten

Leahs Vermächtnis – Ein Berg und Thal Krimi

Kriminalhauptkommissar Alexander Thal trauert um seine Frau, die gefeierte Künstlerin Leah Braasch. Sie fiel einem Attentat zum Opfer, das ihm gegolten hatte. Thal zweifelt, ob er jemals in den Polizeidienst zurückkehren wird. Was hat seine Arbeit für einen Sinn, wenn er nicht einmal seine große Liebe vor einem Verbrechen bewahren konnte? Als er eines Morgens im Briefkasten einen an ihn adressierten Brief mit Fotos einer unbekannten, in entwürdigenden Situationen fotografierten Frau findet, wird ihm die Entscheidung abgenommen. Dies ist sein Fall. Es beginnt eine atemlose Jagd auf den Fotografen, dem im Trubel der Fastnacht jederzeit weitere Frauen zum Opfer fallen können. Wird es Thal diesmal gelingen, die Frauen zu schützen?

Leahs Vermächtnis ist der erste Fall für das Ermittlerduo Bettina Berg und Alexander Thal.

## Leseprobe:

## Kapitel eins: Das Versprechen

Er öffnete die beiden obersten Knöpfe seines Mantels. Obwohl vom See ein kalter Wind durch die Gassen wehte und das Thermometer zu dieser frühen Morgenstunde nur drei Grad zeigte, war ihm heiß. Er fürchtete, einen glühend roten Kopf zu bekommen. Dabei hatte er sich geschworen, gelassen zu bleiben. Es gab keinen Grund, aufgeregt zu sein. Er hatte alles durchdacht, seit Monaten feilte er an seinem Werk. Bis ins kleinste Detail hatte er die Komposition geplant, nichts war mehr dem Zufall überlassen. Über jede einzelne Pose, über Mimik und Gestik hatte er intensiv nachgedacht. Jederzeit konnte er das fertige Bild vor sein geistiges Auge holen. In Sekundenschnelle stand es vor ihm in seiner unbeschreiblichen Schönheit. Das hatte die Welt noch nicht gesehen. Monumental, bedeutend, in die Zukunft weisend.

Bevor seine Gedanken sich aus der Wirklichkeit lösten, zwang er sich zur Konzentration. Er durfte jetzt nicht träumen, sich nicht am eigenen Tun berauschen. Er musste hellwach sein. Die kommenden Tage sollten die bedeutsamsten seines Lebens werden. Danach würde nichts mehr sein, wie zuvor. Heute war der letzte entspannte Tag, den er nutzen wollte, um sich mit dem Terrain vertraut zu machen.

Er bog in die Münsterstraße ein und stieß fast mit einem Fahrradfahrer zusammen, der an diesem kalten Morgen nicht mit einem Spaziergänger gerechnet hatte. Die wenigen Fußgänger gingen zielstrebig in der Mitte der Straße. Sie waren auf dem Weg zur Arbeit, zur Schule, zu einem Arzt. Morgen würde das Geschäftsleben in der Stadt auf ein Minimum reduziert. Keiner hatte einen Blick für die Auslagen der Geschäfte, wo Luftschlangen, Konfetti und mit den typischen Kostümen der alemannischen Fastnacht bekleidete Puppen auf die kommenden Tage hinwiesen. Vor einigen Läden lagen lange Holzbretter, mit denen spätestens am Donnerstag viele Händler ihre Schaufenster verrammeln würden. Zu schnell ging im Taumel der Massen etwas zu Bruch.

Fast wie vor einer Großdemonstration in Berlin, nicht fröhlich, eher bedrohlich wirkte die Szenerie. Daran änderten auch die bunten Bänder aus Stofffetzen nichts, die im Abstand von einem Meter über die Straße gespannt waren und ihr ein Dach gaben.

Monate lang hatte er über den passenden Zeitpunkt gegrübelt, bis ihm der Einfall kam, der seinem Vorhaben die Richtung gab. Eine ganze Stadt im Taumel der Sinne, was könnte seinem Plan dienlicher sein? Bisher hatte er die Fastnacht nicht gemocht. Zu grell, zu lärmig, zu zügellos - Opium für das gemeine Volk, damit es für ein paar Tage sein Elend vergaß. Nichts für Feingeister.

Jetzt aber würden ihm die tollen Tage liefern, was er als Letztes zur Vollendung seines Werkes brauchte. In den Straßen dieser Stadt würde es ihm in den nächsten Tagen gelingen, nicht zu kopieren, sondern zu erschaffen.

Als er in die Kanzleistraße einbog, trat zwei Meter vor ihm eine Frau aus einer Drogerie. Sie war kaum zwanzig und ging mit ausladenden Schritten Richtung Marktstätte. Nur mit Mühe konnte er ihr folgen. Warum rannte er hinter ihr her? »Bleib ruhig«, murmelte er. »Es ist noch zu früh.«

Erst morgen, am Mittwoch, wenn die Fastnacht ihren Anfang nahm, würde er sein Werk beginnen. Aber war es nicht oft so gewesen, dass alle Planung unwichtig wurde, wenn ihn der kreative Blitz traf, aus dem jedes Kunstwerk sein Leben erhielt, jenen besonderen Glanz, der sich später in den Augen der Betrachter widerspiegelte?

Er griff in die rechte Manteltasche und schloss die Hand um die kleine Flasche. Er wollte sie erst nicht mitnehmen, hatte sich aber ohne darüber nachzudenken anders entschieden. War das der Wink einer höheren Macht, dem zu folgen ein Künstler früher oder später lernte? Er beschleunigte seine Schritte, um die Frau nicht zu verlieren. Ihr dichtes, leicht gewelltes schwarzes Haar wippte über den Kragen der weißen Felljacke. Er hatte sie nur eine Sekunde lang von vorne gesehen, aber sie war eindeutig schlank. Ihr fester Gang ließ darauf schließen, dass sie nicht dürr war, sondern weibliche Formen und Rundungen hatte. Ging dort sein erstes Modell? Als sie an einer Galerie in Höhe des Kaiserbrunnens stehen blieb, überholte er sie. Dabei sah er für einen Moment ihr Spiegelbild im Schaufenster. In seinem Kopf überstürzten sich die Bilder. In Sekundenbruchteilen stanzte sein Gehirn die Unbekannte in das Mosaik seines Werkes. Wer war sie? Was verkörperte sie? Das Versprechen? Die Verführung? Die Hingabe? Als sein fieberhaft arbeitender Geist sie in das letzte Feld setzte, blieb er abrupt stehen.

»Stopp«, sagte er so laut, dass er erschrak. Sofort drehte er sich um. Sie hatte es nicht gehört, sondern betrachtete weiter das Schaufenster. Wie immer funktionierte es. Wenn sein Kopf zu zerplatzen schien und die Gedanken sich verselbstständigten, konnte er sich mit diesem einen Wort zur Ruhe bringen. Dem kreativen Impuls zu folgen, war gut, doch er durfte ihn nicht ins Chaos führen. Sein Werk hatte Anfang und Ende. Die Reihenfolge stand fest. Zuerst kam das Versprechen. War sie es? Das Haar, die Kleidung, die frauliche Figur passten. Die Frau drehte sich um. Sie kam direkt auf ihn zu. Fast hatte sie ihn erreicht, ehe er einen Schritt zur Seite machte. Sie lächelte ihn an und senkte leicht den Blick. In dieser unscheinbaren Geste lag, was er suchte.

Er sah aus den Augenwinkeln, dass sie das Café »Marktstätte« betrat. Er tastete erneut nach dem Fläschchen und bereute, die Wirkung nicht vorher ausprobiert zu haben. Er musste der Beschreibung auf der Internetseite vertrauen. Demnach hatte er ausreichend Zeit für sein Vorhaben.

Er atmete tief durch und spürte, dass seine Nervosität nachließ. Tiefe Ruhe stellte sich ein – wie jedes Mal, wenn er mit einem Werk begann. In dieser Sekunde war alle Falschheit aus der Welt. Alles war an seinem Platz.

Mit festen Schritten ging er auf das Café zu und drückte die Eingangstür auf.

Neugierig geworden?
„Leahs Vermächtnis" Gibt es als Taschenbuch und E-Book exklusiv bei Amazon.

## Sünders Fall – Ein Berg und Thal Krimi

Otto Sünder ist tot. Der Journalist liegt erschlagen in einem Luxushotel am Bodensee. Kam er bei seinen Recherchen jemandem zu nahe? Welche Rolle spielt ein Foto aus dem Jahr 1936, das sich in seinen Unterlagen befand? Und was hat der alternde Schauspielstar Mario Höven mit dem Fall zu tun, über dessen Vergangenheit Sünder mehr wusste, als für dessen Karriere gut war?
Während Hauptkommissar Thal in Berlin und Zürich nach Hinweisen sucht und einem lang gehüteten Geheimnis auf die Spur kommt, gerät seine Kollegin Berg in Konstanz mehr und mehr unter Druck. Aber noch ahnen beide nicht, in welch großer Gefahr sie schweben.

## Leseprobe

### Mittwoch, fünf Uhr fünfundfünfzig

Parkplatz vor dem Seehotel.

»Verdammt!«

Bettina Berg riss die Augen auf. Sie durfte nicht einschlafen. Noch nicht. Mit zu Fäusten geballten Händen rieb sie sich die Augen, was aussah, als hielte sie sich ein imaginäres Fernglas vors Gesicht.
Wo war Auer? Als sie die Arme nach oben reckte, rutschte ihr die Akte vom Schoß, und einzelne Blätter verteilten sich im Fußraum vor dem Beifahrersitz. Ach richtig, er holte Kaffee. Den hatte sie dringend nötig. Sie schaute auf die Uhr. In anderthalb Stunden war ihre Nachtschicht zu Ende.

Wann Schober wohl vernünftig wurde und diese Observation einstellte? Sie war nun wirklich nicht zur Kripo gegangen, um sich die Nächte für einen abgehalfterten Schauspieler um die Ohren zu schlagen. Hoffentlich ließ die Sommerhitze sie heute einschlafen. In den letzten Tagen hatte sie sich im Bett von einer Seite auf die andere gewälzt und war nach wenigen Stunden entnervt und müde aufgestanden. Sie bückte sich und sammelte die Papiere auf. Das Porträt schmeichelte Höven gewaltig. Sie legte die Aktenmappe auf den Fahrersitz und betrachtete das Foto - genauer die Autogrammkarte. Zu viel Weichzeichner für ihren Geschmack, andererseits brauchte das verlebt wirkende Gesicht des Schauspielers diese Schmeichelei. Mit leicht geneigtem Kopf lächelte er den Betrachter an. Bettina musste grinsen. Diese Fotografie war ein Statement. Seht her, hier ist Mario Höven, der Charmeur, der Womanizer, dem die Frauenherzen zufliegen, der sich gegen die weibliche Begierde kaum wehren kann. Denn deshalb verbrachte sie jetzt bereits die vierte Nacht auf einem unbequemen Autositz. Irgendeine Geschlechtsgenossin hatte Hövens einladendes Lächeln zu wörtlich genommen und versuchte, ihm so nah wie möglich zu kommen. Zu nah. Verboten nah. Dabei war die Stalkerin wie ein Phantom, das sich perfekt tarnte und nur zuschlug, wenn die Bewacher des Objekts ihrer Begierde einmal unaufmerksam waren. Um das zu verhindern, saß Bettina hier und kämpfte gegen das Einschlafen. Wo blieb Auer nur mit dem Kaffee? Sie schob das Foto in die Akte und drehte die Seitenscheibe herunter. Es hatte sich in der Nacht kaum abgekühlt. Seit Tagen lag eine Hitzeglocke über der Stadt, und der Wetterbericht versprach auch für die nächsten Tage keinen Temperaturrückgang. Der Jahrhundertsommer war das beherrschende

Thema in den Lokalmedien - nur gelegentlich abgelöst von Berichten über die Telenovela, die seit zwei Wochen am Bodensee gedreht wurde. Seit sich der frisch gebackene Oberbürgermeister entschlossen hatte, regelmäßig in der Seifenoper mitzuwirken, war sie zum beherrschenden Sommerlochthema geworden. Etwas Besseres konnte dem ausgedienten Schauspieler Höven nicht passieren, seit Jahren war er von den Medien nicht mehr so hofiert worden.

Na endlich! Auer kam aus dem Hoteleingang, in der einen Hand ein silbernes Brotkörbchen und in der anderen eine ebenfalls silbern glänzende Thermoskanne. Ihm folgte eine Serviererin mit bodenlanger, frisch gestärkter Schürze. Sie ging mit kleinen Trippelschritten, um das riesige, mit Tassen, Tellern, Gläsern und allerlei Töpfchen voll gestellte Tablett sicher zu balancieren. Bettina stieg aus dem Auto.

»Nobel geht die Welt zugrunde.«

»Irgendetwas müssen wir schließlich davon haben, dass wir uns die Nächte vor einem Fünf-Sterne-Hotel um die Ohren schlagen.«

Die Serviererin klappte zwei zuvor unsichtbare Bügel unter dem Tablett hervor und stellte es auf die Motorhaube.

»Guten Appetit!«

Auer griff sich ein Croissant, riss ein Stück ab, tunkte es in eine rote Marmelade - Bettina vermutete Kirsch - und steckte es sich in den Mund.

»Greif zu, ist genug für uns beide da.«

Bettina schüttelte den Kopf. Sie war keine Frühstückerin und goss sich nur eine Tasse Kaffee ein.

Die Hoteltür öffnete sich erneut. Diesmal rannte die Kellnerin auf sie zu, die lange Schürze nach oben gerafft.

»Kommen Sie! Schnell!«

Bettina kannte diesen Gesichtsausdruck. Sie hatte ihn in den letzten zehn Jahren oft gesehen. Das Entsetzen vor dem Unausweichlichen, nicht mehr rückgängig zu Machenden. Sie setzte die Kaffeetasse ab und ging auf die Frau zu.

»Da drin«, rief die Serviererin und blieb so abrupt stehen, dass der Kies unter ihren Füßen knirschte, »da drin«, wiederholte sie und zeigte mit den Händen auf das Hotel.

Bettina nickte ihr zu.

»Da drin«, wiederholte die junge Frau erneut und fand endlich die Kraft, den Satz zu vollenden, »liegt ein Toter.«

## Codewort Rothenburg
## Axel Dauts erster Fall

Berlin, Frühjahr 1941. Ein mysteriöser S-Bahn-Mörder hält die Stadt in Atem. Als eine weitere Frauenleiche gefunden wird, führen die Spuren Kriminalkommissar Axel Daut aber in eine andere Richtung. Das Opfer arbeitete als Prostituierte in einem noblen Bordell. Warum will offiziell niemand etwas von diesem „Salon Kitty" wissen? Trotz Anweisung von höchster Stelle, den Fall zu den Akten zu legen, ermittelt Daut weiter und betritt eine geheimnisvolle Welt aus Spionage und rauschhafter Begierde, der auch er sich nicht entziehen kann.
Währenddessen schließt sich Dauts Ehefrau Luise ohne sein Wissen einer Widerstandsgruppe an.
Als deutsche Soldaten in Russland einmarschieren und Bomber Nacht für Nacht Tod und Zerstörung auch nach Berlin bringen, kommt es zu einem dramatischen Finale, an dessen Ende nichts mehr ist, wie es war.

*"Historisch perfekt recherchiert – ein Stück NS-Alltagsgeschichte in Romanform, das ohne moralische Wertungen, ohne politisches Pathos, ohne erhobenen Zeigefinger auskommt."*
(Eine Leserin bei Amazon)

*'Codewort Rothenburg' ist definitiv mehr als nur ein spannender Krimi. Der Autor Béla Bolten schafft es, die Ereignisse der Zeit geschickt mit einem spannenden Kriminalfall zu verbinden.*
(Wir lesen – Eure Büchercommunity)

*Béla Bolten ist es mit diesem Buch brillant gelungen, ein historisches Szenario in einen mitreißenden Krimi zu packen, der einen für viele Stunden nicht mehr los lässt.*
(Online Magazin Maniax)

## Leseprobe

### Eins

Er hatte es sich schlimmer vorgestellt. Unangenehmer. Er sollte sich entspannen, dann könnte er es sogar genießen. Die Kameraden hatten recht, Inge war hübsch. Nicht schön, aber reizvoll. Weniger ihr Gesicht, in dem die Augen etwas zu eng beieinanderstanden und die Wangenknochen zu deutlich hervortraten. Sähe man nur ihren Kopf, könnte man sie für dürr halten. Er sah an ihrem Körper herunter. Sie war alles andere als das. Der Seidenkimono war aufgesprungen, und so hatte er einen freien Blick auf ihre Brüste, ihren Bauch, ihre Beine. Ein seidiges Etwas, eher ein Nichts als ein Höschen, verbarg die Scham zwischen ihren runden Schenkeln. Sie stützte sich auf den linken Unterarm, trank einen Schluck Champagner und sah ihn herausfordernd an.

»Na, Soldat! Genug gesehen?«

Er fühlte sich ertappt. Das Blut schoss ihm ins Gesicht.

»Du bist ja vielleicht ein Held!«

Sie prustete los, und einige Spritzer Sekt trafen seine Nase.

»Wirst ja rot wie ein kleiner Junge, wenn du nur ein paar Tittchen siehst. Hoffentlich wirst du mir beim Rest nicht ohnmächtig!«

Wieder lachte sie lauthals.

»Nimm die Inge«, hatten seine Kameraden gesagt. »Die ist nicht nur hübsch, die hat auch richtig was drauf. Sachen macht die ...«

Mit seiner linken Hand umfasste er ihre rechte Brust. Inge drängte ihren Oberkörper gegen ihn.

»Na endlich. Ich dachte schon, du wolltest nie anfangen.«

Sie nestelte an seiner Gürtelschnalle und zog mit einem Ruck die Hose herunter. Als sie in seine Unterhose greifen wollte, schlug er ihre Hand weg. Sie riss die Augen auf.

»Aua, du tust mir weh.«

Er hatte zu fest zugepackt. Es war ein Reflex. Aus seinem Unterbewusstsein. Seit Jahrzehnten antrainiert.

Er lockerte den Griff.

»Tut mir leid. Aber ich kann nur ...«

»Ah, der Herr möchte bestimmen, wo's lang geht. Nur zu!«

Sie lachte, hob den Hintern an und zog mit einem Ruck ihr Höschen auf die Knöchel.

»Den Rest kannst du ja wohl selber!«

Wieder gluckste sie, und in diesem Moment wusste er, dass er dieses Lachen schon einmal gehört hatte. Inge spreizte die Schenkel, und der Anblick, der sich ihm bot, lenkte ihn augenblicklich ab. Noch nie hatte er eine Frau gesehen, die an dieser Stelle rasiert war. Das Verlangen sprang ihn an wie ein Tiger sein Opfer. Er wollte diese Frau, die sich ihm so schamlos darbot.

»Dreh dich um«, sagte er in einem barschen Befehlston.

Sie schien es als Spiel aufzufassen.

»Jawohl, Herr Leutnant! Wie der Herr Leutnant befehlen!«

Lasziv und provozierend langsam drehte sie sich auf die Seite. Er fasste sie um das Becken, hob sie hoch und brachte sie mit einem Schwung in eine kniende Position. Sie stöhnte auf, es klang nicht schmerzhaft. Mit der Hand fuhr sie sich zwischen die Schenkel, und er spürte stechend, wie groß seine Lust war. Die Hose hatte sich an seinen Beinen verheddert, und er brauchte einige Zeit, sie abzustreifen. Als er seine Unterhose nach unten zog, drehte sie den Kopf.

»Nun mach schon, oder willst du ...«

Ihre Augen weiteten sich, und die Backen fielen in sich zusammen.

»Was ist das denn?«

Sie kreischte mehr als sie sprach und beendete den Satz mit einem hohen, fast quietschenden Kiekser. Sie blickte ihn direkt an. Wieder lachte sie schallend und brüllte los, wobei ihre Stimme fast eine Oktave tiefer zu sein schien als zuvor:

»Das kann doch gar nicht wahr sein. Wann habe ich denn so was das letzte Mal gesehen? Muss schon lange her sein! Das glaubt mir kein Mensch.«

In diesem Moment erinnerte er sich an alles. Er hatte einen Fehler gemacht. Einen folgenschweren Fehler.

Er griff in ihr dichtes, schwarzes Haar und drehte mit einem kräftigen Ruck ihren Kopf nach vorne. Sie schrie auf. Diesmal vor Schmerz. Er verschloss ihren Mund mit seiner Hand. Mit Verwunderung spürte er, dass seine Lust nicht nachgelassen hatte.

»Sei still und tu deine Arbeit«, zischte er.

Dann drängte er sich an sie. Er wusste, dass er die Sache zu Ende bringen musste.

**Der Aufbewarier**
**Axel Dauts zweiter Fall**

Berlin 1943. Angst beherrscht die Stadt. Während die einen Nacht für Nacht in die Bunker flüchten, versuchen die anderen verzweifelt, ihren Häschern und damit der Verschleppung und Ermordung zu entkommen.

Nach einem Luftangriff wird in einem Keller die zerstückelte und kopflose Leiche einer Frau gefunden. Der zum Wachtmeister degradierte Kriminalpolizist Axel Daut wird von seinem Freund und Ex-Kollegen zu den Ermittlungen hinzugezogen.
Bei der Suche nach dem Mörder gerät Daut in ein menschliches Panoptikum aus Gejagten, stillen Helden und bedenkenlosen, sich schamlos bereichernden Opportunisten. Er trifft aber auch auf Frauen, die mit dem Mut der Verzweiflung um ihre Männer und ihr kleines, privates Glück kämpfen und er lernt einen der größten Stars seiner Zeit kennen.
Am Ende findet Daut die Wahrheit, von der die Welt aber nie erfahren wird.

„Ein Krimi, der Geschichte erfahrbar macht. Der Zeitgeist ist auf jeder Seite spürbar. Exzellent recherchiert."
(Ein Leser bei Amazon)

*„Historisch ausgezeichnet recherchiert, psychologisch überzeugend, spannend."*
(Eine Leserin bei Amazon)

## Leseprobe

## Freitag, 26. Februar 1943

### Eins

Wie schnell nach dem infernalischen Lärm Stille eintrat. Niemand redete, kein Geräusch, nicht einmal ein Husten oder Niesen. Nur das konzentrierte Lauschen, das gespannte Warten darauf, dass die Sirenen, die vor nicht einmal einer Stunde mit jaulendem, an den Nerven zerrendem Auf- und Abschwellen Tod und Verderben angekündigt hatten, zur Entwarnung bliesen. Wie leise hundert Menschen sein konnten. Die Angst schnürte die Kehlen zu. Sie lebten, aber was würde sie draußen erwarten? Die letzte Bombe war nicht weit entfernt eingeschlagen, die Detonation hatte den Keller erzittern lassen. Die Tommies waren schon auf dem Rückweg, vielleicht war es ein Notabwurf eines angeschossenen Bombers oder eine fehlgeleitete Mine. Als der letzte Sirenenton verklungen war, öffnete Axel Daut die Tür des Luftschutzkellers, stieg die Stufen zum Erdgeschoss hinauf und trat hinaus auf die Straße. Tief atmete er die frische, kalte Luft ein. Es war eine dunkle Neumondnacht, wegen der Verdunkelung von keinem Licht erhellt. Daut blickte hinauf. Nur im Nordwesten leuchtete ein roter Streifen am Himmel. Die Engländer hatten das Zentrum ins Visier genommen, sein Viertel im Südwesten Berlins war wieder einmal verschont geblieben. Fast jedenfalls, denn als Daut nach rechts schaute, sah er, wie sich Flammen langsam, aber stetig durch den Dachstuhl eines fünfstöckigen Hauses fraßen. Daut lief auf das etwa dreihundert Meter entfernte Gebäude zu, mit der rechten Hand den Tschako festhaltend. Er trug dieses Ding jetzt schon zwanzig Monate und hatte sich immer noch nicht an die nutzlose Kopfbedeckung gewöhnt. Als er noch hundert Meter von dem brennenden Haus entfernt war, erschreckte ein ohrenbetäubender Knall ihn derart, dass er hinter einer Hofmauer Schutz suchte. Asche flog durch die Luft, und ein pfeifendes Geräusch schmerzte im Ohr. Irgendwo war eine Gasleitung zerborsten, hoffentlich funktionierte die Notabschaltung. Daut verließ seine Deckung und ging weiter auf das Haus zu. Aus einer Dachluke schob sich der Oberkörper eines bulligen Mannes. Er legte eine Leiter aufs Dach, auf der er sich langsam in Richtung des Brandherdes schob. Ein zweiter Mann tauchte auf und folgte ihm. Ein dritter reichte ihnen einen Eimer heraus. Die immer höher schlagenden Flammen setzten die Szenerie in grelles Licht, die Schatten der Männer tanzten auf den Dachpfannen wie die Figuren einer Laterna magica. Die Löschkette schien zu funktionieren, denn Eimer auf Eimer wurde zum ersten Mann hinaufgereicht, der das Wasser in die Flammen goss. Sie hatten Glück gehabt und konnten ihr Hab und Gut retten.

Dauts Hilfe wurde hier nicht benötigt, also ging er weiter. Eine Frau hastete aus einer Seitenstraße, in der Hand eine abgewetzte, alte Tasche. Schweigend lief sie an Daut vorbei. Vermutlich hatte der Angriff sie beim Besuch einer Freundin oder Verwandten überrascht und sie wollte jetzt so schnell wie möglich nach Hause. Aus einem Hauseingang trat ein Junge. Für einen Moment glaubte Daut, in dem dreizehn oder vierzehn Jahre alten Steppke seinen Sohn Walter zu erkennen. Dabei sah er ihm nicht einmal ähnlich mit seinen dichten, flachsblonden Haaren.

»Wachtmeister! Hierher! Schnell!«

Der Junge verschwand wieder im Haus. Daut beschleunigte seine Schritte und folgte ihm.

»Hierher!«

Die Stimme kam aus dem Keller. Daut suchte den Lichtschalter. Als er ihn gefunden hatte, drehte er vergeblich. Stromausfall. Vorsichtig tastete er sich durchs stockfinstere Treppenhaus die Stufen hinunter.

»Die verdammte Tür hat sich verkeilt.«

Dauts Augen hatten sich noch nicht vollständig an die Dunkelheit gewöhnt. Er erkannte nur schemenhaft, dass der Junge mit aller Kraft an der Tür zum Luftschutzkeller riss.

»Die sind alle noch da drin. Meine Mutter auch.«

»Und wo warst du?«

»Bei meiner Oma in der Eylauer Straße.«

Das war nur ein paar Querstraßen entfernt. Vermutlich war der Junge direkt nach der Entwarnung losgelaufen.

Daut schob ihn zur Seite.

»Lass mich mal.«

Er zog an der Klinke und stemmte den Fuß gegen die Mauer.

»Ach du meine Güte«, sagte der Junge, »da denk'ste, du rufst einen kräftigen Polizisten zu Hilfe, und was kriegst du: einen Krüppel.«

Daut ignorierte die Frechheit. Inzwischen hatte er sich an die Dunkelheit gewöhnt. Links vom Eingang des Luftschutzraumes stand eine Kellertür auf. Ein gutes Dutzend Holzpfähle lag an einer Wand aufgestapelt. Sie waren an einem Ende angespitzt, vermutlich hatten sie einmal als Zaun ein Grundstück umfriedet.

»Na, sieh mal einer an«, sagte der Junge. »Da hat der olle Westphal wohl irgendwo einen Jägerzaun geklaut, damit er es mit seiner Alten schön warm hat in der Stube.«

Daut ergriff einen der Pfähle. Wie beim Mikadospiel, das er früher wegen seiner fehlenden Hand zwar gerne, aber doch erfolglos mit Luise gespielt hatte, fiel der gesamte Stapel Pflöcke zusammen. Er wiegte einen in der Hand und ging zurück zur Luftschutztür. Dabei stolperte er über einen gewaltigen, mitten im Kellerflur stehenden Pappkarton. Er wollte ihn mit dem Fuß zur Seite schieben, schaffte es aber nicht, ihn auch nur einen Zentimeter zu bewegen.

»Verdammt, was ist denn da drin? Wackersteine?«

Daut stieg über den Behälter und setzte den Pfahl an der Tür an.

»Hilf mir mal!«

Der Junge lehnte sich mit seinem ganzen Körpergewicht gegen das Pfahlende. Gemeinsam zogen sie am Hebel, und die Tür gab nach.

Eine sehr kleine, sehr alte Frau drückte die Tür mit beiden Händen von innen endgültig auf.

»Na endlich! Wir wollten schon die Mauer in den Nachbarkeller aufbrechen. Wie sieht es draußen aus?«

»Nicht viel passiert.«

Daut zwängte sich an ihr vorbei in den Keller.

»Alles in Ordnung hier? Niemand verletzt?«

»In Ordnung ist nichts«, antwortete ein Mann, den Daut auf etwa sechzig Jahre schätzte. Sicher war er sich nicht, der Krieg ließ die Menschen schnell altern.

»Seien Sie vorsichtig, wenn Sie rausgehen. Wem gehört dieser Karton? Man sollte ihn wegräumen, sonst fällt noch jemand drüber.«

Der Mann, der zuvor nichts in Ordnung gefunden hatte, ergriff den Pappbehälter und ächzte, als er ihn hochhob. Mit Schwung warf er ihn zur Seite. Als er auf dem Boden aufkam, riss die rechte Hälfte auf. Ein in Zeitungspapier gehüllter Klumpen rollte heraus.

»Ist das Ihr Karton?«, fragte Daut.

»Sehe ich so aus, als hätte ich das schwere Ding hier reingeschleppt?«

Der Mann schlug das Papier zurück.

»Na, was haben wir denn da? Da hat wohl ein Volksgenosse sein schwarz geschlachtetes Schwein in Sicherheit bringen wollen.«

Daut konnte nicht erkennen, um was für ein Fleischstück es sich handelte. Für einen Schinken war es zu groß. Ganz frisch schien es auch nicht zu sein, denn ein leicht süßlicher Geruch stieg ihm in die Nase. Er versuchte, den Fleischklumpen vollständig in den Karton zurückzustopfen. Das Zeug musste raus aus dem Keller. Als er mit einer Hand an dem Behälter zog, riss die leicht angenässte Pappe der Länge nach auf. Daut trat einen entsetzten Schritt zurück. Was dort aus dem Karton ragte, war ohne Zweifel eine menschliche Hand. Und ein Finger zeigte genau auf ihn.

**Im Antlitz des Herrn**

Thriller

Archäologen entdecken in Jerusalem ein Familiengrab aus dem ersten Jahrhundert. Die Namen der dort Bestatteten elektrisieren die Forscher: Maria, Josef, Jesus. Ein internationales Team von Wissenschaftlern unter der Leitung des deutschen Professors Wolfram Engel macht sich an die Untersuchung der Fundstücke. Kann die biblische Geschichte nun endlich bewiesen oder widerlegt werden? Der Vatikan fürchtet das Schlimmste und unternimmt alles, um in den Besitz der Grabungsfunde zu kommen. Als ein Mitglied des Teams ermordet wird, kommt Engel ein furchtbarer Verdacht.

Droht die Gefahr gar nicht aus Rom? Müssen sie am Ende alle sterben?

Es beginnt ein Wettlauf mit der Zeit, denn nur die Wahrheit kann sie retten.

»Im Antlitz des Herrn« ist ein Thriller um fromme Legenden und historische Fakten, um Reliquienkult und skeptische Wissenschaft, um Sein und Schein.

## Leseprobe

## Neun Tage vor der Auferstehung

Engel nahm den Finger von Sanikas Hals und wischte ihn an seiner Hose ab, als müsse er die Erinnerung an die kühle Haut von jeder Nervenfaser tilgen. Mit der rechten Hand versuchte er, die Augenlieder zu schließen, wie man es in

Hollywoodfilmen tat, sie blieben aber nicht in dieser Position, und so starrte sie ihn weiterhin aus aufgerissenen, aber leblosen Augen an. Langsam hob Engel den Kopf und schaute zu Sarah auf, die wie angewurzelt zwei Meter neben der in einen weißen Sari gehüllten Leiche stand, den Blick auf das Regal auf der gegenüberliegenden Seite des Zimmers gerichtet, als könne sie damit die Wirklichkeit ausblenden. Engel stand auf, machte einen weiten Schritt über die in grotesker Verrenkung auf dem Boden liegende Tote, ging auf sie zu und berührte sie leicht am Arm. Sie zuckte zusammen, als hätte sie ein Stromschlag getroffen.

«Sanika ist tot, Sarah.»

Sie wendete ihm langsam den Kopf zu und verkrampfte dabei die Hände, als koste sie diese Bewegung die letzte Kraft. Kaum vernehmbar flüsterte sie:

«Wir sollten Pat holen.»

«Er kann ihr auch nicht mehr helfen, und seine Fähigkeiten als Gerichtsmediziner werden erst später gebraucht. Es ist wichtiger, nach Hinweisen zu suchen, warum sie sterben musste, bevor ...»

«Warum, warum!» Sarahs Stimme war plötzlich laut und kräftig, dabei höher als gewöhnlich. «Wir wissen doch eh, wie er es drehen wird. Ihr Tod passt ihm gut ins Konzept, glaub mir doch endlich.»

Engel hätte ihr in diesem Moment gerne widersprochen, um ihr und vor allem auch sich selbst Mut zu machen. Aber was sollte er sagen? Auch wenn er bei einer oberflächlichen Betrachtung der Leiche keine äußerlichen Spuren von Gewaltanwendung finden konnte, glaubte er nicht an einen natürlichen Tod. Der Körper lag seltsam verkrampft auf dem Boden, als hätte er sich in einem furchtbar schmerzhaften Todeskampf gewunden. Erbrochenes lag neben dem

Kopf, und dem Geruch nach zu urteilen, hatte Sanika auch ihren Stuhlgang nicht halten können. Gesicht, Unterarme und Hände waren bläulich verfärbt. Nein, so sah kein Mensch aus, der an einem plötzlichen Herztod gestorben war, da war sich Engel sicher. Hawley würde die Todesursache später herausfinden, jetzt allerdings kam es darauf an, nach Beweisen zu suchen für die ungeheuerliche Theorie, mit der Sarah ihn vor einer Stunde konfrontiert hatte. Was hat Sanika ihr gesagt? Engel erinnerte sich noch genau an den Wortlaut: «Nicht alles ist so, wie es aussieht. Auch hier nicht. Ganz besonders hier nicht.»

Er ging zum Schreibtisch und setzte sich auf den altmodischen Drehsessel. Sanika Nuris Appartement unterschied sich deutlich von den Suiten der leitenden Teammitglieder. Es war einfach und funktionell eingerichtet. Neben dem Schlafraum und der Nasszelle gab es nur diesen kombinierten Wohn- und Arbeitsraum. Vor einem abgewetzten Sofa stand ein ovaler Rauchglastisch, darauf drei Styroporbehälter mit der Aufschrift «Delhi Delights». In einem steckte eine Plastikgabel, während ein Plastiklöffel zu Boden gefallen war. Augenscheinlich hatte sich Sanika ihr Abendessen von außerhalb liefern lassen und bevorzugte noch immer die scharf gewürzten Speisen aus dem Land ihrer Großeltern, obwohl sie selbst in Harrow im Nordwesten Londons geboren und aufgewachsen war. Der Schreibtisch war aufgeräumt, nur eine einzige Aktenmappe lag exakt ausgerichtet am rechten Rand. Engel schlug sie auf. Sie enthielt drei eng mit einer Art Steno beschriebene Blätter, vermutlich Sanikas Protokollnotizen der abendlichen Gruppensitzung. Engel zog die Computertastatur zu sich und drückte die Enter-Taste, woraufhin der Bildschirmschoner verschwand und der Dateiexplorer erschien. Engel klickte sich durch einige Ordner. Alle waren klar strukturiert: Korrespondenz und Protokolle zeitlich geordnet, dazu je ein Ordner pro Themenbereich: Grab, Ossuarien, DNA-Spuren und so weiter. In jedem dieser Ordner befanden sich zahlreiche Unterordner, in denen die Berichte der entsprechenden Teammitglieder abgelegt waren. Der Fortschritt ihrer Arbeit der letzten Wochen war komplett dokumentiert und jederzeit nachvollziehbar. Sanika Nuri war die perfekte Sekretärin und Assistentin.

Engel klickte auf den Reiter mit der Bezeichnung «Grab». Er enthielt weitere Unterordner, in denen sich die Zeichnungen des Fundes, die Berichte der Techniker, die Fotos sowie seine eigene Dokumentation zur zeitlichen Einordnung in den historischen Zusammenhang befanden. Er wollte den Ordner schon schließen, als er ein unbeschriftetes Verzeichnis sah. Vermutlich hatte Sanika einen neuen Ordner angelegt, ihn dann doch nicht gebraucht und vergessen, ihn zu löschen. Einer Eingebung folgend, öffnete Engel den Ordner. Zu seiner Überraschung war er nicht leer, sondern enthielt ein einziges Bilddokument. Als die Zeichnung den Bildschirm füllte, erkannte er sofort, um was es sich handelte. Am unteren Rand der Skizze gab es eine handschriftliche Notiz - zu klein, um sie lesen zu können. Er vergrößerte die Ansicht und scrollte zum Ende des Dokuments. Als er das eilig hingekritzelte Datum entzifferte, verfiel er in eine Schockstarre und merkte nicht, dass Sarah hinter ihn getreten war.

«Du weißt, was das bedeutet?», fragte sie mit tonloser Stimme.

Engel nickte.

«Wir werden sterben. Alle.»

3009357R00168

Printed in Germany
by Amazon Distribution
GmbH, Leipzig